U0086309

滄海叢刊

傳播研究補白

彭家發 著

1988

東大圖書公司印行

©傳播研究補白

作　者　彭家發
發行人　劉仲文
出版者　東大圖書股份有限公司
總經銷　三民書局股份有限公司
印刷所　東大圖書股份有限公司
地址／臺北市重慶南路一段六十一號二樓
郵撥／○一○七一七五一○號
初　版　中華民國七十七年三月
編　號　E 89066①
基本定價　伍元叁角叁分
行政院新聞局登記證局版臺業字第○一九七號

自　序

一個在新聞教育單位教書的人,除了在課堂上引伸理論心得(傳道),或在媒體室中作實習指導（授業），總還得回答學生許許多多、雜七雜八、但又與整個課程相關的其他問題(解惑)。本文一共二十三篇，篇目和內容，大部份都是為了應付學生課餘的問難，與學生聊天、討論之後而誕生的。其他則多數是在尋找資料過程中，偶然發現某些值得同學參考的讀材，因而將之摘錄（譯）下來，供作討論的題目或資料。

每次「臉紅耳熱」之後，我都設法把回答過學生的話，儘速記錄下來，閒時加以整理，並且盡可能補充些資料，以防再次碰到相同或類似問題時，可以更有條理地同他們解釋，讓彼此在感覺上，同享教學相長、互相鞭策的溫馨。

這二十三篇文稿，大部份曾經在刊物上發表過；一部份則經過增添改寫，只有一小部份一度「冰封」過書篋裏。內容方面，雖稍重於現實問題的若干枝節，徘徊在傳播實務的周邊研究上，但有興趣的話，似乎尚有再進一步研討的價值。

溯自國內傳播研究勃興以後，大域之主體研究所在多有，惟實務之探究，反而日見式微。我認為，傳播研究也該分工合作，以求殊途而同歸——總該有某些人，就此類有興趣的題目，在小丘上植樹，如此方對整個研究氣候，有所裨益。本書名為「傳播研究補白」，旨在「掏出」我的願望，深深期待着有志一同。旣是「補白」，內容不免較為傾向於提勾和架構性，或側重於描述，尚祈讀者雅正是幸。

願將此書與我大姐橋馨、三姐閃馨、四哥家津、五姐雲馨與九妹婉馨共誌患難而後長大成人、步入中年。

彭家發　民七十六年六月六日
書於木柵綠漪山房

傳播研究補白　目　次

一、從歷史層面勾述我國口頭傳播之嬗進

一、口頭傳播的內涵

傳播的本能，原爲一般動物所俱有，根據動物學家的研究，猿猴就懂得利用各種聲音、手勢和面部表情，來分別是否同一種屬。在原始社會中，基於生存的需要（例如戰爭），人類很早就懂得利用語言，來從事「面對面」(Face—to—Face) 的「直接傳播」(Direct Communication)，以表情達意，保障羣體的生活，不過，除了人類之外，一般動物，大都只能傳播「現在的情況」(The Present Situation)，而不會利用「符號傳播」(Symbolic Communication)，將獲得的知識，轉播於另一個時空，因此不能如人類般產生文化。

口頭傳播 (Oral Communication) 的內涵，非常廣泛，美國康奈爾大學教授亞諾德博士 (Dr. Carroll C. Arnold) 說：「當我們談到口頭傳播的時候，就會想到人類說話行爲中的一切表現。」百爾博士 (Dr. A. Craig Baird) 與諾華教授 (Franklin H. Knower) 兩人認爲口頭傳播是「透過意念、語言、聲音、姿態表情和講話者的品德、

風格，對一個或以上的衆人，現身說法，或者影響其態度與行爲，以符合講話者的目的之傳播行爲。」我國學者祝振華教授，更乾脆說，口頭傳播，「係研究人類在各種情況中，說話的原則、方法、及其影響的藝術與科學。」從溝通觀點來說，也就是如何以語言文字，改變人的行爲和態度，並且誘掖新意見。（所以，也有人稱之爲「語藝傳播」(Speech Communication)（此處不擬作「正名」之辯）。

我國雖向無口頭傳播之名，但若以上列諸學者的界說，作爲研究的準繩，則不難發現，我國口頭傳播的行爲，早見諸各典籍之中，所在皆是。

章學誠說：「古無私門著述，未嘗無達衷之言語也。」又說：「古人先有口耳之授，而後著之竹帛焉。」章氏所說，係就著述之靱變立論，實則在其他方面，口頭傳播早已占了十分重要的地位。例如：

尚書金縢：「武王旣喪，管叔及其羣弟，乃流言於國曰：『公將不利於孺子』。」

論語陽貨：「子曰：道聽而塗說，德之棄也。」而孔子形容閔子騫則說：「閔子待側，誾誾如也；」「夫人不言，言必有中。」形容冉有、子貢則是「侃侃如也」。

左傳定公四年：「聞諸道路，不知信否？」

墨子非命篇：「若以百姓為愚不肖，耳目之情不足而為法，然則胡不嘗考之諸侯之傳言流語乎？」

漢匡衡為官，每以詩經要義來應對朝政，故時人都說：「王說詩，解人頤。」（後成為「妙語解頤」典故）。

凡此種種，皆口頭傳播在我國早期社會所產生的功能。若將相關的史料，逐一論列，則更會有一清晰的輪廓。

二、口頭傳播的沿革

據傳西元前二千六百多年，黃帝曾會諸侯於釜山，其時共工即以「善於言語」而得名（史記）。唐堯以德治世，「九族卽睦，平章百姓」。大舜因孝而名聞遠近，爲四岳舉於堯，堯於是築壇祭地禱告神祇（行禪禮），又諮詢岳牧（諸侯）的意見，得到他們的支持（讓），才安心將帝位傳於舜，史稱禪讓。此時口頭傳播的特色，似集中於以德說人方面，而在演說內容上，則以典禮儀式和政治命令爲多。

夏禹之時，農業社會剛剛開始，按「夏曆」而作，依「禹域」而耕，生活型態初定。禹遂得定「國語」，又會諸侯於塗山。論語述而篇有云：「子所雅（夏）言，詩書執禮皆雅言也」。可知有夏一代，已注意到標準語言之推廣，藉以傳達典誥制度（如貢、賦之法），此其口頭傳播之特色也。

商代爲信史的開始。孟子稱讚武丁「朝諸侯，有天下。」殷本紀則形容紂王爲「資辯捷疾，聞見甚敏。」商民信鬼，用甲骨文來記占問之事，已十分普遍，此外，當時代表着符號、語言和思想的八卦，仍然流行於民間。商民流徙中原各個城邦，從事買賣生活。由是，後世遂有「商人」之稱。此時一般口頭傳播，又從政治、祭祀等逐漸普及於貿易和實用方面去。

封建（權力）、宗法（血統）、井田（生活）、禮樂（秩序），是周制的連鎖；敬天、崇祖、勤政、愛民是周政的特徵。因爲行封建，諸侯對天子要春朝秋覲，天子對諸侯則巡狩以時，天子諸侯同祭社（土神）稷（穀神）。此時口頭傳播之特色，又回復到禮祀儀式上去。由黃帝以迄兩周，屬我國口頭傳播之胚胎時期。

及乎春秋戰國，諸侯兼併日熾，管仲乃有糾合諸侯之議。各諸侯使節訪問頻繁，加速了文化交流。東遷之後，王官失守，藏書四佚，對話講學之風盛行。諸侯爲爭才致霸，開布衣卿相之例；養士成風，所謂武士、文士、辯士（策士）、衞士、方士等，實際已成爲社會一個特殊階級，百家爭鳴由是而始。九流十家中，孔門有言語一科，「宰我子貢，善爲說辭」。蘇秦說六國，返燕十城；張儀以「連橫」破「合縱」，晏嬰二桃殺三士，皆係縱橫家的傑作。斯時之口頭傳播，率以遊說，諛詞被說爲能事。

迨六國盡滅，秦始皇三十四年，置酒咸陽宮，丞相李斯奏言:「……今諸生不師今而學古，以非當世，惑亂黔首。……私學而相與非法，殺人聞令，則各以其學議之。入則心非，出則巷議，誇言以爲名，異取以爲高，率羣下以造謗。」因而建議:「有敢偶語詩書者棄市，以古非今者族。」「若有欲學，以吏爲師。」偶語和巷議的意見表達自由一失，口頭傳播的發展，便受到很大的抑制；直到秦末，天下復亂，市井之徒，方得再在廟堂論事。

有漢一代，係我國口頭傳播的奠基時期。不僅我國古代經典，自秦火刼餘，大部份靠口語的傳述，得以保全；即取士亦以「鄉評里選」爲根據。武帝時更興太學，立樂府。口頭傳播經過一陣子的休止後，又逐漸活躍起來。

漢昭帝始元六年，「賢良」與「御史大夫」，嘗爲官鹽鐵一事而爭，惟無公認之解決方法。後漢崇名節，大臣儒生相率議論朝政，評詆宦官，指責權奸，黨錮之禍起。桓帝時宦官張讓，誣司隸校尉李膺養太學遊士，誹謗朝政。桓帝下李膺等二百餘人於獄，後雖因輿情所迫，放歸田里，仍終身禁錮不用。其後靈帝稚齡卽位，太傅陳蕃謀誅宦官，反爲所殺，太學生被牽連者千餘人。

宗教的傳入與發展，亦成爲漢代口頭傳播的一個特色。佛教的輸入與道教的產生，使漢代口頭傳播，除了黨論和漢賦唱和之外，尙加添了傳道傳教的宗教色彩，並且日趨複雜，終成多元之發展。

魏晉南北朝之世，北魏孝文帝行華化，禁鮮卑語，設國子學、太學及四門小學於洛陽。中土則老莊淸談流行，竹林七賢之類，相率以老、莊、易三書縱酒肆意，淸談終日。其時五胡諸帝，多信佛教，結社唸佛，學者景從。因此，南北朝的口頭傳播，宗教色彩特濃，演說自由，而多虛無出世之偈語。

隋唐相接，宗教大盛。祆教、景教、回教、摩尼教相率而來，並有儒釋合一之說。唐詩玆衍，唐文、俗文、佛曲及勸世詩等，已漸爲一般人誦唱。至唐玄宗創梨園，唱和之風益熾；說書亦因傳奇小說之流行而面世。所謂「斜陽古柳趙家莊，負鼓盲翁又作場」是也。以「吟詠酬唱」四字來形容隋唐的口頭傳播，應該十分恰切。

宋與遼金夏對峙，特重外交詞令，並且優禮文人，獎勵私人興學，開置書院，慶曆與熙寧變法，滲雜了新舊黨爭。宋代詩詞發達，理學盛行，惜乎多筆札之爭，而少討辯之事。

元朝南北曲流行，章回小說成了民間談話題材。歐洲敎士東來，引進了若干歐西科技和觀念，使口頭傳播的內容再次擴大。

明朝書院林立，黨禍亦烈。東林黨批評王室，宣崑黨干預朝政，齊、楚、浙黨則排斥東林黨言論。攻訐與講學，係當時口頭傳播的重點活動之一。

淸代的考據和八股再度阻延了口頭傳播的發展，所幸近代型的報紙及雜誌相繼面世，使傳播效果得以繼續擴大。淸末外患屢侵，內亂頻繁，革命先烈的言論，每多慷慨悲昂之調，國父中山先生之演講，尤爲感人肺腑。

民國成立後，北伐、「五、四」、抗日、內亂等大事相繼發生，街頭演說流行，口談內容，自然關乎政局民生。及至廣播、電視普及後，我國口頭傳播方法和形態，亦隨廣播電視的特質，而有了基本上的改變。惜乎我國學者，仍未作重大的深入研究。惟隨着工商社會的發展，與政治的特殊形勢，公關與宣傳，似係今後我國口頭傳播的重點之一。（目前在美國，口頭傳播課程，除教授語意、修辭、演說、辯論等課程外，並加入人際傳播、傳播心理、組織傳播、與傳播決策過程等內容。）

三、口頭傳播的弱點

「十口相傳」是我國古時口頭傳播的代名詞。它的最大弱點，是易於傳聞失實，以及易被人竄改。呂氏春秋察傳篇對於此點，有很精彩的描寫：「夫得言不可以不察，數傳而白爲黑，黑爲白。故狗似玃，玃似母猴，母猴似人，人之與狗則遠矣。」離謂篇又說：「亂國之俗，甚多流言，而不顧其實，務以相毀，務以相譽，毀譽成黨，衆口熏天，賢不肖不分。」孔子也提出警告說：「名不正則言不順，言不順則事不成；事不成，則禮樂不興。」

語言又常隨時間而變化，因方域而轉異，由是產生隔閡和誤解。沈步洲言語學概論中有說：「周誥殷盤，在今雖佶屈難解，其時不過俗語文告，齊民共和。詩三百篇，多行役之覼什，田間士女所作，亦必爲流行之恒語。周秦之際，領土漸廣，方言相錯，漸不齊一，……特有楚些、齊語、吳謠、越諺之別。」呂氏春秋愼埶篇云：「凡冠帶之國，舟車所通，不用象譯狄鞮。」高誘注曰：「周禮之象胥，古掌蠻夷閩越戎狄之國，使通其言也。東方曰羈，南方曰象，西方曰狄鞮，北方曰譯。」韓詩外傳卷四說：「楚之狂者楚言，齊之狂者齊言，習使之然也。」

空間的差異，造成語言的隔膜；時間的變遷，形成語言的藩籬，這都是我國口頭傳播上的障礙。所幸繙譯與訓詁這兩個工具，使這個難題得到很大的解決，「有繙譯則能使鄰國如鄉鄰，有訓詁則使古今如旦暮」，此之謂也。

四、口頭傳播的另一形式

此外，值得一提的是，除語言外，歌謠諺語在我國口頭傳播之發展過程中，佔有極重要地位。

說文云：「歌，詠也。」爾雅釋樂云：「徒歌謂之謠。」歌謠的產生，一如詩經所說：「心之所憂，我歌且謠。」以歌謠來表達思想，其好處是傳播便捷。所以林語堂博士在中國報業和民意史中，以爲「中國在沒有文字報以前，歌謠就是當時口語報。同時，歌謠亦可視爲文字報的前身。」

歌謠的起源極早，相傳伏羲之世，即有網罟之歌，藉以教民田漁；神農之世，有豐年之詠，以紀教民食穀；黃帝之世，則有龍袞之誦，用誌備物垂裳之盛德；餘如：

尙書大傳：「夏人飲酒，醉者持不醉者，不醉者持醉者，相和而歌：盍歸乎薄（湯都），盍歸乎薄，薄亦大矣。」

國風召南：「野有死麕，白茅包之，有女懷春，吉士誘之。」

類此，皆可以看出歌謠所表達的意義。謳歌確也能收到傳播的社教效果。

孟子離婁上：「有孺子歌曰：『滄浪之水清兮，可以濯我纓；滄浪之水濁兮，可以濯我足。』孔子曰：『小子聽之，清斯濯纓，濁斯濯足矣，自取之也』。」

孟子萬章上:「謳歌者，不謳歌堯之子而謳歌舜。……不謳歌益而謳歌啓。」舜、啓由是得位。

新莽晚年失政，義兵蜂起。莽派太師王匡，更始將軍廉丹等將士十餘萬往征青徐，起義之瑯琊人樊崇所號赤眉軍，大軍所過，百姓唱曰:「寧逢赤眉，不逢太師；太師尚可，更始殺我。」（前漢書王莽傳下）是以國語晉語言:「（晉）惠公入而背內外之賂，輿人誦之。……郭偃（晉大夫）曰:『善哉！夫衆口禍福之門也，是以君子省衆而動，監戒而謀，謀度而行』。」

再如散居在浙、閩、粵一帶，自稱爲盤瓠（古）後裔的畲（畬、峯）族，是我國少數民族之一，他們在宋元時南遷漢人聚居之處，人丁單薄，受到排斥。因此他們的「盤古王歌」就流傳着:「今來不比當初時，受盡阜老（漢人地主）幾多氣。」又說:「養女莫嫁阜老去，阜老都是無情義。」並一再告誡子孫，不要忘記歌中含義，所以這首歌末段還強調:「歌是畬民傳家寶，萬古流傳子孫唱。」

諺語是先民遺下來的智慧結晶。說文云:「諺、傳言也，俗言曰諺。」諺語本身，本無高深哲理，但因具有社會理念之權威性，常在不知不覺中，領導思想，迅速達到一個普遍認同的結論。如後漢明帝時，長安城中有傳謠曰:「城中好高髻，四方高一尺；城中好廣眉，四方且半額；城中好大袖，四方全疋帛。」用諷上有好者，下必有甚焉之時政。

從廣義而言，我國歷來之諫諍、淸議、奏疏、謠言、朝會、御議、策對、讖緯、劇樂和藝伶等，皆係研究我國歷代口頭傳播發展之精彩史實，或綜類研究，或斷代分析，俱無不可。本文僅就國史相關的記述，就其脈絡，略爲提點論列，概述我國口頭傳播嬗進的一般情形而已。

〔香港時報，民70、10、26，「第11版（文化與生活版）。〕

二、語言的魅力

在定義尙未界定淸楚之前，幾乎沒有人能肯定人類的語言，打從什麼時候開始，眞正廣泛地使用，又「古老」到什麼時候？我們只知道根據動物學家的硏究，猿猴——人類的老祖宗們——很早就懂得各種聲音、手勢和面部表情，來分辨是否同一種屬。

基於這種最「原始」的「推理情況」，狹義的語源學者，就馬馬虎虎的認爲，產生於人類的發聲器官，與被人類的聽覺器所接受的，就叫「語言」了吧！但持廣義的語源學者，卻大叫「N・G」。他們認爲「語言」是任何「意義」的轉變，除了人類的思想與人類意義的符號外，它更是姿態、圖畫、特別記號，甚至藝術等，各類不同形式活動的化身。

不管怎樣，在原始社會中，基於生存的實際需要，一點可以斷言的是，人類很早就懂得利用一種「口勢」(Mouth-pantomime)，來作「面對面」的「直接傳播」，以求表情達意，維持羣體的生活。

人類這種「天賦本錢」固可名之爲「上帝的禮物」，但更可能的一種情況是，宇宙洪荒之時，我們的老祖宗，已經領悟得自然界的天籟，可以加以模仿，並可以一種共通的約定(Convention)方式，象徵某些事物，彼此「依此阿那」。老祖宗們想通這種方法之後，即使在黑夜之中，只要不是離得太遠，他們都可以「傳音示物」，突破以往光靠「指手劃脚」的困窘。

可惜，老祖宗的耳朵，往往因地、因人而異。例如雄鷄的叫聲，央格魯薩克遜聽到的是「可克——阿——嘟杜——嘟」(Cook-a-doddle-doo）法國人聽到的是「可柯瑞可」（Cocorico），意大利人聽來的，是「漆卻瑞里七」(Chjcchirichi)；而咱們的中原人士，聽到的是「喔喔——喔喔喔」，廣東佬則聽成「咕沽顧鼓」！

聽得之不同，經驗之不同，從而發展成的語文也就不盡相同。聖經上記載，人類之所以受語文彼此不能互通之禍，是因爲野心太大，想造巴貝爾塔登天之故。事實上，即使沒有上帝的懲罰，人們是否能夠使用完全一致的語言，彼此溝通，仍然是個問題。一位十七世紀的瑞典語言學家，竟然嚴肅地斷言，在伊甸園中，上帝所講的是瑞典話，亞當講丹麥語，而蛇講的，卻是法語。語言不同，上帝、蛇卻仍然能與亞當溝通無礙，這是現代人類所不能望其項背的。

然而人類也能利用肢體手勢和簡單的辭彙，克服語言的障礙。一位居住美國十數年的老華僑，英語說來鴉鴉烏烏，有回看見車禍，跑到派出所報案。見到金髮碧眼的巡官，「話在心頭口難開」。情急之下，兩隻手握拳，互相一擊說：「Two Car Go：砰碰！」(兩部車子砰碰！）

接着手按胸脯，兩眼一翻說：「One Man Go 哎呀！」（一人叫哎呀！）巡官聽了，立即撥電話叫救護車。當然，並不是所有的語文障礙都是這麼容易就可以克服的。每一個文化不但有獨特的語文，並且有獨特的語文習慣與語文背景。在我國的機構裏，無論是到區公所、郵局或銀行辦事，辦事小姐的言辭多半相當簡潔：

「來幹什麼？」

「私章呢？」

「沒有？不能辦！」

這時辦事的人自然知難而退。再有意見，毋寧是自討苦吃。

但是在飛機路程不到四小時的日本就不同了，由一入大門到離開爲止，似乎每一分鐘都有辦事小姐不斷地在說

「歡迎之至！」

「請稍等片刻。」

「讓您久等，惶恐之至。」

「常蒙光顧，感激不盡，尙請再來。」

在一切「自動化」的今天，甚至連電梯、販賣機、提款機與汽車，也不厭其煩、嘮嘮叨叨地重複着這些客氣的話。

文化不同，不但語言的習慣不同，因背景不同而產生的特色，更爲突出。例如愛斯基摩語中的「雪」，中文裏有關烹飪的用語，與阿拉伯語中有關「駱駝」的用語，都相當專門化。

語言在人類的歷史上，可以說是「功過參半」，但是人之不能沒有語言，卻是相當明顯的。不久前，科學家發現把手語教給猩猩之後，牠們也天天忙着「說話」？沒有語言的世界，該是多麼地寂寞與乏味！

（王榕生時裝雜誌，民73、9.，第59期。）

三、「詩之外有事，詩之中有人」
——新聞歌謠賞析

前　言

我國文字報之雛型，來自漢唐邸報；「新聞」一詞，最早散見諸明、清章回小說，如清沈復之「浮生六記」，與曹雪芹之「紅樓夢」；「傳播」一詞，則見諸於明清之「上諭」及官方文書；而據林語堂先生研究，文字報前身厥爲歌謠之語言傳播。揆之於文學發展史實，歷代詩賦，除史詩一類外，尙可以「歸類」爲流布新聞的歌謠，所在多有。本文試臚列一些例子，透過確切內容，側述新聞歌謠大概形式。

一、詩　經

(1)小雅鹿鳴之什：出車（周宣王時，征伐玁狁之將士，歸來後之自敍詩。）

我出我車，于彼牧（地）矣。自天子所，謂（使）我來矣。召彼僕夫，謂之載矣。王事多難，維其棘矣。

我出我車，于彼郊矣。設此旐（旗）矣，建彼旄矣。彼旟（旐）

旐斯，胡不旆旆（旒垂）？憂心悄悄，僕夫況瘁（病）。

王命「南仲」（人名），往城于「方」（地名），出車彭彭，旂旐央央（鮮明）。

天子命我，城彼朔方。赫赫（威嚴的）南仲，玁狁于（是）襄（除）。

昔我往矣，黍稷方華；今我來思，雨雪載塗（滿路）。

王事多難，不遑啓居。豈不懷歸？畏此簡書（公文）。

喓喓草蟲，趯趯阜螽。未見君子，憂心忡忡；旣見君子，我心則降。赫赫南仲，薄（迫）伐西戎。

春日遲遲，卉（草）木萋萋。倉庚喈喈，采蘩祁祁（衆多）。

執訊（間諜）獲醜（惡），薄言還歸。赫赫南仲，玁狁于（是）夷（平）。

⑵小雅南有嘉魚之什：六月（周宣王北伐）

六月棲棲（奔波），戎車旣飭（整頓）。四牡騤騤，載（車載）是常（戎）服。玁狁孔熾（盛）。我是用急（戒備）。王于出征（興師），以匡（正）王國。

比物（能力相等）四驪，閑（嫺熟）之維則（有法度）。維此六月，旣成我服。我服旣成，于（日行）三十里。王于出征，以佐天子。

四牡脩廣（長大），其大有顒。薄伐玁狁，以奏（成）膚（大）公（功）。有嚴有翼（將帥），共（恭）武之服（事）。共武之服，以定王國。

玁狁匪茹（不自量力），整居「焦穫」（地名）。侵「鎬」（地名）及「方」，至于涇陽（地名）。織（幟）文鳥章（制服），白旆（飄帶）央央。元戎（先鋒）十乘，以先啓（起）行。

戎車旣安，如輊如軒（高低震盪），四牡旣佶（强壯），旣佶且閑。薄伐玁狁，至于「大原」（地名）。文武「吉甫」（人名），萬邦為憲（法）。

「吉甫」燕（樂）喜，旣多受祉（賞賜）。來歸自「鎬」。我行永久。飲御（進）諸友，炰（煮）鼈膾鯉（切細鯉塊）。侯（維）誰在矣？「張仲」（人名）孝友。

⑶小雅南有嘉魚之什：采芑（周宣王南征）

薄言采芑（蔬菜），于彼新田，于此菑畝。「方叔」（人名）涖（蒞）止，其車三千，師（衆）干（盾）之（是）試（練習）。「方叔」率止，乘其四騏，四騏翼翼（整飭）。路車有奭（赤色之革布），簟（竹席）茀（車蓋）魚服（魚獸皮箭囊），鉤（帶鉤）膺（馬帶）鞗革（飾金轡首）。

薄言采芑，于彼新田，于此中鄉（田中間）。「方叔」涖止，其車三千，旂旐央央。方叔率止，約軝（以皮纏轂）錯衡（轅衡彩繪），八鸞（馬口鈴）瑲瑲（聲響）。服其命服（階級制服），朱（色）芾（黃朱色）斯（其）皇（煌煌），有瑲葱（蒼白色）珩（佩上端之玉）。

鴥（疾飛）彼飛隼，其飛戾（至）天，亦集（棲樹）爰止（於此）。方叔涖止，其車三千，師干之試。方叔率止，鉦（似鐘樂器，止兵時敲打）人伐（擊）鼓（進兵時敲打）。陳（列）師鞠（告）旅。顯允方叔，伐鼓淵淵（鼓聲），振旅（整軍）闐闐（鼓聲）。

蠢爾蠻荊，大邦為讎！方叔元老，克壯（大）其猶（謀）。方叔率止，執訊獲醜。戎車嘽嘽（馬鳴嘶嘶），嘽嘽焞焞

(車聲隆隆)，如霆如雷。顯允方叔，征伐玁狁，蠻荆來(是)威(畏)。

二、漢 詩

(1)魏武帝: 蒿里行（敍袁紹、袁術等討董卓失敗之事）

關東有義士，興兵討羣凶。初期會盟津，乃心在咸陽。軍合力不齊，躊躇而雁行。勢利使人爭，嗣還自相戕。淮南弟(袁術)稱號，刻璽於北方。鎧甲生蟣蝨，萬姓以死亡。白骨露於野，千里無鷄鳴。生民百遺一。念之斷人腸。

(2)蔡琰（文姬）：「悲憤詩」（節錄）（敍文姬被胡人擄去所遭受的痛苦）

漢季失權柄，董卓亂天常。志欲圖篡弑，先害諸賢良。
逼迫遷舊邦，擁主以自强。海內興義師，欲共討不祥。
卓衆來東下，金甲耀日光。平土人脆弱，來兵皆胡羌。
獵野圍城邑，所向悉破亡。斬截無孑遺。尸骸相撑拒。
馬邊懸男頭，馬後載婦女。長驅入西關。迴路險且阻。
還顧邈冥冥，肝脾為爛腐。所略有萬計，不得令屯聚。
或有骨肉俱，欲言不敢語。失意幾微閒，輒言斃降虜。
要當以亭刃，我曹不活汝。豈復惜性命。不堪其詈罵。
或便加捶杖，毒痛參幷下，旦則號泣行，夜則悲吟坐。
欲死不能得，欲生無一可。彼蒼者何辜？乃遭此戹禍。
邊荒與華異，人俗少義理。處所多霜雪，胡風春夏起。
翩翩吹我衣，肅肅入我耳。感時念父母，哀嘆無窮已。
……。

三、曹魏詩

⑴阮瑀：「駕出北郭門」

駕出北郭門，馬樊不肯馳。下車步踟蹰，仰折枯楊枝。
顧聞丘林中，噭噭有悲啼。借問啼者誰？何為乃如斯？
親母捨我沒，後母憎孤兒。饑寒無衣食，舉動鞭捶施。
骨消飢肉盡，體若枯樹枝。藏我空屋中，父還不能知。
上冢察故處，存亡永別離。親母何可見？淚下聲正嘶。
棄我於此間，窮厄豈有貲。傳告後代人，以此為明規。

四、隋詩

⑴明餘慶：「從軍行」

三邊（北漠）烽亂驚，十萬（兵甲）且橫行。風卷常山陣，笳喧細柳營。劍花寒不落，弓月曉逾明。會取淮南地，持作朔方城。

五、唐詩

⑴岑參：輪臺歌奉送封大夫出師西征

輪臺城頭夜吹角，輪臺城北「旄頭」（星名）落。羽書昨夜過「渠黎」（地名），單于已在「金山」（地名）西。戍樓西望煙塵黑，漢兵屯在輪臺北。上將擁旄西出征，平明吹笛大軍行。四邊伐鼓雪海湧，三軍大呼「陰山」（地名）動。虜塞兵氣連雲屯，戰場白骨纏草根。「劍河」（地名）風急雲片濶，「沙口」（地名）石凍馬蹄脫。亞相（大夫）勤王甘苦辛，誓將報國靜邊塵。古來青史誰不見，今見功名勝古人。

⑵杜甫：兵車行

車轔轔，馬蕭蕭，行人弓箭各在腰。耶娘妻子走相送，塵埃不見咸陽橋。牽衣頓足攔道哭，哭聲直上干雲霄。道旁過者問行人，行人但云點行頻。或從十五北防河，便至四十西營田。去時里正與裹頭，歸來頭白還戍邊。邊庭流血成海水，武皇開邊意未已。君不見漢家山東二百州，千村萬落生荊杞。縱有健婦把鋤犁，禾生隴畝無東西。況復秦兵耐苦戰，被驅不異犬與鷄。長者雖有問，役夫敢申恨？且如今年冬，未休關西卒。縣官急索租，租稅從何出？信知生男惡，反是生女好。生女猶得嫁比鄰，生男埋沒隨百草。君不見青海頭，古來白骨無人收。新鬼煩冤舊鬼哭，天陰雨濕聲啾啾！

六、宋　詩

⑴蘇東坡：吳中田婦歎（寫江南農民之苦）

今年粳（大米）稻熟苦遲，庶（近）見霜風來幾時。風霜來時雨如瀉；杷（耙）頭出菌鐮生衣（銹）。眼枯淚盡雨不盡，忍見黃穗臥青泥！茅苫（茅草篷蓋）一月隴（壟）上宿；天晴穫稻隨車歸；汗流肩赬（紅腫）載入市，價賤乞與如糠粞（碎米）。賣牛納稅拆屋炊，慮淺不及明年飢。官今要錢不要米，西北萬里招羌兒。龔（遂）黃（霸）

（漢朝好官）滿朝人更苦，不如却作河伯婦。

七、清　　詩

⑴黃遵憲：紀事詩之「臺灣行」（節錄）（敍臺灣之割予日本）

城頭逢逢擂大鼓，「蒼天蒼天」淚如雨。倭人竟割臺灣去，當初版圖入天府，天威遠及日出處。我高我曾我祖父，刈殺蓬蒿來此土，糖霜茗雪千億樹，歲課金錢無萬數。天胡棄我天何怒？取我脂膏供仇虜！眈眈無厭彼碩鼠，民則此苦何辜罪！亡秦者誰三戶楚，何況閩粵千萬戶？成敗利鈍非所覩，人人效死誓死拒，萬衆一心誰敢侮？一聲拔劍起擊柱，「今日事之無他語，有不從者手刃汝！」堂堂藍旗立黃虎，傾城擁觀空巷舞。黃金斗大印繫組，直將「總統」呼巡撫。「今日之政民為主，臺南臺北固吾圉，不許雷池越一步。」海城五月風怒號，飛來金翅三百艘，追逐巨艦來如潮。前者上岸雄虎彪，後者奪關飛猿猱。村田之銃備前刀，當輒披靡血杵漂，神焦鬼爛城門燒。誰能戰守誰能逃？一輪紅日當空高，千家白旗隨風飄。……。

八、小　　結

從上述數首例子，不難窺見，舉凡出征、內亂、漂泊歷險、孤兒遭虐、懨戰、民瘼與戰敗割地等等事件，莫不「詩之外有事，詩之中有人。」新聞是歷史之重要取裁資料，若將以上之詩歌，抽提其事實，追尋其背景，明辨其意義，而將之譯寫爲新聞、特寫甚而時事分析，誰曰不宜？故名之爲古代新聞歌謠，實信而有徵。

四、說服與宣傳:「戰國風雲」外一章

「宣傳」(Propaganda) 這個「名詞」，的確很令人「迷惑」能夠羈繫它的人，視之爲無上法寶 。例如，美國學者莫克 (J.R. Mock) 與賴森 (C.Larson) 在分析美國在第一次世界大戰期間，所獲得的宣傳效果時，卽稱之爲「言詞贏得的勝利」(Words That Won the War)。討厭它的人，卻總認爲宣傳其實爲「一種語文的說謊藝術」(A Fine Art of Lying)。至於一般普羅大衆在碰到他認爲是宣傳的內容時，很可能只會聳聳肩膀，作見怪不怪的無奈狀。

其實，宣傳一詞與宣傳行爲兩方面，都各有其歷史淵源。就字義來說，英文宣傳一字，係由拉丁語動詞"Propagare"一字而來，而有繁殖及分散之意。在羅馬帝國時代，這字還有一個抽象的意義，卽消息的流布，已從竊竊私語，延伸到宗教教義的傳遞。一六二二年，羅馬教皇列哥里十四(Pope Gregory XIV)成立了一個名爲 "Sacre Congregatio De Propaganda Fide" 的宣傳機構，負責在異教徒的國度內，宣揚天主教義，吸收教徒。嗣後，天主教會卽把各種傳教的組織和運動，概稱之爲宣傳。因此，在義大利、西班牙等傳統的天主教國家裏，宣傳一語，向不蘊含罪惡和誹謗的意味。

由於宣傳一詞的多義性，許多人都曾爲它下過各種定義，並從而理化宣傳行爲的性質。

一九二七年，拉斯威爾 (H. D. Lasswell) 在其所著「(第一次) 世界大戰宣傳技巧」(*Propaganda Technique in the World War*) 中，嘗爲宣傳下了一個定義:「宣傳單指藉重要象徵物，左右個人意見; 更具體、但較欠準確的說法，是藉故事、謠言、報導、圖片以及其他社會傳播形式，控制意見。」但十年後，亦即一九三七年，經過更長期的思索後，拉斯威爾又將自己下的定義修正爲:「就最廣義而言，宣傳是運用各種表達方式，影響個人行爲之技巧。其表達方式可能出於口說、手寫、繪圖或音樂等等形式。」

著名的美國「宣傳分析研究所」(Institute for Propaganda Analysis)，亦於一九三七年成立，並將宣傳界定爲:「意見及行爲的表達，由個人或團體，以原先決定的目的，蓄意設計去影響另一個人或團體的意見或行爲。」

國父　孫中山先生則認爲:「宣傳是敎，使不知而變爲知; 宣傳是勸，使歪曲之知，變爲正確之知。」

美國總統杜魯門亦將宣傳解釋爲:「眞理的宣揚」。他曾在一次編輯人會議中，對美國新聞從業員說:「欺騙、曲解和謊言，被共產黨徒有系統的用作爲一件有意義的政策。這種宣傳，可以用我們人民所信賴的報紙、廣播和其他媒介所表達的，那種簡淨和樸實無華的眞理所克服。」

心理學者布朗 (Rogen Brown) 一度把「說服」界定爲:「引發他人採取行動的符號運用」，而宣傳則爲:「說服者希望激發的行爲，對說服者有利，但對被說服者並非最有利。」但從上述諸定義中，不難窺見，不論如何爲宣傳下界說，但其實際內涵，必以「說服」爲導向，「影響」爲目的。

奧佛雷·李(Alfred M.Lee)與伊麗莎白·李(Elizabeth B. Lee)夫婦，在「宣傳藝術」一書中 (*The Fine Art of Propaganda, 1939*)，曾分析高年斯神父 (Father Charles E. Coughlin) 的講詞，並提出下述七項宣傳說服的技巧:一、唱衰(扣帽子)政策(Name Calling):用一般人所憎惡的字句來詆謗，如「侵略」、「帝國主義」等。二、套其高帽(Glittering):以一般人愛聽的字眼來形容和稱讚對方，如「賢明」、「偉大」、「強盛」等。三、狐假虎威 (Transfer):亦即威望的轉移，係運用普遍受人敬重的標幟，來加強宣傳的力量，如國旗、十字架等。四、引用權勢 (Testimonial):運用權威者的話語或行爲，來增加宣傳內容的價值，比如名流首長的談話，偉人先哲的言行等。五、同病相依 (Plain Folks):走羣衆路線，強調傳者受衆的身份地位，或利害關係休戚與共。六、黑白混淆(Card Stacking):以眞眞假假的事項，靈活的安挿在宣傳的內容裏，加強宣傳說服的效果。七、人爲亦爲 (Band Wagon):強調「大勢所趨」，鼓動羣衆「吾從衆」的心理，予以支持。

說服傳播 (Persuasive Communication) 的技巧 (devices)，亦早爲我國所注意。尤其在春秋戰國之世，「楚材晉用，魏士秦徵」，憑三寸不爛之舌，即可晉身爲王官之末，四民之首。權術游說之士，實已成爲時代寵兒。九流十家之中，即有縱橫家者流;田常作亂，欲以伐魯，孔子亦不得不派「善爲說辭」的子貢，作孤注一擲。子貢果亦能旋乾轉坤，非但能存魯，並且亂齊、破吳、強晉、霸越，使諸侯一一就範。

縱橫家的始祖鬼(歸)谷子(蘇秦?)，就有「窮天之用，賊人之私」的「鬼谷子」三卷問世，將說服傳播技巧，分爲下列七個序次:

一、捭闔──「捭之者，料其情也;闔之者，結其誠也。」意即試探對方的立場和好惡。

二、內揵——「君臣上下之事」，「事皆有內揵素結本始」，因此「計謀之用，公不如私，私不如結，結比而無隙者也。」意卽務必取得對方信任，或利用對方的親信進言。

三、飛箝——「審其意知其所好惡，乃就說其所重，以飛箝之辭鈎其所好。」意卽先行讚美對方，然後投其所好而因勢利導。

四、揣情——「揣情者，必以其甚喜之時往而極其欲，其有欲也，不能隱其情；必以其甚懼之時往而極其惡也，其有惡也，不能隱其情。」意卽情動而中而形於外，說者可從而了解對方的實況和需求。

五、摩意——「摩者，揣之術也，內符（心態）者，揣之主也，用之有道（方法），其道必隱（間接）。微摩之以其所欲，測而探之，內符必應，其所應也，必有爲之。」意卽針對對方需求，間接提出滿足需求的方法，試探對方是否願意接受。

六、謀略——「仁人輕貨，不可誘以利，可使出費。勇士輕難不可懼以患，可使據危。智者達於數、明於理，不可欺以不誠；可示以道理，可使立功，是三才也。故愚者易蔽也，不肖者易懼也，貪者易誘也，是謂因事而裁之。」意卽因應對方的特性，提出實在而滿足需求的方法。

七、抵巇——成功的說服傳播，其條件正如鬼谷子所說的：「事成必合於數（機運），故曰道（方法）、數、與時（環境）相偶（配）也。」不過，當天時（數）、地利（時）、人和（道）不能配合的時候，說服的效果就變得勞而無功了。說者因此必須徹底檢討原因，待機而發。

最能得鬼谷子眞傳的，當然要算「頭懸樑、錐刺股」的蘇秦，和「一怒而諸侯懼，安居而天下息」的張儀。蘇秦遊說諸侯之旨，實亦鬼谷子的策略，可簡述一、二而證之。

1、說燕（文侯）：「秦之攻燕也，戰於千里之外；趙之攻燕也，戰於百里之內。夫不憂百里之患，而重千里之外，計無過（誤）於此者。是故願大王與趙從親，天下爲一，則燕國必無患也。」文侯可也。（說之以實，誘之入甕。）

2、說趙（肅侯）：「君誠能聽臣，燕必致旃裘狗馬之地，齊必致魚鹽之海，楚必致橘柚之園，韓魏中山，皆可使致湯沐之奉，而貴戚父兄，皆可以受封侯（動之以利）。」「秦欲已得乎山東，則必舉兵而趨趙矣；秦甲渡河，踰漳，據番吾，則兵必戰於邯戰（趙郡）之下矣（懼之以患）。」「六國從親以擯秦，則秦甲必不能出函谷以害山東矣！如此，則霸王之業成矣（計爲之謀）。」趙王從之。

3、說韓（宣惠王）：「夫以韓之勁，與大王之賢，乃西面事秦，交臂而服，羞社稷而爲天下笑，無大於此者矣（激而怒之）。」「且大王之地有盡，而秦之求無已，以有盡之地，而逆無已之求，此所謂市怨結禍者也，不戰而地已削矣（危言聳聽）。」於是韓王勃然作色。

4、說魏（襄王）：「夫事秦必割地以效實，故兵未用而國已虧矣（事秦之害）。凡羣臣之言事秦者，皆姦人，非忠臣也。夫爲人臣割其主之地，以求外交，偸一時之功，而不顧其後，破公家而成私門，外挾強秦之勢，以內刼其主，以求割地。願大王熟察之！周書曰：『緜緜不絕，蔓蔓奈何？毫釐不伐，將用斧柯，前慮不定，後有大患，將奈之何？』（去其疑慮）大王誠能聽臣，六國從親，專心、幷力、一意，則必無強秦之患。」魏王從之。

5、說齊（宣王）：「夫不深料秦之無奈齊何（飛箝），而欲西面而事之，是羣臣之計過也。今（六國合縱）無臣事秦之名，而有強國之實，臣是故願大王少留意計之！」齊王敬以國從。

6、說楚（威王）：「秦之所害莫如楚，楚強則秦弱，秦強則楚弱，其勢不兩立（秦楚世仇）故爲大王計，莫如從親以孤秦。」威王奉社稷以從。

可惜從約未滿一年，秦卽遣張儀欺齊魏以伐趙，趙讓蘇秦，從約遂解。其後，秦敗楚魏趙燕韓五國聯軍，張儀乃乘勢高唱連横之策，六國從之，距蘇秦之卒，僅六年耳。張儀之法，固亦有足述之處。

1、說魏（哀王）：「今從者一天下，約爲昆弟，刑白馬以盟洹水之上，以相堅也。而親昆弟，同父母，尙有爭錢財，而欲恃詐僞反覆蘇秦之餘謀，其不可成亦明矣（打擊合從）。」「秦折韓而攻梁，韓怯於秦，秦韓爲一，梁之亡，可立而須也。此臣之所以爲大王患也（害以懼之）。爲大王計，莫如事秦。事秦則楚韓不敢動；無楚韓之患，則大王高枕而臥，國必無憂矣（舉利誘之）。」「從人多奮詞而少可信，說一諸侯而成封侯。故天下之游談士，莫不日夜搤腕，瞋目切齒，以言從之便，以說人主，人主賢其辯而牽其說，豈得無眩哉（抵謗政敵）？」

2、說楚（懷王）：「秦地半天下，兵敵四國，被險帶河，四塞以爲固，虎賁之士百萬，車千乘，積粟如丘山。法令旣明，士卒安難樂死；主明以嚴，將智以武（刼以威勢）。」「且夫爲從者，無以異於驅羣羊而攻猛虎（誇大），虎與羊，不格明矣。今王不與猛虎而與羣羊，竊以爲大王之計過也（背從之由）。」「且夫從者，聚羣弱而攻至強，不敵而輕戰，國貧而數舉兵，危亡之術也。臣聞之，兵不如者，勿與挑戰；粟不如者，勿與恃久。夫從者飾辯虛詞，高主之節，言其利不言其害，卒有秦禍，無及爲已（重複提起過去，儆惕現勢）。」「秦兵之攻楚也，危難三月之內，而楚待諸侯之救也，在半歲之外，此其勢不相及也（秦攻楚易）。」「大王嘗與吳人戰，王戰而三勝，陣卒盡矣；偏守新城，存民苦矣。臣聞功大者易危，而民敝者怨上。夫守易危之功，而逆強秦之心，臣竊爲大王危之（楚不能戰）。」「夫秦楚相敝，而韓魏以全制其後，計無危於此者（楚攻秦難）。」

3、說韓（襄王）：「韓地險惡，山居，五穀所生，非菽而麥，民之食，大抵飯菽藿羹，一歲不收，民不饜糟糠，地不過九百里，無二歲之食。（糧食不足）。」「料大王之卒，悉之不過三十萬，而厮徒負養在其中矣。除守徼亭鄣塞，見卒不過二十萬而已矣（兵源不足）。」

4、說趙（武靈王）：「今秦有敝甲凋兵，軍於澠池，願渡河，踰漳，據番吾，會邯鄲之下。願以甲子合戰，以正殷紂之事，敬使臣先聞左右（最後通牒）。」「蘇秦熒惑諸侯，以是爲非，以非爲是，欲反齊國，而自令車裂於市。夫天下之不可一亦明矣（從不可恃）。今楚與秦爲昆弟之國，而韓梁稱爲東藩之臣，齊獻魯鹽之地，此斷趙之右臂也（借諸國壓趙）。」

5、說燕（昭王）：「且以趙王爲可親乎？趙興兵攻燕，再圍燕都而刼大王，大王割十城以謝（重複挑起舊恨）。今趙王已入朝澠池，效河間事秦。今大王不事秦，秦下甲雲中九原，秦驅趙而攻燕，則易水長城，非大王之有也。」

除蘇張之外，其餘諸子亦每多足述者。如商鞅以『投機』之法說秦孝公。鞅曰：「吾說君以帝王之道，比三代，而君曰『久遠，吾不能待。且賢君者，各及其身，顯名天下，安能邑待數十百年，以成帝王乎？』故吾以強國之術說君，君大悅之耳。」蘇代罷秦兵，用的是以甲制乙的離間計。蘇代曰：「今趙亡，秦王王，則武安君（白起）必爲三公，君（秦相應侯范睢）能爲之下乎？然無欲爲之下，不得已矣（一語刺入心坎）。」「今亡趙，北地入燕，東地入齊，南地入韓魏，則君之所得民亡幾何人。故不如因而割之，無以爲武安君功也。」范睢因請准秦王，許韓趙割地求和，罷兵，而白起自是與范睢有隙。

墨翟止楚攻宋，用的卻是請君入甕的誘擊法：墨子曰：「北方有侮臣，願藉子殺之。」公輸般不悅。墨子曰：「請獻千金。」公輸般曰：「吾義固不殺人。」墨子起，再拜曰：「請說之：吾從北方聞子爲梯，將以攻宋。宋何罪之有？荆國有餘於地，而不足於民。殺所不足，爭所有餘，不可謂智；無罪而攻之，不可謂仁；知而不爭，不可謂忠；爭而不得，不可謂強；我不殺少而殺衆，不可謂知類。」公輸般服。

從「正」的保守角度來說，宣傳實在係一種有系統的設計，以說服性的傳播，去影響他人的意見和態度，務使敵對者中立，中立者友好，友好者繼續擴展雙方關係。

綜春秋戰國之世游士的說服技巧，不外以捭闔、揣摩與利害爲中心，所謂利以動之，患以懼之是也。論者謂戰國之世無道義，共產之徒無好話，誠的論。蓋共產「引人注目」的技倆，歸納起來，有四個不易法則，此即：一、國內問題國際化，如審四人幫。二、法律問題政治化，如釋放「戰俘」。三、以「知識份子」爲打手，「文藝」作先鋒。四、好話儘說，陰作陽謀。三十六計之中，雖有笑裏藏刀、請君入甕兩着；惟坊間故事卻多貶「佛口蛇心」、「包藏禍心」、「口是心非」、「口蜜腹劍」、「指桑罵槐」、「含沙射影」等成語，可知巧言令色的厚黑之道，雖「奇」不取。是以鬼谷之道，未能廣傳爲後世法。

〔香港時報，民71.4.12；第11版（文化生活版）。〕

五、謠言與輿論

亂世固會「流言四起」，世俗亦多「議論紛紜」。當社會出現不安的狀態時，謠言 (Rumor) 與輿論 (Public Opinion)，很可能成爲團體意見的主要參考，從而左右了團體的態度和決策。若從謠言與輿論的種類和功能作一概括分析，社會大衆，當得以明瞭其所代表的意義，而免於道聽塗說，人云亦云之苦。

一、謠　言

謠言與風聞 (Hearsay)、竊議 (Backbiting)、閒話 (Gossip) 或醜聞 (Scandal) 一樣，仍屬一種曖昧的傳聞。它的存在，大概有兩種功能 —— 解釋和減輕個人緊張的情緒。謠言的出現，多係在社會處於「危機狀態」的時刻。因此，「傳謠者」通常係以社會「突然」的事件或問題爲對象；並在謠言歪變的簡縮(Leveling)、銳化(Sharpening)與「附會」(Assimilation) 的「嵌滲流程」(Embedding Process) 中，以某種方式，直接或間接地，將社會的意見蘊涵在內。

易於滋衍謠言的社會，通常存着客觀的社會因素，和成員的心理問題。

所謂客觀的社會因素，主要係指:

(一)社會不安——如戰爭、革命、經濟恐慌、天災、暴亂和面臨共黨、法西斯主義的支配等。

(二)報導的不足與歪曲——如新聞的檢查、支配階層限制言論自由和歪曲報導，播報機械的故障，例如因災害而致通訊中斷等。

所謂心理問題，則通常係指:

由經濟與政治而來的挫折，引起物質與精神上的不滿；親眼目睹暴力、饑荒或傷害的發生，引起現實的恐懼，感到社會的控制力薄弱，對社會前途產生隱憂；爲緩和上述的恐懼，而又能積極地獲得心理上的安定起見，情緒的神經機構 (Neural Mechanisms in Emotion)，乃時時刻刻以希望的幻想，試行消極的作心理上抵抗，藉以發洩「防衞」的需求。

不管是故意的「妖言惑衆」，抑或「以訛傳訛」。客觀的社會因素與心理問題糾結在一起，謠言就會「應運而生」。一般來說，大約有九類功能不同的謠言，分別反映各個不同的現象，惟事實上，一種謠言，通常是組合下列若干個謠言的因素而成的。

(一)挫折的謠言——在面對危機的時候，體驗着困境的人們，往往將乃在「醉生夢死」、或以不正當手段，尋求享受之輩，作爲謠言的材料。例如二次大戰末期，日本面臨着點火自焚的威脅，扶桑卽有:「軍官們天天在酒家飲酒享樂」的流言。

(二)不安的謠言——感於未來的不安，擔心的大衆，往往以一種「預想」的心態，散布他們認爲可能卽將來臨的處境。例如第二次世界大戰後，世界各地都有。「好像又有爆發大戰的徵兆」，「世界將發生天翻地覆的大變動」等謠言。

(三)恐懼的謠言——由於「恐怖經歷」的結果，誘發了人們虐待狂

(Sadistic) 的攻擊傾向，因而產生了這類的謠言。戰時有關敵軍暴行的「殘暴謠言」，即係一例。如越戰時，參戰的韓國海軍陸戰隊，被傳說「生劏越共俘擄」。

此外，大災禍之後，也會產生這一類的謠言。例如一九〇六年，美國舊金山大地震，即有:「……發現男人口袋中，帶有女人的手指。因爲沒有取下她戒指的時間」的傳說；一九二三年，日本關東大震災時，謠言同樣爲:「女人被樑木壓在下面呻吟，揮手求救，路過該處的男人，看到她手指間，套有金戒指，所以，連指頭也一道切斷帶走」。社會心理學家發現，此一類性質的謠言，雖異其國，但內容都極爲相似。

(四)希望的謠言——擬在幻想中解除實際的挫折感，冀圖以一種推想，替代滿足的因素。例如:「戰爭快要結束了」、「援軍要到了」、「明年經濟景氣，將會好轉」之類。

(五)抵抗的謠言——這種謠言是消極的，但通常含有抵抗權勢的因素。依抵抗意識的強弱，又可細分爲發洩、非難與敵意三類。

(A) 發洩的謠言：只以閒話或竊議的程度，揭人陰私，以發洩本身焦慮不安的情緒。謠言的內容，往往只是「蜚短流長」之類，被攻擊的對象，可能只是一個模糊的類型，而造（傳）謠者的抵抗意識，有時微弱得幾乎連本身也感覺不到。

(B) 非難的謠言：以非難而非「毀損」對象的方式，表現明顯的抵抗意識，從而滿足某一程度的攻擊慾。這類謠言，並不一定有特定的造（傳）謠者。有時，這些謠言，也能針對社會的弊病，產生警惕效果。

(C) 敵意的謠言：故意流布極之可畏的謠言，務令對手一仆不起。戰時交戰雙方的宣傳，每以這些謠言爲攻擊的重心。

(六)辯護的謠言——爲抗拒謠言的「傷害」，「被造謠者」，實行以謠制謠，以圓自我辯護和掩飾。這類謠言，通常帶有「乞」憐的成份，希望緩和民衆的反感。例如:「蹂躪人權」、「遭受毆打」、「無理拘捕」等申訴， 即爲一例。 有時爲加強辯護謠言的效果，造謠者或會改變立場，或修正行爲，以求配合。

(七)反擊的謠言——受謠言圍攻、處於不利立場的人，斷然駁斥此傳爲「空穴來風」、「子虛烏有」，用以反擊流言。 這種謠言， 通常透過權威的機構或人物，藉以卵壓石或處罰謠源的方式來達成。不過有時這種方式，反會「此地無銀三百兩」，使人們相信， 謠傳並非係「毫無根據的」，更加深謠言的流布。

(八)神怪的謠言——散布怪誕神秘、令人參信半疑的謠言，目的在引起注意，以達到自我誇大和宣傳的目的。例如吹噓身體異能，即係一例。 此與我國歷史上的讖緯、 如出一轍。 如王莽託符命， 以浚井得丹書:「告安漢公莽爲皇帝」，遂篡位稱帝。 漢光武帝信符讖，見赤符:「劉秀發兵捕不道，四夷雲集龍鬪野，四七之際火爲王。」因允諸將之請，正號卽位。

(九)擾亂的謠言——懷有目的羣體，圖透過謠言散布的方法，達到擾亂社會與人心秩序的目的，是居心叵測的一種敵視社會行爲。例如:對婦孺的失踪，說成爲建築地盆「打生樁」之類，便是一例。

語云「曾參殺人」，有目的、以訛傳訛的謠言，的確「人言可畏」。然而，只因爲民衆生活在不安定的社會局勢之中，具有不安的心理，所以才不管是謠言或是確實的消息， 人們才會趨之若鶩， 執迷於此。 所以，謠言的衝擊強度，實恒等於一件事件的重要性，與其曖昧不淸的程度的相乘積。

二、輿　論

輿論一詞，有謂係自英語而來，實則我國漢代末年，已開始使用。梁書武帝紀卽有:「行能減否，或素定懷抱，或得之輿論」之語; 而含有「輿，衆也，謂衆人之言論」(類書纂要) 之意。

在西方諸國中，首先使用輿論一詞者，則可追溯至法國大革命之後，出自財政部長奈克 (NECKER, J.) 等人把「L'opinion」「Publique」一詞作口號標語 (Slogan) 使用; 後卽濫觴爲英文之「Public Opinion」，與德文之「OFFENTLICHE MEINÚNG」。其後，法諺更有「輿論爲世界之后」(L' OPINION EST LA REINEDU MONDE) 一語。

就含義來說，輿論與民意應無差別，此卽孟子所謂之「天視自我民視，天聽自我民聽。」日本在明治維新時，更有「萬機決於公論」之議，而歐洲自古卽有:「民之聲卽神之聲」 VOX POPULI VOX DEI 的說法。所以，從公衆意見 Public will 的角度，探討輿論時，輿論就有下述的性質: (1) 以意見的對立爲前題，卽面對某一問題或事件，考慮如何應付，從而各異其見，乃進而討論。(2) 多以影響個人的社會和政治問題爲對象。(3) 提供有關對象的情報。(4) 在未組織的羣衆，或未持有既定主張的傳播機構中，形成論辯的激盪。(5)每一代表性意見，皆有其意見領袖。

基此數點特質，可知在現代社會中，要形成輿論得具備三項條件: (1) 輿論係來於獨立、自主與理性思考的個人意見; (2) 輿論表白之前，得經過公開與充份的自由論辯; (3) 大衆傳播媒介，充份提供輿論問題的背影資料，並有效地擔負社會概念的傳布任務。

如果以輿論表達的方式來論列，則輿論可概分爲二個層次:

(一)潛在的輿論——對於某種問題或事項，團體成員所持的信念或態度，已強固到某種程度，惟傳播通道受到干擾，未能化爲「公式意見」來表示，仍在某種可能範圍內，以某種方式（例如耳語），表達自己的意見。此種現象，在任何社會，任何時代，均可發生。

(二)現象的輿論——此卽一般所謂的輿論，亦卽針對特定問題，具體明顯而公開地表白各種意見。不過，這種輿論不是滙集各人任意表述的意見而成；而是團體成員，認爲某種意見具有代表性，乃據而爲一公式（標準）意見，顯播於外。

輿論的發生，通常係在遭遇重大的事故、犯罪、政治事件或經濟變動之際，以提出團體性的對策爲契機；但亦有僅因人們指陳其所察覺的問題，進而喚起的「輿論狀態」。此亦卽　國父孫中山先生所說:「鼓動風潮，造成時勢」之旨。

在現代社會中，輿論團體的規模愈大，則愈多不同社會規範而異質的小集團（Sub-group）。因此，以大城市或國家爲單位的輿論的形成，往往有下述四特徵:

(一)通常提出問題，並首先予以反應的，概屬居於特殊領導地位的人物，諸如官員、評論家與報人等；以及與問題發生直接利害關係的各類集團，諸如政黨、公會、利益團體與壓力團體。這是輿論形成的第一場面。

(二)人們或組織間的論辯，除了意見交流之外，更往往有各種實踐的活動；依各種勢力的盛衰消長，而使某一意見脫穎而出。

(三)爲使廣大的民衆週知自己的意見，從而獲得更多的同情起見，參與論辯者，無不將大衆傳播媒介，運用至最大限度；並欲在大衆媒介上面對陣，贏個「漂亮」的一仗。大衆媒介方面，也傾其全力予以合作，俾使民衆關注他們之間的論辯交涉情形。這是輿論形成的第二場面。由是，在羣衆之間，往往造成了一個印象，以爲捨去大衆媒介的意見內容，就沒有輿論了。

(四)在這種輿論形成過程中，一般「局外」民衆，終必認知各個特殊團體所持的意見；並且，在接受宣傳與說服的同時，亦多會認許其中一種標準意見，從而間接地提升某一意見受愛戴的地位。

根據輿論的研究，似乎很難有某一種意見，受絕大多數人的支持。依此而論，當團體規模變大時，現象輿論的代表性，難免趨於薄弱。甚而，由於受宣傳力量或獨佔大衆媒介影響的結果，民衆易將欠缺代表性的意見，誤認爲「公衆意志」而予以支持。究竟有多少人確信某種意見，並支持到何種程度，在分析輿論之時，確不宜忽視。

三、結　　語

謠言可能是有用心而趨向於誇大、喧染的傳聞，輿論則是將某種問題所持的態度的外在表現；兩者俱是社會狀況與民心的一種反饋（Feedback)，兩者亦得依賴大衆傳播媒介，方能迅速散布於衆。謠言當止於「記者」，傳播又膺「爲民喉舌」之命，大衆傳播媒介的社會責任，於斯可見。

〔香港時報，民71.1.12；第11版（文化生活版）。〕

六、新聞寫作析史

—兼談新聞寫作中可用那些「文學筆調」

前　言

呈現在印刷媒體之新聞寫作形式、體裁及取向，經歷了近百年的變衍，始有今日之面目。而其變動的原因，顯然受到史學、文學、科技、讀者、競爭及人文科學，尤其是傳播理論發展的影響。本文旨在簡略、但扼要地提列新聞寫作變遷的事實和年份，從而勾劃出若干影響我國新聞寫作的背景因素。透過這番類似「新聞寫作史」的整理，吾人或許能就未來新聞寫作的方向，作一番嚴謹思考，以配合傳播科技的發展。

一、新聞文體的歸類

自從口頭語（Spoken Language）與書寫語（Written Language）在表達形式上「分家」之後，受環境變遷的影響，書寫語文陸續產生了各類應用上的文體。就我古代情形而言，漢劉勰「文心雕龍」原將文體分爲論、說、辭、序、詔、策、草、奏、賦、頌、歌、贊、銘、誄、箴、記、傳、詩與檄等十九類。至清初姚鼐之「古文辭類纂」，又因時移世易，故將文體簡化爲論辯、詞賦、序跋、詔命、奏議、書牘、哀祭、傳誌、雜記、贈序、贊頌、箴銘及碑誌等十三類。其後，曾國藩編「經史百家雜鈔」，又將文體歸併爲著述門(論著、詞賦與序跋)、告語門(詔令、奏議與書牘)，以及記載門（傳志、敍記、典誌與雜記）等三門十個類別。

類似新聞寫作 (Journalistic Writting) 的實質內容，固可遠溯至先秦典籍，而漢唐邸報，更現其端。然而實際上，直至清朝咸豐、同治年間，歐西敎士東來辦報，近代報刊形式，始在中土萌芽生根。報刊文章之寫作形式，自後歷經民初之種種衝擊(如文學運動)，遷衍而爲目前之一般寫作體裁及結構。

新聞之寫作結構，大而言之，有純新聞之倒三角形，評論寫作之正三角形，以及特寫寫作常用之倒、正三角形之混合形。若就其體裁與相對之文體比較，則新聞報導似可歸屬爲記載門的記敍文；評論一類，似可歸屬爲著述門之議論文。至於特寫寫作，當亦可歸屬爲傳志、雜記記載門；而副刊及方塊小品，則可歸類爲抒情散文之屬。基於這些認識，循跡索源，吾人似可粗略歸納出若干影響我國新聞寫作的背景因素。

二、史學的影響

我國「寫的歷史」發源甚早。史學大師羅香林解釋說，寫的歷史者，爲人類對於其過去活動之迹象，與對於其社會變革歷程，不論其爲史記(記事)、史論(評論)，或稗官小說、雜記語錄(副刊)，洵可列作新聞報導範圍，故現今常謂今日之新聞報導，卽爲明日之史料，其來有自。

修史之法，大而言之，可粗分爲「斷代修史」與「分類通史」兩類。惟據清「四庫總目提要」之分類，則多至十五個類別。其中涉及新聞報導方式者有十類：即（一）正史（如「二十四史」）；（二）編年史（如「資治通鑑」）；（三）紀事本末（如「通鑑紀事本末」）；（四）別史（如「通志」）；（五）雜史（如「戰國策」）；（六）傳記（如「名臣言行錄」）；（七）史鈔（如「兩漢博聞」）；（八）載記（如「吳越春秋」）；（九）時令（如「荊楚歲時記」）；（十）地理（如「太平寰宇記」）。此十類在報刊上之爲用，又可分爲記事（敍述文——純新聞）、編年、傳記（人物時事特寫），與史論（議論文——社論、短評）四體。

寫史者自應「取材精、據事實、論斷嚴」。故春秋貴乎平舖直敍，可作爲古之純新聞；左傳記事而細述前因後果，有類解釋性報導；公羊與穀梁，長於推究內幕，比之於調查報導，頗有異曲同工之妙。春秋、左傳之筆，千古同頌，其所蘊含之理念，即衍變爲我國新聞報導的一個專業意理。蓋歷史的作用在「申以勸誡，樹之風聲」，則在爲明日的歷史蒐集資料時，焉可以不戒愼恐懼。所以刊登在報刊上的文章（尤其是特寫），雖然或可以「各言爾志」（表達作者的論點、觀念），但一般衞道之士，總希望作者都能文質彬彬，文以載道，因文證道，發揚善意、積極的一面，表達文學的眞實性，合乎孔子所說：「言之無文，行之不遠。」

三、文學的影響

（一）古文學的餘波

我國古文學豐盛而多姿。詩經、楚辭、子集、秦文、漢賦、駢驪、唐詩、宋詞、元曲與明清之傳奇，不單爲劃時代之文學特色，且互相影響激盪、流布，而遍透歷代文壇。然就其對我國近代新聞寫作而言，古文學之產生較強影響力者，當以十八世紀康熙之後、嘉慶之前，此一段時刻最爲重要。斯時之文學名著，戲曲則有孔尙任之「桃花扇」，李漁之「十種曲」、洪昇元「長生殿」；小說則有曹雪芹的「紅樓夢」，吳敬梓的「儒林外史」，白川的「綠野仙踪」，袁枚的「子不語」(新齊諧)，紀曉嵐(昀)的「閱微草堂筆記」；駢文大家則有「文氣甚闊」的洪亮吉，以及汪中、全祖望及章學誠諸人。

在古文方面，清初散文大家原有汪琬、魏禧與侯方域三人。其後安徽桐城之方苞，承明歸有光之餘緒，出而主張學習左傳、史記及唐宋八家的古文，不俗不枝，講究義法(言之有物、言之有序)，提倡義理、考據、辭章並重，要求語言雅潔，筆法清朗，令作品典雅、凝鍊、嚴謹。其後同邑弟子劉大櫆、姚鼐繼出，因同爲桐城人，故世有桐城派之稱。有清一代之散文文壇，受此派之影響甚巨。如後出之惲敬、張惠言(「陽湖派」)與曾國藩(「湘派」)，俱爲桐城派別枝。曾氏更以「經史百家雜鈔」一書，矯正桐城派之淺狹，而別樹一幟，與姚鼐之「古文辭類纂」相互輝映。

自清入關之後，漢人在失望、頹喪與無奈之餘，紛紛以小說之作來逃避現實，埋藏反清民族意識。一時間湧現了各種怪誕不經小說，朝野爲之側目。因此，康熙四十八年六月，曾議准地方官嚴禁淫詞小說；嘉慶七年禁荒誕不經小說，十八年禁淫詞小說。同治七年，丁日昌任江蘇巡撫，下令嚴禁坊間瑣語淫詞，不許刊刻販賣，並收繳「龍圖公案」等一百五十四種書刊，註銷焚燬，以杜流傳，頗收一時之效。

不過，步入十九世紀之後，小說之風，又再度熾盛。先是李汝珍以「鏡花緣」一册面世，轟動一時；而文康更以純粹北平話寫成「兒女英雄傳」，令士大夫之徒亦愛不釋手。至是，朝廷對於淫詞小說之禁制，已名存實亡。其後則有俞萬春之「蕩寇誌」(結水滸傳七十一回)；陳球以駢文寫成之「燕山外史」(嘉慶中); 韓子云(筆名「雲間花也憐儂」,曾任報館編輯)用上海方言寫成之「海上花列傳」。道光十八年又有「施公案」一書(又名「百斷奇觀」,作者姓名不詳); 再後有石玉昆之「三俠五義」(約成於光緒五年,又名「忠烈俠義傳」,後再由俞樾修訂,易名爲「七俠五義」)。之後又有「小五義」、「續小五義」、「彭公案」(約成於光緒十七年,貪道人作)、「萬年青」、「永慶昇平」、「七劍十三俠」、「七劍十八俠」、「劉公案」(劉墉事跡)、「李公案」(李秉衡事跡)、「花月痕」(又名「花月姻緣」,爲筆名「眠鶴主人」魏子安所作)。迨至二十世紀,則有李伯元(寶嘉)之「官場現形記」,吳沃堯(筆名「我佛山人」)之「二十年目睹之怪現狀」兩書。李伯元曾辦過「指南報」、「遊戲報」及「海上繁華報」等報刊,對一般民衆甚有影響力。惟自上述兩書刊行後,滿清因已殘腐不堪而改元在即,古體小說之普盛時代,遂成陳跡。梁啓超謂小說有燻、浸、刺、提之功,此百餘年間之小說形式,對我國初期新聞寫作方式,其影響之大已毋容置疑。

(二)歐西文學的衝擊

一八一五年八月(清嘉慶二十年),倫敦佈道會教士馬禮遜(Robert Morrison)在馬來半島之馬六甲創辦中文月刊「察世俗每月統記傳」(Chinese Monthly Magazine),不但開我近代報刊之先河,最重要之一點,則是爲往後報章體,打下以「淺白文字」來寫作的先例。厥後,西方教士來華辦報日衆,咸同之際,日報漸興。到了光緒初年,各報消息,除取材自京報之外,已漸次選譯歐美報刊內容。至是西報寫作之形式結構,已在國人眼前掩映生輝。

綜而言之,十八世紀時期,歐西流行「新古典主義」,傾向於理智的崇拜; 十九世紀前期,則「浪漫主義」興起(例如雨果),提出「情感」

和「想像」(造境)的綜合整理。而十九世紀後期迄今，則屬著重在「寫境」的「寫實主義」(如法人巴爾札克)。二十世紀則有「超現實主義」(如法人布列頓)，寫夢境及潛意識；以及自然主義（如左拉）和象徵主義。我國新聞寫作原則，大致來自美國，而美國則源於英國。

有「英國報業之父」(The father of the English Press) 之稱的狄福 (Danial Defoe, 1659-1731)，不但以簡樸、不尙雕飾筆調，寫出「枷鎖頌」(*Hymn to the Pillory*)、「魯濱遜飄流記」(*Robinson Crusoe*)、「大疫年」(*A Journal of the Plague Year*) 等著名寫實小說，並創辦了「評論」雙日刊 (The Review)，寫下英國雜誌史重要的一頁。發表在「評論」中的論文，幾乎全出於狄福之手，文筆優美而富建設性。他曾表明他的寫作原則「是假設對五百個不同職業的羣衆說話，而讓每個人都聽得懂。」

十八世紀中葉，英國文壇是約翰生(Samnel Johnson, 1709-1784)時代。他常在當時英國第一月刊之「紳士雜誌」(Gentleman's Magazine) 上投稿，其中內容多屬與新聞報有關之「散文小說」(Prose fiction)，「拉賽賴士」(Rasselas)，即爲其名著之一。約翰生雖被譽爲「英國十八世紀最傑出的評論家」，但他爲文時，卻從不用深奧拙笨的字句，而照様能發人深省。其後約翰生自己創辦「漫遊者」(Rambler)，每周發行兩次，並爲「寰宇紀事報」(Universal Chronicle) 中，開闢「閒人」(The Idler) 專欄，以小故事，大道理方式撰文，深受讀者歡迎。

十九世紀前半期，英國小說家人材輩出。除前段提到之史格德外，尙有寫「傲慢與偏見」(*Pride and Prejudice*) 的奧斯丁 (Jane Austen, 1775-1817)，寫「雙城記」(*A Tale of Two Cities*) 與「塊肉餘生記」(*David Copperfield*) 的狄更司 (Charles Dickens, 1812-

1870)。後半期則有寫「亞當皮特」(*Adam Bede*) 的易律 (George Eliot, 1820-1870, 原名 Mary Amn Evans); 寫「愛麗絲漫遊奇境記」(*Alice in Wonderland*)的卡洛爾(Lewis Carroll, 1832-1898, 原名 Charles L. Dodgson); 寫「金銀島」(*Treasure Island*)、「新天方夜談」(*The New Arabian Nights*)、「被拐」(*Kidnapped*) 的史蒂文生 (Robert L. Stevenson, 1850-1894)、蕭伯納 (George B. Shaw, 1856-1950) 等小說名家。

1. 英國文學

英國在十八世紀之初，報刊雜誌已非常發達，且辦報的多爲文學家。例如在一七〇九年四月創辦「閒話報」(Tatler) 的史蒂爾 (Richard Steele, 1672-1729)，與在一七一一年三月創辦「旁觀者」(Spectators)、停刊後再辦「保護者」(Guardian)的艾迪遜(Joseph Addison, 1672-1719)，都爲其中佼佼者。艾迪遜不單寫歷史，也寫傳記、遊記、小說及政治論文。所寫小說，多以英國社會風俗及中下層人物爲題材，後來以寫歷史小說聞名於世的英國史格德 (Sir Walter Scott, 1771-1832) 與法國大仲馬 (A. Dumas, 1802-1870) 都曾受他的影響。

2. 美國文學

美國在十九世紀大革命前，幾無知名作家。至佛蘭克林 (Benjamin Franklin, 1706-1790)，始以其「自傳」(*Autobiograph*) 聞名於世。佛氏曾接掌「賓夕法尼亞公報」(Pennsylvania Gazatte)，並撰寫嚴正評論及幽默小品。繼之則有以「雜記」(*The Sketch Book*) 一書，而使歐洲文壇認識美國文學的歐文(Washington Irving, 1783-1859)。繼後則有寫「奸細」(*The Spy*)、「最後一個莫希根人」(*The

Last of the Mohicans) 的柯柏 (James F. Cooper, 1789-1851)。

十九世紀前半期，則有寫「紅字」(*The Scarlet Letter*) 的霍桑 (Nathanial Hawthorne, 1804-1864)；寫「被盜的信」(*The Purloined Letter*) 的大詩人愛倫坡 (Edgar Allan Poe, 1809-1845)。愛倫坡善寫有力短篇小說和偵探心理小說，並且貴能超越傳奇。他認爲創作是「把意思完全寫出，寫些堅實、圓滿及永久的作品。」著名的散文則有「萊琪亞」(*Legia*) 與「影」(*Shadow*) 兩文。愛倫坡之作品，令歐洲文壇反過來受美國文學的重大影響。愛倫坡之後，繼起的有寫「黑奴籲天錄」(*Uncle Tom's Cabin*)、被林肯總統稱爲「引起這次（南北）大戰爭的小貴婦」的施活夫人 (Mrs. Harriat B. Stowe, 1812-1896)。南北戰爭之後 (1861-5)，馬克吐溫 (Mark Twain, 1835-1910，原名 Samnel L. Clemens)，以記者、作家身分，到歐洲及各地採訪，所寫書信驚震文壇。如「海外的呆子」(*Innocents Abroad*) 卽其名著，有「美國文學的林肯」之譽。其後，則有寫「一個時代的例子」(*A Modern Instance*)、「吉頓人」(*The Kentoms*) 的豪威爾 (William D. Honells, 1837-1920)；寫「法拉特的斥逐」(*The Outcasts of Poker Flat*) 的赫特 (Bret Harte, 1838-1902)；寫「一個貴婦的肖像」(*The Portrait of a Lady*)、「美國人」(*The American*)、「金鉢」(*The Golden Bowl*) 的占姆士 (Henry James, 1843-1916) 以及寫作十分新聞化，著有「四百萬」(*The Four Million*) 的奥·亨利 (O. Henry, 1862-1910, 原名 William S. Porten)。邁入二十世紀，較著名的則有寫「野性呼聲」(*The Call of the Wild*) 的傑克倫敦 (Jack London, 1870-1916)；寫「紅色勇章」(*Red Badge of Courage*) 的金尼 (Stephen Crane, 1871-1900) 與安特生 (Sherwood Anderson, 1876-1941) 等人。

當然，提到對美國文學有所影響而又出身於新聞界的，則漢密爾敦(Alexander Hamilton, 1757-1804)、海明威(Ernest Hemingway, 1898-1961)等人，都應記上一筆的。

(三)歐美寫作理念的變遷

1.前期發展

——一七〇四年，創辦「波士頓通訊周刊」(Boston News Letter)的甘倍爾(John Campbell)，揭櫫在寫作新聞時，注重富於人情趣味的故事。該報編輯卓普爾(Richard Draper)據此，而在新聞缺乏時，輒以「耐人尋味的文字」以娛讀者。

——一七二一「新英格蘭新聞報」(New England Courant)創刊，在內容上，摒棄「倫敦公報」(London Gazette)注重歐戰及宮廷新聞取向，率先以趣味論說，與詩歌作爲特寫材料。

——一七二九年，佛蘭克林接手「賓夕凡尼亞公報」，亦受時勢影響，注重「適意而娛樂」的報導題材，讓讀者享受閱報之樂。

——一八三〇年前後，美國報業走的是政黨報導路線，以主觀、肯定角度，報導所支持的黨派，並打擊其所反對的敵對集團。目前美「華盛頓月刊」(Washington Monthly)所標榜之「評估報導」(Evaluative Journalism)肇源於此。

——一八三三年，班哲明・戴(Benjamin H. Day)創辦售價一分錢的「太陽報」(The Sun)，爲求通俗流暢，更著重新聞的本地化和寫作趣味化。

——電報發明後，美國報紙開始用此新科技傳遞新聞。但因費用昂貴，紐約六家報紙，遂於一八四八年中，成立採訪部(美聯社前身)，利用電報收集新聞，由各報分攤費用。由於要顧及各報的不同政治立場，新聞報導的角度及筆調，開始注意「客觀性」的要求（例如在報導中呈現各方意見，提出證據，證明報導的正確性，適當使用引號，把事實依適當的順序排列等作法。）

——美國在南北戰爭之前，新聞報導方式，是以事件發生之時間順序為主。此種正三角形的布局結構，導言、內文、段落並沒有明顯分野，連標題也只是一種提示性質（如「災禍新聞」）。學者稱之為「英國式的新聞寫作」(The British Style of News Writing)，我國初期的新聞寫作式樣，亦與此種形式無異。

——南北戰爭爆發，戰地特派記者在傳遞新聞時，常因電報線路的破損而中斷，使得最重要之尾段無法獲知。為解決此一問題，紐約報館要求記者在拍發新聞時，先將重要消息，作數行「提要」(Outline)，發在新聞前端。此端一開，各報競相效尤。

——一八六五年四月十四日，紐約美聯社駐華盛頓一位記者，在報導林肯總統被刺的消息時，一反過去方式，劈頭便說:「總統今晚在戲院遭受槍擊，可能傷勢嚴重。」這是「美國式新聞寫作」(The American Style of News Writing)，亦即倒三角形結構的濫觴。

——內戰結束後，注重何人、何事、何時、何地、何故與如何的導言，已被廣泛應用，美聯社提導更不遺餘力，故有「美聯社導言」(The AP Lead) 之稱。

——一八七〇年，剛接長「紐約太陽報」(New York Sun) 的丹納 (Charles A. Dana)，提出以「詼諧的警察」等一類「人情趣味故事」(Human Interest Story)，來引發讀者興趣、好奇、哀憐與共鳴，獲得極好迴響。(丹納曾有「狗咬人不是新聞，人咬狗才是新聞」之語 "If a dog bites a man, it is not a news. If a man bites a dog, it is."——事實並不盡然。)

——從一八三〇至一八八〇年間，英美兩國辦報者，注重新聞報導，忽略評論，並得兼顧編輯與經理兩部門，故有「個人報業」(Personal Journalism) 之稱。如英國勞森 (Edward L. Lawson) 之辦「倫敦每日電訊」(The Daily Telegraph)，美人葛利萊(Honace Greeley) 之辦「紐約論壇報」(The New York Tribune)。至一八八三年，美人普立茲 (Joseph Pulitzer) 買下「紐約世界報」(The World)，英北岩勛爵 (Lord Northcliffe) 創辦「每日郵報」(Daily Mail)，始運用企業手法經營，稱爲「新報業」(New Journalism)。爲了營業上的競爭，自是興起了以聳動、激情爲報導取向的「黃色新聞」(Yellow Journalism)。(「黃色新聞」一詞，係因紐約「世界報」星期版連載漫畫「黃仔」"Yellow Kid"而得名。)

——十九世紀後期，報紙的「星期版」(Sun Day Issue) 盛行，特寫成爲必備內容，「特寫供應社」(Features Syndicate) 遂成新興行業。特寫體裁成多元發展。「社論版」(Editorial Page) 與「專欄作家」(The Columist) 地位，日益提高，隱約成爲一個「新的個人報業」(a new personal Journalism)。(不過，就事實而言，直至二十世紀三十年代，一般人尙以"Colyumnists"來取笑專欄作家，用諷彼等只以幽默小品來譁衆，格調不高。)

——踏入二十世紀一、二十年代，美國「麥克魯爾雜誌」(Mclure's Magazine)，以月刊內數枝如椽之筆，大肆揭發社會黑暗面，表揚光明，藉收懲惡勸善 (Crusade) 之效，稱之爲「扒糞運動」(Muckraking)，開日後調查報導先例。一九〇〇年，美聯社提出「客觀報導」(The Objective Reporting) 的口號，主張新聞應報導事實而非意見。

——一九一一年三月廿五日，合衆社（今之合衆國際社）記者謝柏(William G. Shepherd)，在報導一間工場大火，工人被困在九樓而跳下逃生摔死時，在導言中寫著:「撲的」一下，一個死了!「撲的」一下，一個死了!「撲的」一下，一個死了! 此種現場動感的寫作方式，成爲往後所謂「色彩新聞」(Color News) 的一則範例。謝柏主張在寫新聞時要明快，不要矯揉造作。他的名言是:「爲奧馬哈的工人寫新聞。」

——第一次大戰爆發，因爲新聞界奉行客觀的「事實報導」(Facts Reporting)，竟令大多讀者對潛在的戰爭危機，茫然無知。讀者只是在「新聞事件」(News Event) 發生之後，才得知這件事的「新聞」(News)。一九二三年，廣播勃興，並將新聞作「小說化」(Fictionization) 與「戲劇化」(Dramatization) 處理。一向注重時宜性的報紙面臨前所未有之競爭壓力。魯斯 (Henry R. Luce) 在創辦「時代週刊」時，已注意及此，除要求記者報導事實之外，尚應作爲一個「闡釋者」(Interpreter)。一九二九年，美國發生經濟大恐慌，報刊又因缺乏事前的預警，而使民衆手足無措。至是「純事件報導取向」(Event-Crientation)的客觀性新聞寫作，備受抨擊，新聞學者麥康(Maxwell MaCombs) 更稱之爲「冰山理論」(Iceberg Theory)。因此，民衆要求對錯綜複雜之社會經濟現象，有所解釋，並在報導中，增添背景資料，以補充讀者知識。經此一鬧，促使了強調新聞背景及意義的「解釋性報導」(Interpretative Reporting)之興起。合衆社開始執行「解釋平凡事實」的任務。一九三八年，美西北大學教授麥道高 (Curtis D. MacDougall) 並以此爲書名，爲解釋性報導正定名份。至五〇年代，從事解釋性報導寫作，已成爲風尚。另外，新的專欄作家也逐漸增多，而描寫官場實況的「內幕與瑣聞」(Dopeand Gossip) 專欄，又開始為讀者所喜愛。

——第一次大戰末期，合衆社記者白格勒 (Westbrook James Pegler, 1894-1969) 為報刊撰寫「公平之至」(Fair Enough) 專欄，見不平之事，輒以鋒利文筆撻伐，後人以「白格勒主義」(Peglerism) 或「白格勒化」(Peglerize)名之。

——一九一九至一九二四年之間，美國四開小型報紙 (Tabloid) 流行，如「紐約每日新聞」(New York Daily News)、「每日鏡報」(Daily Mirror)、「每日圖文」(Daily Graphic) 等報，運用大幅照片，簡短寫作方式，報導犯罪、性、黑社會、謀殺、好萊塢明星等煽情醜聞事情，稱之為「爵士新聞」(Jazz Journalism)。此種作法，直至經濟大恐慌前，才在形式上結束，但煽情主義 (Sensationalism) 的新聞處理手法，一直沒有停過。二次大戰時，美聯社總部經理古柏 (Kent Cooper)要求部屬應從事「直接、依據事實與完整的新聞報導；但在同時，仍應深入表面，敍述眞實故事。」四十年代前後，由於讀者對背景事實的要求了解，調查性報導，已逐漸在報刊上，占一席之地。

——二次大戰之後，電影、電視漸次構成影響力，各類型雜誌又再湧現。報刊報導內容及方式，又再一次飽受改革壓力。除了嘗試報刊圖片化、雜誌化之外，更以解釋性報導「穩住陣脚」。為了避免解釋一詞之主觀性內延意義 (Connotation) 起見，新聞學者漸次以「深度報導」(Depth Reporting) 這一「筆名」來替代。而且，早在一九五三年之時，戴維斯 (Elmer Davis) 已將事實、背景與意義，列為「三度空間報導」(Three-Dimension Reporting) 之三要素。不過直至一九六四年，高普魯 (Neale Copple) 方將背景性報導、人情味報導與解釋性報導，三者融為一書，定名為「深度報導」(*Depth Reporting: An*

Approach to Journalism)，此後，「深度報導」一辭才正式有了著落。其時，我留美新聞學者回臺服務者日衆，並開始將各類報導方式，詳加引介。

——一九六〇年代，越戰轉熾，美國校園反戰情緒激烈，經濟失調，但這種混亂的局勢，卻促成了「新新聞」(New Journalism) 與「調查報導」(Investigative Reporting) 的興起。新新聞是收集新聞事故的資料，運用小說對白、獨白等筆法，融合作者創造力與想像力，寫成「新聞故事」。梅勒 (Norman Mailer) 反越戰的「夜行軍」(The Armies of the Night)，即爲一典型作品。不過，新新聞作者，大多以寫小說或雜誌稿爲主（如「紐約客」）。美國早期的扒糞運動，到了六十年代，又因若干記者著重發掘當時政府機構之「內幕新聞」(Inside/Insiderities Story) 而搖身一變成爲熱門的「調查性報導」。儘管其報導的方式及技巧，常因某些錯誤而飽受批評，但「水門事件」的成就以及一般人對「官樣文章」(government-dominated journalism) 的不信任，使這種報導方式，仍爲新聞界所樂於取用的發掘新聞方法。新新聞、調查報導因有含有檢討現實社會、注重苦疾、不平等現象、攻擊制度、要求改革，故又有「拗彆新聞學」(Alternative Journalism) 之稱（姑且名之）。六十年代前後，大衆傳播學者又認爲，爲求國家發展，應多報導農業新知、醫藥衞生、教育文化等資訊而不應一味報導災難、戰爭、意外等事件，因此又有所謂的「發展新聞學」(development journalism)。〔內幕新聞曾一度產生以錢來買線索的「支票部新聞」(Checkbook journalism) 的不良作法。〕

——二次大戰之後，社會科學漸受重視，計量研究 (quantitative research) 盛行。由於教育普及，獲有碩士以上學位，懂得採用量化的統計方法來蒐集資料、分析結果，並據以寫成報導的記者亦越來越多。

此種目的在以實在數據 (Data)，表示客觀事實的「精準新聞報導」(Precision Journalism) 方式，自梅爾 (Philip Meyer) 之提倡後，備受注目，並且因電腦之廣泛應用，而使需要將資料儲存統計、分析的精準新聞報導，如虎添翼。

——美國洛杉磯時報(The Los Angeles Times)記者約翰・達特(John Dart) 於一九七〇年五月號之 "Quill" 雜誌上，提出「欲何」(So What) ——「這又怎麼樣啦！」——的寫作觀念，亦即主張注意事件之意義與影響。

2.最近發展

——調查報導雖然恢復了揭發醜聞的古老任務，新新聞又可以作者主觀意見，尋找事實的層面。但錯誤強調了「醜聞」，就成譁衆取寵，甚而洩密。新新聞又往往在小說技巧的應用上，將追溯、甚至虛設的場景與事實融混在一起，令人「不知虛實」。美國凡德比大學(Vanderbilt University) 教授尼爾遜 (Michael Nelson)，認爲目前「華盛頓月刊」(The Washington Monthly) 所採用的「定値性報導」方式或可以彌補調查報導與新新聞的缺失，經過一番思考、整理之後，他替華盛頓月刊這種專門報導政治新聞的特殊取向報導方式，取名爲「評估報導」。評估報導要求「比客觀報導更接近事實」，但可以在報導中，作自我判斷，爲提供意見與分析，並從中篩檢出所報導事件的普遍原則。

——自新新聞學在寫作三叉路上，有意無意間走向小說與雜誌的大觀園後，竟是「一入侯門深似海」。前仆後繼的有志之士，承其餘韻，又打出「藝文化新聞報導」(Literary Journalism)的旗幟，主張深入了解事件眞相，注重行文布局、用親身語氣，眞實報導，不作任何虛構。此爲歐美新聞寫作理念之最新發展。當然，如美國俄勒岡大學新聞學院所提倡之「環境報導」，西北大學之「都市新聞學」，馬凱特大學（Marquette University）之「宗教新聞學」，以及其他大學的社區新聞、國際新聞、科學報導、農業報導，及電訊報導（electronic reporting），都是一種趨勢。而在一個多元化社會中，報導方向，固以「多意識層面與透視性新聞」（Multiperspectival news）爲主，以滿足社會大衆需要，其以「鼓吹」（advocacy）與「反對」（adversary）爲導向之編採政策，又有「AA 新聞學」（AA Journalism）之稱。

四、我國新聞寫作取向的起伏

歐美傳教士在華辦報之同時，淸廷已日薄西山，朝野要求維新之聲孔急，終而無濟於時。革命先烈鼓吹民主，一舉建立民國。惟自後歷經二次革命、袁世凱稱帝、軍閥之混戰、革命軍北伐、日寇侵華，以至中共攫權、政府遷臺等事故。我國新聞寫作方式之取向，在此百餘年間之起伏復亦波瀾壯闊。

——同治末年至光緒中葉，商業報紙內容，每多無病呻吟，陳腔濫調之作。梁啓超形容爲「記載瑣故，采訪異聞，非齊東之野語，卽祕辛之雜事。閉門造車，信口以談，」「軍事敵情，記載不實，」「甚乃揣摩衆情，臆造詭說……。」評論則十足避重就輕的「阿富汗主義」（Afghanistanism），不是「西學源出中國考」，就是「中國宜亟圖富強論」；而「臧否人物，論列近事，陷譽憑其恩怨，筆舌甚於刀兵。」此外，由列強支持而在華刊行的報章，如日人在北京辦之「順天時報」（一九〇一年），英人在上海辦的「字林西報」（North China Daily News, 1864），更刻意蠱惑民心，詆毀當軸，黑白混淆，抑中揚外。

——維新政論時期前後，時務評論文章爲報刊之靈魂，康有爲、梁啓超爲其中主要人物。康有爲出資辦「中外公報」(一八九五年),「設報達聰」鼓吹維新變法,並在當時仍然講究文章義法的桐城古文餘風中,致力於今文體的引介,力矯桐城之失(譚嗣同有「論報章文體」一文傳世)。梁啓超不但善寫政論文章,平易暢達,反覆辯論,議論宏肆;且「筆鋒常帶有感情」,突破章法八股窠臼,漫掇中外俚俗名詞,爲文有排山倒海之勢,學者號之爲「新民體」全國報刊雜誌,競相倣效。

——甲午戰後(一八九五),嚴復毅然從事繙譯赫胥黎之「天演論」、亞當斯密的「原富」、約翰穆勒的「羣己權界論」與「名學」、以及孟德斯鳩的「法意」等名著,又與夏曾佑於光緒二十三年(一八九七),在天津辦「國聞報」。他的譯文,秉具信達雅標準,文筆古馴,爲文言文擁護者。光緒二十四年(一八九八),裘廷梁創辦「無錫白話報」,倡導白話文,此後「蘇州白話報」、「杭州白話報」、「揚子江白話報」與「京語報」等十餘份白話報相繼創辦,語體文在報刊上,已露曙光。

——戊戌政變(一八九八)後,梁啓超亡命日本。光緒二十八年(一九〇二)他在日本横須賀創辦「新民叢報」雙周刊,開我報章之有「特寫」內容先河。梁啓超原屬主張君主立憲的保皇黨,光緒二十九年(一九〇三)遊美歸日後,態度更爲堅決,遂與革命黨報「民報」引起一場歷時兩年的大論戰。「民報」執筆者如宋教仁、胡漢民、戴季陶等先烈,都是俊彥之士,立憲論又比不上革命論之順天應人,梁啓超最後黯然敗落。惟兩報雖互相叫罵,但國事越辯越明,對當時一般青年影響至鉅。革命黨人如陳少白、蔡元培、章炳麟、吳敬恒、于右任、朱執信等人文章,讀來尤令人熱血沸騰。

——民國成立後,天津「時報」請黃遠庸(遠生)擔任駐北平特約通訊員。他文筆淺白優雅,「一篇既出,紙貴洛陽」,爲當時大多數特約通訊員的表率(有人認爲是往後「報導文學」始祖)。黃遠生又曾襄助梁啓超辦「庸言」雜誌，故有「梁黃文章」之稱。除黃遠生外，邵飄萍與張季鸞，亦分別擔任「申報」與「新聞報」駐平特約通訊員，文筆犀利，所發文稿備受歡迎。

——民國建基甫定，困境隨生：二次革命失敗、袁氏稱帝、軍閥割據、革命軍北伐等事件，接踵而起。在此期間內，民報的徐天復（筆名「血兒」）、民權報的戴天仇（傳賢）、民國日報的葉楚傖、商報的陳布雷（筆名「畏壘」）、晨報的陳博生、益世報的顏澤祺（旨微）、申報的陳景韓（冷）（筆名「冷血」）等人，類皆論議周匝，文字俊雅，特別是筆挾風雷、文辭浩瀚的陳布雷，更可與北伐前後，以土語入文，「喜怒笑詈，皆成文章」的中華日報總撰述吳稚暉（敬恒）及梁啓超鼎足而三。

溯自我新聞事業之萌始，新聞寫作卽以文言爲宗，且皆與文史有密切關係。如前所述，政論文章源於史論的體裁，記事的新聞報導，受史的記敍體、傳奇及筆記小說的影響最大，而副刊附張，則多取法於雜記語錄體，桐城義法，又斷斷續續的若隱若現。迨至維新、革命興起，書刊、報章、雜誌盡是政論文章天下。

這些文章，大都試圖擺脫古文束縛、力求顯淺、明晰和暢達，結果卻形成了一種文白並用的習慣。另一方面，這些文章又都夾敍夾議中西合璧，不但扯上孔孟、老莊、史遷、班固之舊學，並又加插了西方的政治、社會、道德、學術、思想與信仰，時人因而通稱爲「報章體」。

在截稿時間壓力下，新聞文稿幾乎沒有雕琢餘地。因此，習慣「慢工出細活」的人，總認爲「新聞文體」(Journalese) 只是一種「急就章」(Journalism is literature in a hurry)，「行文千篇一律，濫用新語、最高級字眼、錯誤或不平常的措詞法，句子通常結構鬆散，聳動主義，未處理資料，思想和推理都十分淺薄」，是一種「簡單而非正式的寫作」。

就我國的情形而言，早期之報章體，因爲文白雜用，夾敍夾議，所以一經新文學運動衝擊，便給人一種「不倫不類」的「壞」印象，飽受批評，但執筆爲文的人，卻一直「身不由主」。(至五十年代，在臺撰寫新聞稿的人，受歐西新聞學影響，才漸漸「改變習慣」。時至今日，大多數人已經知道，報章體應該是一思路清晰，易懂注重可讀性和趣味化的新聞寫作方式。)

——民國六年，時任北京大學教授的胡適，在陳獨秀辦的「新青年」上，提出「文學改良芻議」，認爲若要建設新文學，則應推行「國語的文學，文學的國語」，(民七:「建設的文學革命論」)，而眞正的現代文學，更必須「言之有物、不摹倣古人、講求文法、不作無病呻吟、務去爛調套詞、不用典、不講對仗、不避俗字俗語」。陳獨秀繼而以「文學革命論」一文，爲胡適聲援，疾呼推倒雕刻阿諛的貴族文學，建設平易的抒情文學；推倒陳腐的、鋪張的古典文學，建設新鮮的、眞誠的國民文學；推倒迂晦艱澀的山林文學，建設明瞭的、通俗的社會文學。

——民國七年，不但陳獨秀的「新青年」與「每週評論」，一律以語體文寫稿，即傅斯年、羅家倫辦之「新潮」等刊物，也羣起轉用白話文，造成極大旋風。惟北大主張保存國粹學生，也出版「國故雜誌」相對抗，文人林紓輩則大肆攻擊。同年，曾在美國密西根大學研究新聞學的「晨報」主筆徐寶璜，受北京大學之聘，在政治系講授新聞學課程，正式提倡美國新聞寫作形式。他將首先敍述的一段稱之爲「撮要」，其餘部份叫「詳記」，詳記按性質而分爲數段；所謂「不計事實發生先後之次序，將最引人注意者先敍述，然後及詳細情形。」他同時介紹新聞寫作的五 W一H 方式，但不主張都擠在「撮要」中，而須提示最重要的因素，然後依重要次序往下寫。

——民國八年，「五四」新文學運動，語體文之報刊如洪水之爆發，雖有康有爲之提倡孔敎，章炳麟主張讀經，亦無濟於事。至北京「時事新報」的「學燈」、民國日報的「覺悟」與創刊於民國十年十月的晨報「副鐫」（民國十四年十月曾由徐志摩主編），相率改刊白話論文、譯著、小說、新詩等藝文後，白話文運動，可算「野草燒不盡，春風吹又生。」不過，凡事「過猶不及」。在提倡白話文最熱熾的時候，曾強調：「話怎麼說，就怎麼寫。」黃遵憲更力主「我手寫我口」。以致後來有人「走火入魔」，誤以爲用「口語」就是「口語化」，因此有人主張將此句改爲「我手錄我口」。（因爲「錄」經過了「淨化」手續。）

實則文無新舊，體有古今。與其說「五四」是以白話「革」文言的命，倒不如說是今文體鬆舊文體的綁，否則，以幾個「的呢了嗎」的「白話虛字」，代替了「之乎者也」的文言虛字，硬說白話「好」，文言「壞」，又有何意義可言？如果由於白話文的「成功」，而令能應付文言文的人，變得可遇而不可求；新文學普遍了，而迫使古典文學進入「風燭殘年」期，則對文化的延續，又有何益？朱執信先烈曾說，寫好的白話文，「其吞吐流轉，正復須脫胎古文，」方能使一字一句的涵義，「全數秤量，至於極準」，而不致「散漫冗長」、「平直板滯」，旨哉斯言。

五四之後，各報漸次利用電報拍發新聞稿。民營報章，側重「文人辦報」方式，重視副刊，廣告奇缺，財務困難。爲了限制電報費用，或者限制駐外記者發電字數，或者僅發一新聞提要由編輯加以潤色。（名報人成舍我先生之「人皆玳瑁，汝獨烏龜」一電，已成報壇樂道趣話）由是新聞寫作，仍注重文言體裁。

——民國十年，胡先啸等人創辦「學衡雜誌」，反對文學革命，主張在古文範圍內改良中國文學。

——民國十一年，上海「中國新聞學社」代表人任白濤，在所著「應用新聞學」一書中，提倡新聞紀事製作，要將事件要綱，提置於起首作「冒頭」，以誘起讀者的「讀慾」。

——民國十二年，「京報」社長邵飄萍，於北平平民大學講授報學，提出類似折衷式新聞寫作方式:「將第一段爲大概之敍述，以後再敍遠因、近因。」邵氏也提出新聞寫作客觀原則:「新聞以不加批評爲原則。」「記者之報告消息純爲客觀之調查所得之實狀，而不以主觀之意志左右之。」

——民國十四年，章士釗等人以「甲寅雜誌」(民國三年在日本創刊)爲大本營，所寫文稿，注重歐美式之推理和文法，避免一般「策士文章」的空疏，時人名之爲「甲寅體」。惟此種文體，如果常用在報章上，則缺乏共通性，甚難與新聞配合而推廣應用。黃遠生曾勸章氏改轅易轍:「論政當從根本救濟，持論要與現代思想相接觸，與人生生出交涉，應從新文藝入手。」

——民國十五年，國民革命軍北伐，國共分裂，郭沫若等左派人物，利用文藝報刊，提出「普羅文學」口號，散布共黨思想。國民黨則舉起「民族文學」和「三民主義文學」大旗，並辦「革命週刊」、「中央黨務月刊」及「三民主義半月刊」等政令雜誌以正視聽，可算另一個「新的政論刊物」時期。此時，全國輿論界，隱約可分爲南北兩大重心。南方在上海，北方在北京。北方的憲政論調，雖有梁章餘風，但有時在言論上，未免迫於環境而遷就軍閥。南方則以「民國日報」及國民黨報爲言論重鎭，力主革命民主。

自從申報在新聞版左邊挿印幾首詩詞，讓讀者聊以消遣後，報刊加印「附張」之風日盛，而內容則大抵爲舊詩舊詞、神怪筆記或虛構小說。由清光緒年間至民國初年，副刊文字，又隱約分成三大派：北京爲文言文天下，上海屬鴛鴦蝴蝶派天下，而廣東則半文半白，俚俗夾雜。此種趨勢，見諸與唐之傳奇，宋之話本，清之公案一脈相承之武俠小說，尤爲顯著。五四風潮之後，白話副刊深受讀者歡迎，新文藝之風鼓勵了全國寫白話文的風氣。民國廿七年八月，香港「星島日報」創刊，新聞稿已用白話，並加標點。

由於政治環境關係，清末民初報刊內容，盡屬長篇政論天下，惟過份重視評論，則相對地反而忽略了新聞報導。各報或者剪剪貼貼，或者任由「老（烟）槍訪員」在茶樓烟館「互通有無」交差了事，無所謂「純新聞寫作」。此種交換消息風氣，雖延至往後五、六十年代中期，仍未斷絕；但自民國九年起，上海時事新報率先派員採訪法庭新聞後，各報開始注重外勤記者制度，尤其是晚報（如成舍我之「世界晚報」）與起之後。此外，也漸次要求新聞寫作品質，不再「炒冷飯」，而內容則仍以政治新聞爲重。

——一九〇二年元月，梁啓超在日本橫濱發行「新民叢報」，所列述的內容，已具特稿形式。民國廿四年前後，申報和晨報常有「自由農場參觀記」之類採訪記述，已與特寫無異。（至民國二十九年，趙君豪才正式提及「特寫體裁」一詞。）此時，又有所謂「左聯」人士，在文刊中每喜用聳人聽聞之「新名辭」，實則爲一片濫調套語。斯時也，又值抗日之戰起：戰地報導與充滿血汗、感人下淚的特寫，成爲萬人爭閱之作。如當時大公報載之「閘北大火記」一文，實不亞於恩尼派爾之報導。一九三〇年「中國左翼作家聯盟」宣告成立，忽又提出所謂的「報告文學」，並將之作爲煽動宣傳的政治工具。（不過，一九二五年五卅濟南慘案發生後，葉紹鈞、沈雁冰、鄭振鐸均寫過類似報導文學散文。如葉之「五月卅一日急雨中」，鄭之「街血洗去後」。）作者多屬左派人士。有人批評此等文章說：「文句的雕琢，重於事實的推敲，宣示主觀性的看法，而不顧新聞客觀性的原則。」時效性方面，也不受重視。

——二次大戰前後新的「新聞信」(News Letter) 再度興起，國內又逢內戰，「內幕新聞」報導形式，爲讀者喜愛，惟至國民政府遷臺前後，我國之新聞寫作文體，始終脫離不了「半文半白」形式。例如稱「本地」爲「此間」，以「渠稱」代表「他說」。

——民國四十一年，報人孫如陵曾有「論新聞寫作法」一文，提出頭重尾輕、倒三角形新聞寫作方式。四十四年王洪鈞教授著有「新聞採訪學」一書，正式提出倒寶塔結構的「純新聞」寫作結構。而「導言」、「軀幹」名稱開始爲新聞系學生所熟悉。三年之後李伯鳴教授在港出版「新聞學綱要」，將王洪鈞教授解說，介紹給香港新聞界，至五十七年，程之行教授著「新聞原論」，更詳盡介紹歐美新聞體裁及寫作格式，以爲業界倡導。（自後，有關新聞寫作書籍，陸續面世。）

——近二十年來，由於留美學者相率提導，新聞寫作水準日漸提高，各報競相要求記者在寫稿時，注重口語化、興味化及通俗化，亦即提高可讀性。同時，人情趣味，解釋性報導，深度報導，新聞文學〔報導文學、歷史小說、社會寫（紀）實文學、現實主義文學、新聞小說、傳眞文學〕，精準新聞報導與調查報導等之類寫作方式，爲了適應環境（例如電視興起），已漸次由大學課堂，推展到實際應用上去。

五、新聞寫作究竟可用那些文學筆調

自從新聞寫作的體裁，由冷冰冰的「客觀性報導」發展到主觀意味極濃的新新聞之後，研究此類文體寫作的人，總會提到應用「文學筆調」的技巧，作爲行文取向。至於何謂「文學筆調」，則由於文與學（或文學）在意旨上原已有異，而文學與新聞又有本質上之不同，往往聚訟紛紜，莫衷一是。法國文學家郭克勒（Gauckler）曾說：「文學是文字的藝術，而以詩學、散文學及演說術表現出。」一般人則習慣將詩歌、散文、戲劇與小說，稱爲「純文學」，而將應酬、書札與新聞報導等詩文，而有藝術特質者，稱爲「雜文學」。參酌一般說法，文學的界說，通常有四個共同特性，亦即形式（流暢的文字的組織或佈局、結構）、內容（作者的思想與情感所構成的主題）、爲文目的（表達之由）與技巧。從此一角度出發，則新聞寫作之可以「借用」文學筆調者，似有下列諸項:

——「不談人性，何有文學？」所謂「溫柔敦厚，詩教也」。成功的作品，不但「詩中有畫」，「可羣可怨」，更令讀者「情見於辭」、「因文生情」(引起讀者共鳴)。

——史域夫（Swife, Jonathan, 1667-1745）論文，謂要「將適當之字，放在適當位置」（The use of proper words in propre places.），哥羅域（Coleridge, Samuel Tayler, 1772-1834）論詩，則謂「將最好的字，放在最好的次第。」(Best words in best order)「期刊散文」（雜體）乃以寫實具體、精簡易讀爲宗，最忌塗脂抹粉，文出多義。「讀得順口（音調鏗鏘），聽得順耳（有起承轉合之韻奏）」，固因各人之訓練不同而有異，惟苟能「陳言之務去」，音節一氣呵成，「則言之長短，聲之高下皆宜。」由是，標點符號、虛字與諺語（Idiomatic meaning)、俚語（Slang）之使用，只要引用得宜，俱可用「實象」直接入文（但要避免結論式複述筆法)。

——文章有論點（或曰主題)，報導方有「精神」。論點可用相關故事襯托，但要注意其歷史意義（Historic meaning)。主題要件單線發展，其他枝節，要懂得剪裁割捨。(因此，先要有了題材，方能找到最合適的「文學形式」來表現它的內容。）

——短句易形成急促、緊湊的感覺，長句則令人有「綿延不絕」的印象。長、短句應善爲配合，掌握其特色，而突出文意情景。試觀太史公在刺客列傳中「荆軻刺秦王」所描述的緊張場面:「左手把秦王之袖,右手持匕首揕之。未至身,秦王驚;自引而起,袖絕;拔劍,劍長,操其室;時惶急,劍堅,故不可立拔。」——一連串短句,讀來聲調隨之轉急:現場一片緊張。

——可以用比喻 (Metaphor),對比 (antithesis)(例如貧與富)一類修辭技巧。但比喻應恰當。大而言之,比喻有(1)「直(明)喻」(例如「似水流年」);(2)「隱(暗)喻」(例如以「雲想衣裳花想容」來形容楊貴妃之美態)。但不管是直喻或隱喻,都由「喻依」(用作比喻的物體)、「喻體」(被比喻的物體)與「意旨」(比喻的用意所在),三部份所構成。例如白居易「琵琶行」:「大絃嘈嘈(以聲喻作喻體)如急雨(喻依)」之句,全句「意旨」在表示「音調高而急」。

——可用對話(但避免複述)、獨白、內心意識流轉及引號。

——可作「性格刻劃」(Characterization),但要流露人類仁慈、慷慨一類美德。可以著重「個體性刻劃」(例如面上有一顆痣),但不能故意誇張。換言之,一切皆應「生動」(animation)。(例如杜甫之「少年行」:「馬上誰家白面郎,臨階下馬坐人床。不通姓氏粗豪甚,指點銀瓶索酒嘗。」就是一首極爲生動的詩。)

——可以用全知「觀點」(viewpoint)、主角第一身觀點、旁觀敍述者第一身觀點及主角第三身觀點作爲「敍述」觀點;表達故事進行。(但避用透過什麼方式,呈現人物、場景與條件之發生等小說常用之「見事觀點」。)

——可以以技巧安排空間、時間、情緒,及觀點的轉換(transition)及立體場景 (Setting) 的建構。

六、結　語

新聞寫作的處理手法，就自由地區的世局來說，大致上可以分爲五個取向:

——英國報業發展，歷史悠久，由於政論時期的因襲，故特別注重政論文體。

——美國歷史背景薄弱，但科技發達，商業蓬勃，故而對新聞報導，要求快速、多元、客觀、資料豐富，也重視趣味性和新的寫作方式與角度，並隨時針對「市場」(讀者需要)，而作出彈性因應。

——法國人比較注重藝術手腕，亦即在意於事實的意義，而不一定事實本身。因此在報導時，會先考慮新聞事件該怎樣報導，新聞事件該怎樣批評，然後方振筆疾書。

——德國報章一向注重科學與哲學探索，故多長篇科學記事與探險小說，誘發讀者思考與理論興趣。社論之寫作亦受相當重視。

——日本報導頗能集天下之大成，其在報導形式上，以英美爲法，在措詞用語方面，則以法人藝術手腕爲師，而骨子裏仍忘不了德人的科學精神。日本二次大戰後，從一個戰敗國而躍爲今日之經濟強國，其傳播媒體所發揮的功能，與其報導之寫作取向，實在值得研究。

就我國情形來說，文史原不分家，新聞寫作與文史，更無所謂之疆界。而報導者的角色又經常或多或少被賦與史學家、文學家、道德家、改革家、記錄者，甚而先知者的使命。新聞寫作的取向，也因而常在主觀與客觀，純新聞報導與解釋性寫作之間徘徊，終而發展成多元化寫作之趨向。其所以交替起伏或衍變之由，不外因環境變遷、競爭激烈，而讀者水準及需求，皆隨時空而異故。此則自由地區之臺灣、港澳、星馬泰與歐美等地之中文報紙，可以爲一註腳。另外，新聞寫作是一種寫作的訓練和取向，太泥於公式或者畫蛇添足，只屬「下士聞道」，而永遠無法達到「寫作無章法」(Writing is not a matter of rules) 的「看山還是山」境界。

（報學，第七卷第六期，民國七十五年六月號，本文略有增刪。）

七、引言與結尾
仍是特寫的哼哈二將

有人認爲，就寫作的格式而言，特寫（稿）既有異於純新聞寫作，它就毋須刻意使用導言；或者相對來說，在整個特寫結構中，導言並不是居於頂重要地位。不過，任何文章，總有爲首一段的「啓首語」。特寫文稿，更由於在體裁上，經常使用較具懸疑性的「正三角形」（或混和正、倒三角形）結構的緣故，導言的「風采」，在功能上，似乎仍應是令人「目瞪口呆」的。

另外，特寫既然以上述兩種結構爲主，它的末（數）段，亦即結尾，在整體上，就格外顯得重要，並且貴能與啓首語「前呼後應」，令讀者能深入文義，印象深刻。

一篇優美而傳誦一時的特寫，縱然删去其中內文文字，而餘下啓首語和結尾，不管是作者「妙手偶得」，抑或經過苦心經營，大致仍可以串聯得通順，而無「狗尾續貂」之弊，試看下面兩則例子就可以明白。

(一)大多數香港人有口難言❶

1 啓首語

---

❶ 本文係前香港民政署長 (Director of Home Affairs in Hongkong) 華樂庭 (John Walden) 在一九八四年十一月十三日，以"The Plight of Hong Kong is Silent Majority"爲題，於「亞洲華爾街日報」所發表的一篇專稿。臺北聯合報於同年十一月十六日，曾在第二版闢欄譯載。此文是以一位在港工作達三十年的行政官員的感受，道出大多數港人對中（共）英「香港前途協議」草簽的驚震、悲哀與無助。

每當太平紳士訪問一所香港監獄時❷，他的責任之一，是視察監犯。不管犯人正在忙着勞動，被關在牢房裏，或者病臥在監獄醫院病床上，太平紳士都要親自去看看他們。

在一名高級監獄官及若干名獄警陪同下❸，這名貴賓被帶到監犯面前。一名獄警會大聲吼叫:

「大家注意，太平紳士來看你們了，如果有人想投訴，現在就提出來吧！」

因爲沒有任何人投訴，於是太平紳士又被帶到另一批監犯面前，周而復始地走來走去。大約一個小時之後，這名疲憊不堪的太平紳士，終於被帶到監獄署長的辦公室，喝杯茶吃塊餅干。他稱讚監獄署長管理完善，並在記錄簿上寫下沒有監犯投訴受到虐待字樣。

2 中間之轉接

……難道他們沒有抱怨嗎？當然不是，他們不投訴的原因，在於每個囚犯都了解到，任何一名心智正常的受刑人，都不會愚蠢到當着獄警面前，投訴監獄裏的情況。

這些犯人的矛盾之處，和五百萬港人的處境，沒有多大不同。目前這五百萬居民，正受到香港政府官員慫恿，以眞實姓名與地址信件，向政府表達他們對最近公布的「中（共）英香港前途協議書」的意見。

港府已成立一個名爲「民意審核專員辦事處」的機構❹，在十一月十五日前，受理彙集港人具名意見書；之後將向英國下議院提出報告書。

---

❷ 太平紳士英文稱爲"Justice of the Peace, J.P."，類似羅馬時期太平官，由英國女皇對選出的港人授予此頭銜。

❸ 監獄官"Prison official"，獄警"warden"。

❹ 民意審核專員辦事處（Special Assessment Office），簡稱「民審處」。

不過，英國政府早已說個清楚明白，無論港人對協議書如何批評，它都不會有任何修改。

港人處境，比囚犯更爲糟糕。因爲他們被吩咐說：「香港人注意！這兒有一紙命令，說明一九九七年後，我們將如何處置各位。無論各位有任何意見，我們絕不更改命令。不過諸位最好對我們投書表達你們的看法。記住，不要忘了寫上姓名和地址。」

3　結尾兩段

民審處刻意漠視多數沉默者的意見，使它無法對港人的眞正感受，作出眞實而正確的評估；這個機構本身，已暴露出只不過是在英國政府壓力下，港府的一個粉飾太平手法，以使「中（共）英協議書」能在英國國會順利通過。

民審處的運作方式，與太平紳士訪問香港監獄情形何等類似，就此而言，將英國太平紳士名銜，送給民審處所有相關官員，並於一九八五年元旦授勳名單中，追贈「英國鴕鳥勳章」獎，誰曰不宜？

(二)弔英靈❺

1　啓首語

它的正式名稱是「越戰捐軀戰士紀念碑」，但是，對越戰老兵來說，它祇是一座「牆」。一九八二年這座牆落成後，我經常跑到這兒來，不

---

❺ 本篇篇名原係："A ritual for saying goodbye"，是一名在越南作過戰的美國海軍陸戰隊退伍軍人 William Broyles, JR. 所寫，道盡了憑弔越戰紀念碑時所引發的，揮之不去的袍澤之情，所以此篇副題爲"on the Wall's 'magic power'"。原文刋於英文「美國新聞與世界報導」(U. S. News And World Report) 第一〇一卷第十九期（一九八六年十一月十日）。"Wall" 卽 "Vietnam Veterans Memorial"。

分晝夜，風雨雪霧無阻。每回，我都會碰上一些前來憑弔的人。

這應該是很自然的，因爲這座紀念陣亡戰士的石碑，對活着的人來說，具有一種神秘力量。來憑弔的人，會混然成爲牆的一部分。他們摸它，揉它，對着它歌唱，對着它祈禱，凝視着它——對它喃喃自語。這座牆就像戲劇裏不講話的角色，他的沉默，引發出其他演員的話語。

2 結 尾

雖然，我從牆的一端走到另一端時，總是忍淚不禁，但我一直在想，終歸有一天，也許我會辦得到。可是只要我一記起牆上那些名字後面的臉孔，我就記那句話:「凱熙，我永遠愛你。蓮德。」——我感到我的眼淚還是忍不止的。

八、小詞彙的呢喃

有些字是很「古怪」的，它本身的解釋，就是「腳踏兩條船」。例如，中文之「瓜」字，因爲古字可以寫成兩個八字重疊的字型「仌」，所以它可以解作兩個八相加得十六的「十六歲」，所以稱十六歲的女子，就叫「破瓜之年」（破也者，兩個八字分開相加）；但是，它又可以解作兩個八相乘得六十四的「六十四歲」。所以，老而功成就「成功之年在破瓜」（破也者，兩個八字分開相乘）。英文也有同樣的字，如“triweekly”，可以解作三周刊，也可以解作每周出刊三次。

有些字的偏旁是可以「左搬右搬」的，如能夠的「夠」，「多」字可以寫在「句」字之右（够）或左（夠）；又如鄰里的「鄰」字，「阝」（邑）字，也可以「東躲西藏」。

禍的古字，也可寫成「[illegible]」與「碢」。不過，要是所用之字比較不常見，則其偏旁最好能統一。

例如：飈車之「飈」字，據「正字通」所說，三隻犬固可躲在風之右（飈）或左（飊），但最好能統一「走勢」，使「婦孺能解」。下文卻在同一篇中，將三隻小犬「左踢右踢」，不知「犬歸何處」，似不合「人道」。

剪報 民75.11.6

飈車騎士也「怕死」！

·誰說飆車的騎士不怕「死」？

九、未來新聞與傳播教育課程發展之趨勢

—美俄勒岡大學新聞學院研究報告摘要

前　言

從「谷騰堡」的印刷時代，邁向電子媒介「英雄出少年」的「資訊社會」，新聞教育自始自終，都扮演着積極而重要的角色，以往如此，現在如此，將來更是如此。

不過，也正由於這項特有的「殊榮」，新聞教育的目標、價值和內容，一直是個辯論不休的問題，以前辯過，現在在辯，將來還會再辯。其所以如此的原因，歸納起來，大略有下述六點：

——新聞教育雖屬於大學高等教育系統下之一環，但在追求知識獨立之餘，卻與法律和其他理工科一樣，跟社會的職業技藝，有着緊密不可分之關係，而「即時而明顯的效果」，則又過之。

——受新聞專業技藝壓力的影響，新聞教育自始自終，在某一個程度上，徘徊在學與術、理論與實務、專業與通識、新聞課程與人文與社會科學、以及「大器晚成」的胡同內。

——大衆傳播是「良心事業」，但「樹大有枯枝」，昧於良心的新聞工作者，往往成爲衆論之「的」。一罵，又從職業的「根」罵到新聞教育

上頭去。

——傳播科技的發展，不但使傳播界產生震撼，即令傳播教育的本身，也時常「適應不良」。爲了趕上「潮流」，往往倒果爲因，刻意於科技硬體的設備，而忽略了學生視野的培養和操守的陶冶。

——大衆傳播，尤其是文字傳播，原是一種「雖在父兄，不能移之子弟」的「表達藝術」。「寫作無章法」，在仁、智互見之下，不免又牽涉到新聞教育的功能和本質。

——受社會多元化的影響，新聞科系課程，愈分愈細；傳播機構負責人，則習慣於將新聞科系視作「職業訓練班」或「就業生產線」。在「供」、「需」的不吻合狀況下，這些負責人往往捨近求遠，寧願聘用較具專門知識、其他科系的「客串生」，對於新聞科系的「科班生」卻諸多挑剔，給予新聞科系一種尷尬、無奈的壓力。新聞科系學生吃「虧」之後，也反過頭來，「咬」新聞教育一口，自己擾亂自己的軍心。

在上述情形之下，不但使得每隔若干時日，新聞科系就「懷疑」自身課程一次，提出若干「修正」；甚至連學系名稱與所屬院別，也一併列入「爭議」。

新聞教育是美國的產物。一九〇八年，美國米蘇里大學首先創辦世界上第一所新聞學院。十年後，亦即民國七年（1918年），北京大學即得風氣之先，率先開設新聞學課程；其後燕京、復旦、國立政治大學等校新聞系相繼成立。政府遷臺之後，政大復於民國四十四年（1955年），恢復設立新聞學系。從這段歷史可以得知，我國現代新聞教育，源自美國，而臺灣目前的新聞教育，則是開國以來，中國新聞教育的延衍。

不過，也正因爲新聞教育源起於美國，他們爲新聞教育這張「地圖」該畫些什麼內容的爭吵也特別多——尤其在老牌米蘇里大學新聞學院的報業出版，有過被美國新聞教育學會「停牌」的紀錄之後。

本文係美國俄勒岡大學新聞學院，於一九八四年夏天，作了一項「新聞與大衆傳播未來教育」的調查報告❶，準備作爲修改課程的依據。因爲其中不乏令人深思之處，故特予摘要迻譯，希望能爲國內新聞教育界，帶來一項「腦力激盪」。

一、調查對象

這個研究所作的調查對象，稱得上洋洋大觀，包括——

一、全美大學院校的新聞／大衆傳播學系，以及相關的進修課程。

二、經過挑選的一百名新聞／大衆傳播教授。

三、經過挑選的四十名其他各界，但曾受大衆傳播教育、訓練或熟悉大衆傳播的專家學者。

四、美國「新聞／大衆傳播教育協會聯絡會」(the Council of Affiliates of the Association for Education in Jouralism and Mass Communication) 中，所有的新聞業界首長。

五、俄勒岡大學六十二年來 (1920—1982) 畢業校友的隨機抽樣。

六、近四十名業界學者、學術機構的演講、實習和其他相關研討會議。

七、新傳播科技的五十名專家。

八、十五名新科技、課程改革等專題研究的特別顧問。

九、徵詢函件、電話訪問、以及與本研究有關之商業文書、新聞雜誌、專業與一般刊物。

---

❶ "Planning for Curricular change: A Report of the Project on the Future of Journalism and Mass Communication Education. By School of Journalism. University of Oregon, Eugene, Oregon, May, 1984.

十、未來新聞／大衆傳播教育研究小組人員。

至於目前全美新聞／大衆傳播教育現實觀點，本研究則以五點分開論列，摘要如下:

(一)行政上的觀點

日前全美國超過八十個大學院校，設有美國政府認可之新聞／大衆傳播課程。雖然所有院校都有着某些相同的一般宗旨及目標，但在個別的創系哲學及營理方面，仍然各自存有明顯差異。

這些院校包括名額有限的職業訓練課程，與人數衆多的論理教育所系。爲了獲得政府的認可，這類高等教育，一般都辦得不錯。在本研究中，一共有八十二名此類院校的院長、系主任與主任回答下述五個問題:

1. 就整個院校的理想組織而言，新聞／大衆傳播科系，究竟應屬那一學院？
2. 新聞／大衆傳播科系本身，應該是怎樣運作的？
3. 新聞／大衆傳播科系現在及未來的主要目標是什麼？
4. 新聞／大衆傳播科系目前有些什麼課程？
5. 新聞／大衆傳播科系的教育者，想實現些什麼？

經歸納、整理後，上述五個問題獲得如下之意見——

1. 有關新聞／大衆傳播科系應屬那一學院問題

一般來說，此一問題牽涉及新聞／大衆傳播科系，在校內所擔負的角色，以及所能得到的支援兩項因素。另外，這些科系的成立哲理，與所肩負的專門任務，也有決定性的作用。隸屬於文理學院的新聞／大衆傳播科系，爲了爭取經費和聘用人員名額，不免和歷史、政治與數學等系．產生競爭。新聞／大衆傳播科系是否成功地得資源，固有賴於它們學術上的成就；而它們的聲望，則相對地，視於是否勝過競爭的對手而定。

除了所屬學院外，新聞／大衆傳播科系又各有不同名稱。起初，大部份院校都稱爲「新聞學系」；之後，則更改設計爲「新聞／大衆傳播」，以表示科系課程，不止局限於新聞編輯和資訊提供。「新聞／大衆傳播」這個名稱，確能道出除了「純新聞學」之外，它和「廣告與公共關係」、「電訊傳播」(Telecommunication)，「傳播研究」及其他相關活動的內涵。不過，正如肯薩斯大學 (University of Kansas) 文法與語構學權威班拿教授 (John Bremner) 所嘲笑，「『新聞與大衆傳播』，不就是『蘋果與水果』」，它還是受到批評的。有些院校乾脆把課程稱爲「媒體研究」、「傳播」或「大衆傳播」。

在許多例子中，新聞／大衆傳播科系，又難免與院校中，自詡爲研究傳播的系別產生競爭。前時的「語藝系」(Speech Department)，現時改稱爲「傳播藝術系」(Communication Arts)，或「語藝傳播系」，即是一例。在某些院校裏，上述之「傳播藝術系」、「語藝傳播系」都隸屬在包括「新聞學系」，「大衆傳播研究」，「大衆傳播」和「大衆媒介」等系別的「傳播學院」內。

令人頭痛的是，學系名稱通常蘊含了它的特殊意義。比如，「媒介研究」(Media Studeis)，就顯露出它與英國文化／批評研究學派中，「媒體分析」(Media analysis) 的脈絡，而「新聞與大衆傳播」，則通常指的是新聞編輯、公共關係等業界專業課程的一般大衆傳播科目。因此，幾乎沒有一個學系名稱，能充份表達現代新聞／大衆傳播學院的內涵意義。

雖然有不少教育家認爲，最好的一個組織模式，是令新聞／大衆傳播科系，成爲大學院校的獨立組織，但目前全美大多數新聞／傳播科系，仍設置在文學院內❷。成爲獨立學院的好處甚多，旣可以與主要行政部門或首長直接溝通，減少官僚制度的障礙；又可以自行調度經費和人力資源。這在學校財務遭受困難的時候，尤其顯得重要。

總之，新聞／大衆傳播科系的隸屬問題，仍屬見仁見智。著名的明尼蘇達（Minnesota），威斯康辛（Wisconsin）與其他「十大」（Big Ten）的新聞課程，雖隸屬於文理學院，但一向出色；而有名的哥倫比亞（Columbia）與西北（Northwestern）大學的新聞學院，卻不在文理學院之內。這一個問題的答案，可能永遠無法肯定。

2. 有關新聞／大衆傳播科系本身運作問題

全美新聞／大衆傳播科系教授，幾乎都不得不參與系務工作。大多數受訪者認爲，一名理想的學院院長（或系主任），應該有得力的副手幫忙，他本人則要具有協調課務問題的能力。例如：新聞學院究竟應否教授「廣播」課程？在傳統實務課程、概念課程（例如新聞法規、媒體經濟"media economics"）與理論課程（例如大衆媒介研究、研究方法）三者之中，如何匠心獨運，作最妥善組合？

大多科系都感到人手不足，而希望增加教授名額❸。因此，田納西大學傳播學院（University of Tennessee College of Communications）院長希敏文（Dean Donald G. Hileman）斬釘截鐵的說：「學院獨立，系務方能獲得最大發展。」

就業界的層面來說，孟斐斯州立大學新聞系（Memphis State

---

❷ 以目前國內情形來說，政大新聞系屬文理學院，師大社教系新聞組，文化大學新聞系、大傳系，輔仁大學大傳系與淡江大學大傳系，都屬於文學院，與美國情形無異。政大新聞系已在籌設「傳播學院」。

❸ 此與國內情形，幾無異致。

University）系主任史東（Gerald C. Stone）認爲:「新聞教育的理想課程，應包括廣告、廣播、廣播新聞，雜誌、大衆傳播、報業、新聞攝影、公共關係、甚而科技。」德薩斯州工業大學（Texas Tech University）大衆傳播系系主任羅斯（Billy I. Ross）認爲「系名」就同「系組織」一樣的重要，因而力主大衆傳播系，應離開文理學院而獨立。羅斯指出，就以他的系爲例證，一切的問題，完全出在「不能自立」的關鍵上。

羅斯認爲，「自從一九七〇年，德州工業大學校長下令將該校新聞系、電訊傳播系及廣告系三系合併成大衆傳播學院後，經過四任校長，該學院事務，一點都沒有進展。因爲基本上，它雖然是一個獨立學院，但一談到經費、教授名額時，就得與學院內，占全校學生名額三分之一、教授名額二分之一的其他二十四系相爭鬪」。這是行政人員的惡夢。譚普爾大學（Temple University）教授蘇利文（Paul Sullivan），亦抱持這種看法。佛羅里達大學（University of Florida）「新聞與傳播學院」院長盧因斯坦（Ralph Lowenstein）認爲，他的「新聞與傳播學院」的模式，比較接近理想。該校所有廣播媒介、大衆傳播與媒介的相關活動，全部交由新聞與傳播學院處理，結果使得該學院能獨立於文理學院之外，全權處理廣播節目製作教材與廣播新聞，並且得以充份管理廣播資材。伊利諾大學（University of Illinois）與密蘇里大學（University of Missouri）的廣播電臺及其他媒體（例如密蘇里之學生社區日報），都由新聞或傳播學院院長直接管轄。

某些行政人員卻不贊成這種模式，認爲把繁雜的媒介營運都通通交給新聞系來處理，是不適宜的；雖然曾經一度試過把大學的書報與勤務，全部交給新聞系來辦，但目前已經很少這樣做。也有些院校以辦學生報來提供學生實務經驗，而某些院校則希望學生報紙，也能獨立於新聞／

大衆傳播系院之外。

當然，如果眞有一個理想的系院模式的話，它將是——

(a) 與校園環境相協調。

(b) 有效達成教育、服務與研究的教育使命。

(c) 獲得足夠資源，以開展系務。

(d) 課程內容，教授學養、學生素質、校友成就以及與業界關係，都非同凡響。

不過理想究屬理想，落實到現實，一般行政主管大致認爲，一個切實可行的模式，起碼包括兩要素:

(a) 課程本身應具備專業性，進修層次，選課輔導 (advising)，院系政策，業務實習以及與本地媒體的相關性。

(b) 科系本身組織，必須合於所屬院校的組織架構。

3. 有關新聞／大衆傳播教育目標問題

大多數新聞／大衆傳播系院院長、系主任都認爲，給予學生「大學教育」，是最重要的一個目標，並且將來亦不會改變❹。有些教授甚至再度討論到新聞教育，究竟應該在大學抑或研究所實施的問題。開始時只辦大學本部新聞課程的哥倫比亞大學，早在一九三五年即已停辦此一課程，而改辦一年制新聞碩士學位，加州大學 (California at Berkeley)亦只有碩士學位課程。大多數學校都同時沒有大學本部新聞課程、專業碩士學位❺，或以研究理論爲主的碩士、博士學位課程。

不過，這些院長、系主任大都表示，他們將加強新聞職前訓練、延續教育，以及逐漸注重研究所教育與大學本部之研究課程這三方面。誠

❹ 大學教育指的是一般大學教育，非所謂之專業教育。

❺ 專業碩士學位通常是在企管碩士 (M. B. A) 課程中，主修新聞課程。

如包爾州立大學(Ball State University)新聞系系主任包寶烈(Mark Papovich)所說:「新聞專業者,應不斷尋求新知,留心世事。新聞院系應起前導作用。當新聞專業者感到落伍,或想在新聞事業中變換工作,新聞院系都應給予『補習』的機會。」

另外,這批院長、系主任幾乎都不強調,新聞院系應參與社區業界活動。這是否象徵參與程度,已達到相當程度?抑或這些教育家並不考慮將這些活動,視爲新聞院系的重要功能?又或者在經驗上,基於某些原因,而使他們裹足不前?這的確値得再加以深入研究的。

4. 課程使命:新聞院系的特色

個別的新聞/大衆傳播課程,當然在配合學生與業界的需要;另外,也視乎院系自我期許。一個以國際爲取向的新聞院系課程,與以本地需要爲主的訓練課程,當然有所不同,而聲望也自然較高。不過在研究上發現,大多數新聞/大衆傳播課程十分雷同,能夠稱得上有獨特課程的新聞/大衆傳播院系的爲數不多,並且多以服務本地爲主要取向。

有些院系課程之所自以爲獨特,是因爲有實習或專業課程之故。有些院系則說他們專長於社區新聞,國際新聞,科學與環境報導、農業報導,及都市報導。有些則說,它們主持校園新聞、電視臺和電臺;也有些提及它們的職前教育,延續教育與及強調理論和研究。其實,令新聞院系課程獨特之範圍甚多,半個世紀以前,美國中西部學校專長於農業新聞,即是一例。

目前俄勒岡大學正欲利用俄勒岡之自然環境,考慮發展「環境報導」,並且實際上,已開始了「太平洋沿岸」的報導課程;西北大學則欲藉芝加哥的位置,而開設「都市新聞學」;馬凱特大學(Marquette University)則教授「宗教新聞學」。這些皆可以予以考慮施行的。

5. 有關教授資格與興趣

研究發現，專業經驗多的教授，研究的興趣也強；反之，專業經驗較弱的教授，研究興趣也較弱。在教授所開設的「新」課程方面，在過去五年中，雖然許多課程都經過某一程度修改，但本質上仍屬於「新聞法規」、「婦女與媒體」、「新聞道德」、與「國際報業制度」等類概念性課程；但在實務方面，則百分之七十新聞院校，增加了「電訊報導」(electronic reporting)、「錄影帶輯錄」(videotape editing) 之類廣播與視訊技術課程；但就全國角度來看，這些課程，已經不新了。

不過，大多數人士認爲，下述六類實務或概念性課程，在未來歲月中，應該特別加以注意：

(a) 利用電腦作業的媒體設計；

(b) 報業經營；

(c) 電訊傳播政策 (Telecommunication policy)；

(d) 有線電傳視訊 (Videotex)，無線(廣播)電傳視訊 (teletext) 與新科技；

(e) 廣告法與廣告社會學；

(f) 媒體之印刷與管理。

改變課程的原因相當複雜。有的只爲了獲得認可；有的則希望減少畢業時的新聞專業學分，有的卻剛好相反，希望增加新聞課程學分。

明尼蘇達大學目前正在施行涵銜能力訓練與概念灌輸，但脫離傳統上，以新聞行業爲取向的新聞課程。實務課程，亦不像早期那樣過於着重學生的新聞報導能力，也要修些「資訊收集」，「媒體內容發展」之類課程。概念課程，則透過個案研究，強調法律、歷史與道德的影響。

雖然還不是個斷然的趨勢，但由於電腦系統已普遍使用在報紙、雜誌與有線電視等傳遞工具上，已引起教育家相當關切。德薩斯州大學，已準備不開廣告、新聞編輯與廣播等傳統課程，而使學生學習更日新月異的資訊傳遞系統，使學生為科技、社會與業界的變遷，而作好準備。愛奧華州立大學 (Iowa State University)，已將更多視、聽課程，加在基本課程裏，以符合印刷與廣播融合趨勢。

不過，縱然如此，目前各校的課程，仍以新聞傳播界的內涵為主，並着重在「入門」的初步技術訓練。

6. 有關新聞／大衆傳播教育因科技而來的革新問題

過往十年中，傳播科技的革新，的確震撼了新聞／大衆傳播教育。這裏所稱的科技，是泛指一般「硬體」。某些學校確曾強調科技的應用課程，使學生能實習某些科技的「入門」技術。然而，除了「媒體管理」之外，要逐項列出究竟該教學生些什麼科技，則甚為困難。奇怪的是，相對來說，新聞院系的電腦輔助教材並不多見，反倒是行政首腦，喜歡用電腦來處理辦公室業務，目前雖有部份院校希望打破實務與傳播研究課程的界限（例如德薩斯州大學），但反對者之聲，也隱約可聞。比如，譚普爾大學即表示:「細分專業課程，是專業化的最重要事項。某些大學本科課程，太過理論化了。」

7. 有關美國新聞／大衆傳播之未來

如果經費不成問題，一般行政首腦都希望能減輕教授的授課負擔，以及更新、增加院系的設備，提昇學生素質。史坦福 (Stanford) 與阿肯色大學 (University of Arkansas)，即主張減少學生註册人數，南卡羅連納大學(University of South Carolina) 院長史羅占 (Albert T. Scroggins) 認為，學院是貴精不貴多的。造成這些困擾，一方面是由於資源關係，使新聞/大衆傳播院系超收過量學生；另外一方面，則由於一九六〇年代後期起，以新聞爲主修科者不斷增加，而使得敎育資源及就業都配合不上。敎授們超額的授課，加上系務工作、社區活動與及研究重擔，敎學素質難以保持。

大多數行政首腦認爲，未來的新聞／大衆傳播敎育，除了面臨新聞學的挑戰外，尙要顧及「資訊社會」的需求。

密西根州立大學（Michigan State University）敎授莫利亞提（Sandra Ernst Moriarty）認爲，科技變遷的意義，遠比光敎學生們操作錄影機的想法來得深邃。她說：「應該以總體的敎育效果，令一般人從被動的觀衆，變成一個選擇者。新課程應敎導學生經常使用資料庫，就如同我們學習使用圖書館一樣。媒介課程，應集中敎授『如何尋求作所需資料』或『如何應用媒介』之類。新聞資訊課程，應該是新聞本科課程，但包含部份的一般敎育課程。」

莫利亞提覺得，將來主修新聞／大衆傳播的學生，應學習一大堆科技課程。而主修課程，將會是記者／圖書館員／數據傳輸者。主修資訊者，會修些資料傳輸，大型資料庫之邏輯及管理之類課程。有些行政首腦非不滿意現在課程，但體驗出開設媒體管理、社區媒介，與塡報財務報表（financial reporting）一類課程的潛在需要。

然而，究竟所謂科學方法，理論建構，概念課程與實務課程等，該如何取得平衡？尙無一致答案。目前所思慮的問題是：該如何使新聞／大衆傳播邁入資料時代——它的課程，應該符合社會和學生的需求。

(二)敎授們的觀點

1. 非新聞業界的學者

所謂「非新聞業界」，指的是本身所學爲美國研究、社會學、經濟學或其他學科，但在工作上卻與新聞／大衆傳播有着聯繫的專家學者。

這批以政治學者軒尼詩（Bernard Hennessy）爲首的學者，大多認爲新聞／大衆傳播教育，該是包括著重文學與歷史的「古典文理科」教育，並加強語文技巧訓練。因此，他們希望減少新聞學課程，增加經濟、歷史、文學、商業及政治學課程。

例如大衆傳播研究先驅保格（Leo Bogart），認爲該減少百分之十五至廿五的大學本科新聞課程，而代之以作文，文學與社會科學。哈佛大學（Harvard University）「資訊資源政策課程」（Program on Information Resources Policy）執行主任金培（Benjamin Compaine）也曾強調，在越來越複雜的世界中，對未來記者的最重要教育，是使他懂得如何的去想，如何的去分析和如何的去表達自我，而這訓練，都可以在傳統新聞院系的課程之外達成。

當然，他們並非覺得學生不該在大學內，接受傳統新聞課程，而是認爲發展某種知能性技巧，更爲重要。這學者認爲，如果新聞教育只局限於專業模式，則未免過於狹窄，也未能使學生有足夠眼光去檢視傳播內涵。因此他們建議：

——加強理論與研究；

——提供學生學院的、與應用的專業訓練；

——增加新聞／大衆傳播教育的經費；

——加強新聞／大衆傳播院系與企管、經濟、歷史、政治以及其他院系的合作；

——增加文理課程，減少專業訓練；

——集中教導學生思考、推理能力。

2. 新聞／大衆傳播教授意見

大多數教授對新聞／大衆傳播院系的基本使命，不予苟同；也不滿意院系裏所設的課程，認爲這些課程缺乏一個明確焦點。教授們擔心在一個自由社會中，新聞院系對學生訓練不夠，以致不能負起新聞工作使命。教授羣也在抱怨學生人數過多，經費不當，從事業界聘請教授，多於從學院進昇等各類問題。

主修新聞的學生越多，越難達成新聞院系的教育使命，使得量的增加，形成質的下降。因此，西維珍尼亞大學（West Virginia University）教授雷恩（Michael Ryan）力主及早發現那些程度不足而繼續以新聞爲主修的學生，入學條件也要從嚴考核。許多教授亦認爲，如果新聞是施行民主的樞紐的話，則容許不夠程度的人在新聞系來混，對社會和學生，都是一種浪費。一名主修新聞學生的先決條件，必需有良好閱讀能力，寫作好，並且具有傳遞資訊能力。

也有些教授認爲傳統課程零零碎碎，非但對學生沒有大用處，反而使得學生或教育過程受害。賓夕法尼亞大學（University of Pennsylvania）「安娜堡傳播學院」（Annenberg School of Communications）院長迦納（George Gerbner）認爲❻：「新聞與大衆傳播改變得太快了，因此，並無單一形式的就業課程可以提供。長久以來，只有少數畢業生，能憑在校所學的基礎，就找到工作的。即是之故，傳播新聞與大衆傳播課程，已不再適合，或者不需在大學課程開設。不同媒體機構的在職訓練，會是最好的方法。」

一名主修新聞的學生，到底該修多少新聞寫作、編輯一類的技巧課程？

前華盛頓郵報（The Washing Post），現任加州大學（伯克萊）教授的巴廸更（Ben Bagdikian）指出，伯克萊在社會學院開設新聞碩

❻ 安妮堡傳播學院，是在新聞學院之外開設的第一個傳播研究所。

士班，把新聞學和大衆傳播研究分開來的造法是走對路的——因爲兩者都極具重要性而有價值，但卻是有不同的功能。

「新聞季刊」(Journalism Quarterly) 編輯、俄亥俄大學(Ohio University) 教授史坦蒲 (Guido Stempel) 則認爲，這並非大衆傳播與新聞課程的抗衡，而是一個「內容」問題。他說:「一大把記者都懂得如何寫，但在螢光幕前卻不知道要寫些什麼才好。用螢光幕來教眞正編寫，幾乎是不可能的。我不得不規定學生用打字紙來寫，以避開螢光幕。我建議多關注新聞媒體的內容。我認爲在我們社會中，大多話題和事件，報導的太膚淺，使得報導毫無意義；但我卻未聽聞新聞教育向業界反應。」

雖然認可的新聞院系，都行二十五／七十五百分比制，亦即新聞本科課程，不超過四分之一，但仍有教授認爲花在實務課程上太多了。馬凱特大學尼門 (Nieman) 新聞講座教授瑞地 (George Reedy)，就主張集中傳播理論的教授。他說:「未來的新聞／大衆傳播教育，概念重於技術。（社會）變遷的速度會繼續增加，在校內學得『職業技能』的畢業生，畢業那天就落伍了。」

爲了應接變遷，維斯康辛大學教授易遜 (David Eason)，在歸結問題之同時，也提出對教授的意見。他指出:「新聞科系不應疏忽諸如標點，文法和組織等基本技巧，使學生成爲一個有思想的新聞工作者。他是熟練的，但卻並非只是熟練就了事。新聞課程最終目標，要使學生對世界的好奇，多過於自我滿足——以爲有幾招寫作花招，就可在現代繁雜的社會上立足。而令學生有此抱負的，是教授。學生人數增多，課程增設，使得不夠資格的教授，也可在校任課。有些大學要求所有的教授都是博士。但我卻相信，教授該有所不同——不同經驗，不同興趣，不同學養。」

不過，如何找到和保持好教授，又有着許多的問題。巴廸更到加州大學時，靠的是專業而非學位。他指出:「大多數學校在聘請新聞學教授時，所遇到的主要困難，在於他們無法提供合適的薪水和職位，給有經驗、有所成就、有教學能力、並且將繼續發揮所長的新聞工作者，來校任敎。因爲他們沒有博士學位，沒有理論研究的背景。」巴廸更認爲，除非大學當局，實際上將資深的新聞工作者，與獲得高等學位之敎授一視同仁，否則難以繼續保持新聞院系的水準。

某些敎授更提出一些與課程相關的其他問題。愛奧華大學 (University of Iowa) 敎授哈特 (Hanno Hardt) 主張新聞教育應該在研究所開設，收取在大學時主修文理學科，而有「慧根」的畢業生就讀。

史坦福大學傳播研究院主任查斐 (Steven H. Chaffee) 不贊成單一形式的新聞教育，而認爲不管著名大學或社區專科學院，都應開設某些新聞與大衆傳播課程。然而，他更爲關注的，是「人」的因素。查斐認爲新聞／大衆傳播院系，都揚言要聘請有專業經驗的博士，但實際上所請到的敎授，卻往往低於此一標準；敎授羣中顯得學者人數不足。

許多敎授相信，目前大學院校與新聞業界太過接近，使得大學院校成爲職業訓練中心，而非強調道德或對業界現狀的批判。廿五／七十五百分比法則，也是備受攻擊的。敎授們認爲，一旦學生選了足夠的編採技術課程，他將無法再多選有關媒體的傳播理想及概念課程。誠如伊利諾大學廣告學敎授樂素 (Kim B. Rotzoll) 所說，專業教育不能妨礙學生發展個人批判思考的潛能。

至於精準新聞報導、大衆傳播原理與媒介經濟等課程，是否算做那廿五百分比的專業課程？新聞院系參與職業訓練？則又是一個意見紛歧問題，南伊利諾大學 (Southern Illinois University) 敎授墨斐 (Sharon Murphy) 表示，學生應懂得分配修課時間，作出決定，並擔負傳播工作的責任。他懷疑目前全美「標準式」似的課程與學分制度,是否能符合這些訓練的要求。大多數教授亦同意,新聞與大衆傳播課程,都到了該變的時候了,問題在於變的方向和變的多少?

華盛頓大學 (University of Washington) 教授卡特 (Richard Carter) 相信改變應該從基本上着手❼。他說:「如果將新聞視作社會基石,而不酸腐地說成傳統企業的話,我們可以影響新科技的發展,而傳播新科技能使我們清醒地面對挑戰。目前人們多數利用新科技,以新方法來做舊的事情;但若有了基本知識,則我們大可利用這些科技,用新方法來做新事情。」

對於新聞課程,教授們沒有給出肯定答案,但總括來說,卻提出了下述的問題:

——主修新聞/大衆傳播的學生,修些什麼課程方適合?

——新聞院系應繼續走職業路線,或者只限於大學本科層次?

——技術性課程是否延至研究所開設,或乾脆留待業界來訓練?

——由於缺乏業界支持,經費問題,是否分散了教授的精力?(許多教授抱怨升遷標準不公平,課務太多。)

——目前廣泛開設之新聞院系課程是否應作出基本修改?

——主修新聞的畢業生,他們大多數的工作,是否在涉及公共關係及廣告的程度上,較諸傳統的報刊及廣播的新聞報導尤甚?

上述都是老生常談的問題,但每次在修改新聞課程的時候,卻很少有人正面作答。在資訊社會的需求中,這些問題,大多數將有各種不同答案,比五或十年前,更容易看得清楚些。

(三)傳播業界的評估

❼ 華盛頓大學新聞系課程,屬傳統模式;研究所則注重傳播研究。

傳播業界包括報紙發行人、編輯、廣告公司、公共關係公司、廣播、電視公司及其他相關行業。大多數業界認為，對他們行業而言，受過新聞教育和訓練的人材是重要的；但他們認為新聞／大衆傳播教育需改進之處仍多。業界領袖認為，新聞／大衆傳播教育應達到下面七項目的：

——教授諸如編輯與寫作之基本技巧；

——令學生知曉業界專業性和客觀性，並了解業界的發展趨勢及目標；

——授予新聞／大衆傳播院系學生廣泛文理學科教育；

——令學生獲得影響新聞與大衆傳播的理論與及業界最新的革新；

——招納各類教員，激發學生上進；

——引導學生進入新聞／大衆傳播行業；

——提高業界水準，使在聘用人材之時，有更多選擇機會。

令大多數業界抱怨的，仍是一九二〇年代以來，即已存在的語文問題。新聞科系畢業生不會寫，不會串字的老問題，使得「美國報業編輯人新聞及編輯教育委員會」(American Society of Newspaper Editors Committee on News and Editorial Education)，在一九八三年會議中，同意不再指責學生文法和串字問題，轉而談論新聞系教授及經費來源等其他問題。一般業界並不諱言，在他們聘用新人的時候，將會在主修新聞／大衆傳播與其他文理學科之間，保持一個適當平衡。

業界領袖同時亦指出：

——新聞院系教授與業界接觸不夠；

——由於強調廣告、雜誌寫作之類的專業訓練，學生並對業界缺乏一般足夠的認識；

——新聞院系與專業媒介（例如財經報刊）失去聯繫；

——過於注重儘量授予新聞課程，而相對地減少文理學科；

——每班人數太多了;

——新聞院系並沒有注意業界未來發展趨勢;

——學生並未爲編輯室的截稿壓力作好準備;

——學生埋首於學習技術，而忽略了創造性思考;

——對大衆媒介，太過於注重社會學的途徑;

——沒有教授學生經營管理的方法。

因此，業界領袖認爲，改進新聞／大衆傳播教育之道，在於:

——在經費有限的情形下，應有重大學本科教育與更多職業準備;

——在未來發展中，集中於一、兩個專業範圍，保持原本傳統課程，但分開廣播、報紙、雜誌與公關等組別;

——以典型的媒體標準爲模式，在教室中透過舉例和習作，反映出現階段業界運作的眞象;

——對媒體作出批評和分析，研究業界所面臨的問題。

業界對教授的期望，則包括:

——與業界作更多接觸;

——給予學生更多的商業與經濟訓練;

——舉行更多的專業研究會;

——加強學生管理媒體的訓練;

——增加技術與文理課程，減少新聞科學;

——以更嚴格標準，淘汰程度不足學生;

——提供學生對業界的一個全盤觀念;

——提供更眞實的媒體組織環境;

——培養學生創造性思考;

——更多的職前準備;

——增加實習時間，減少課堂時數。

一般業界均認爲，本身對於新聞／大衆傳播教育的參予，無論在範圍與本質，以及經費支援上，都十分不夠，但在媒體內部的訓練卻又不足。業界又認爲，媒體經驗對教授來說，是絕對重要的，也是他們敬重教授的一項主要標準。

(四)與新科技的配合問題

自從一九七〇年代印刷媒介的電子編輯、電子排印系統，與廣播用的「電子新聞錄影機」(ENG) 湧現之後，「我們應怎樣對待這些新科技？」一直是新聞／大衆傳播教授所爭論不休的問題。在開始的時候，大多數人都同意，應該讓學生了解新科技究竟對傳播界產生怎樣的衝擊？由於傳播界率先取用新科技之故，教育界便向業界請敎如何作出配合。不料大多數業界的答覆卻是，不要管那些硬體了，以往敎什麼，現在就敎什麼好了。因爲業界自以爲：我們可敎他們使用「有線電傳視訊顯像終端機」(VDT) 呀！

由於得到私人機構資助❽，大多數新聞／大衆傳播院系，開始逐漸購買「有線電傳視訊終端機」，讓學生在編輯室實習和打論文；也買入微電腦作爲校內教育和行政之用。目前給予學生操作體驗以及科技概念的不同課程，已是大學院校的一個趨勢。雖然由於經費有限之故，大部份設備只是點到爲止，但在這過程中也經歷了下面三個階段：(a) 先是先覺者與專業者有興趣將新科技，溶入在已開設的課程中；(b) 開始購入最起碼的硬體設備，讓學生在編輯室工作；(c)開設傳播科技與社會，以及電腦在大衆傳播上之應用等新課程❾。現階段則醞釀新聞／大衆傳

❽ 這類資助，大多數來自「京奈特基金」(Gannett Foundation)。
❾ 雖然目前國內新聞院系的硬體設備仍然不足，但「傳播科技」，「電腦在傳播上之應用」一類課程，早已開設。

播課程結構的根本改變，有些院系已大量採購硬體設備，實行密集的操作訓練。佛羅里達大學已建立一個「有線電傳視訊中心」，(videotex center)，二十四小時開放給學生操作。不過，雖然大部份都體認電腦及其應用極爲重要，但究竟學生需要知曉些什麼，「電腦能力」(computer literacy) 將大衆傳播該如何界定，以及需要購買些什麼設備，都讓學者專家大傷腦筋。

「電傳視訊」、「電子報紙」(electronic newspaper) 之類新科技，已經加入了新課程行列。但是卻少有業界，以新科技的準備程度，來衡量新聞／大衆傳播院系課程之強或弱的。這種情形一，與美國 APME 新聞教育委員會（APME Journalism Education Committee），在一九八二年提出的「一九九〇：下一個拾年的新聞教育」報告吻合(1990: Journalism Education in the Next Decade.)——在受訪業者和教授中，幾乎以三比一之數，反對在一九九〇年之前，新聞院系畢業生，一定要認識科技。大多數人都不以爲科技是件令人擔心的事，連深諳新科技的教授和業者都說:「不要擔心科技了，教學生如何去寫新聞吧!」

其實，這些反應並不令人詫異。傳統上，新聞院系就以獲得、傳遞與展露訊息爲主，而非將之貯藏。最重要的新聞技巧是寫作的能力。這樣的一個思潮，說起來也是有其歷史背景的。

第一、二代新聞教育，是印刷媒體取向，此時新聞教育者對當時較新的廣播媒介，並不太感興趣。其後，廣播、電視等科目，則漸次加入新聞／編輯課程中。最後，又增加了廣告、公共關係以及其他傳播課程。此時，某些院校對大衆傳播的興趣，逐漸增加，而社會學系、社會心理學系亦從事大衆傳播研究；政治學者、歷史學者更開始對媒體發生興趣。不過，在新聞學系之外研究大衆傳播的，主要卻是語藝系與電子傳播系。這兩個在傳統上以修辭（rhetoric）與口頭傳釋淵源頗深的學系，都在從事電影院、電影片、廣播與其他通俗表演的研究。在過往十年中，大多數新聞、廣播與電子傳播等系，開始合併一個學院中。孰料這個趨勢才剛起步，就碰上了矽片（silicon-chip）與微處理系統（microprocessor）等科技環境變遷的震撼。對於新聞業而言，採用電腦之電子編輯與寫作，冷排與電纜、衞星傳播等發展，顯示相關連之重大改革，已經對準大衆傳播而來。不過，由於電腦與新電子媒介之崛起，早在人們意料中，大家對電子文化（electronic Culture）的來臨，也有了心理準備，所以能處變不驚。

然而，目睹一九七〇年代後期與一九八〇年代初期，電子設備與軟體，迅速地席捲各行各業，新聞敎育家開始感受壓力。尤其是有線電傳視訊系統之湧現⑩，更淸晰地區別了印刷和電子媒介的分野。新聞敎育者自電視出現之後，首次認眞地考慮，是否在傳統的日報淸稿之外，尙有其他專業技藝。這一個時期，敎授們心中無不想着：在未來十年中，新聞課程該如何對待新科技？在傳統「媒介與社會」課程中，應該敎些什麼？如何去敎？新科技與傳統文科的訓練，又該是一種怎樣的關係？巴廸更敎授就認爲，在校敎「有線電傳視訊顯像終端機」是不划算的，因爲它不止是一具壞敎材，同時若在實際生活中去學習，會學得更快些；但北卡羅連拿大學(University of North Carolina)邵敎授(Donald L. Shaw）就有相反意見，他認爲科技與寫作，本有着互動關係，而「有線電傳視訊顯像終端機」，並非只是另一具打字機，它的用途比打字機多，速度也較打字機爲快，電報曾經影響了新聞報導體裁，較新科

⑩　「電讀」之英文名稱，有時顯得紊亂。一般而言，"Teletext" 爲「無線(廣播)電傳視訊」，"Vediotext" 爲「有線電傳視訊」，而 "Vediotex" 則是包括上兩者之「電傳視訊系統」。

技可能已在不知不覺中影響了我們。

持中之論是:「新聞」與「大衆傳播」這兩名詞的眞正意義，已處在再釐定的過程中，爲了迎接這一「新體新聞」(new forms of journalism)的來臨，新聞／大衆傳播院系，不必設立過多新聞實習室，也不必對經常變換，永遠更新的硬體設備，作過份投資。與此同時，則要培養對新科技的了解，並將技術與概念課程與之相配合。此中可行之道是:

——量力而爲，建立一個媒體實習室，給學生熟悉多種媒體的新科技，但貴實用不貴大而無當;

——開設有關科技歷史、系統與科技文化課程;

——提供電腦訓練;

——令操作者了解科技的設計和能量;

——提倡校內服務與傳播研究的集中性。

(五)邁向模式的課程

任何模式的課程，都與教授們對新聞／大衆傳播的不同認知和期許有關。有些教授主張研究取向，一些教授則以實務爲主。不過，就智力的養成與達成工作效果的角度而言，理想的新聞／大衆傳播課程，應自備三大目標:

——給予學生有關傳播界的一個「概念地圖」;

——新聞／大衆傳播課程本身，不應局限於本身常識，尙應涉及其他相關科目的內涵;

——專業課程須視爲整體相關課程之一部份。

而一所謂模式課程的基本科目，亦應具備三方面範圍:

1.一般傳播者所應具備之溝通能力

(a) 一般能力：語言之流暢。

(b) 明辨能力：了解大衆傳播的現象與可見的基本法則。

(c) 電腦能力：電腦在新聞／大衆傳播應用上之一般操作常識。

(d) 資訊蒐集：能從多方面作有系統的蒐集與應有關大衆傳播之各種資訊。

(e) 媒體寫作能力：能精嫻新聞、廣告或其他兩或三類媒介內容的傳遞。

其他諸如綜合與分析能力的訓練，亦不應忽視。

2.大衆傳播概念課程之最重要部份

(a) 大衆傳播與社會（個人）：解釋媒介與社會、個人之關係，學生應同時修些政治、經濟之類相關課程。

(b) 大衆傳播發展史：概略介述大衆傳播歷史與傳播發展史，傳播機構和閱聽人，學生應同時修習文化史與經濟史之類課程。

(c) 大衆傳播經濟史：從經濟角度，探討大衆傳播在美國及國際上的活動，傳播制度的經濟結構（例如：報業主、廣告)。學生應與經濟史、個體經濟及政治經濟學生相貫通。

(d) 大衆傳播之哲理及道德：從文化角度，探討現代大衆傳播之價值觀。道德原則與專業信條遵守。學生亦應將之與在大學開設之哲學、倫理一類課程互相融合。

(e) 大衆傳播之法律及守則：思考意見自由的意義，以內容比較法，比較影響媒體的大衆傳播法規及一般公約守則；並令傳播者具備一套「自衞」的法律常識。

(f) 大衆傳播科技: 介紹新科技現狀，探討大衆傳播與傳播科技發展之關係，以及新科技對個人和社會所產生的意義。

(g) 傳播理論: 對不同傳播理論和各學者的研究心得，作進一步檢視，並及於其他研究媒體及傳播之相關學術領域。

(h) 國際傳播: 可以文獻研究，比較法等進行。

上述課程的教授，有許多可行取向。比如，將課程作一詳盡而廣泛的介紹，或者透過個案研究，從概說中獲得深度的了解，都可以達到教學目的。當然，爲了達成資源之有效利用，院系間合作，似屬必要。例如，哲學系就可以開「哲學與新聞」課程，而讓新聞學系集中教授更專門課程。

3. 專業課程的組合單元

新聞教育家對專業課程的意見，一向衆說紛紜；而實際上，要定一系列課程，來配合某一新聞／大衆傳播行業，亦確有其困難。例如，以廣告這一行來說，大學院校就可以開出二十多門專業與深造課程。有時學生可在院系中，選修更多專業課程；而有時則只能修四、五門教授們認爲「基礎課程」。就本研究之啓發來說，專業課程的組合單元，似乎應朝五方面去考慮:

(a) 蘊涵業界的概況、功能與角度。例如:「公共關係概論」這一門課程，就應與「大衆傳播與社會」之類課程相配合，使公共關係的原理，落實在這一科目的認知上，而成爲一系列課程中的一部份。至於其他相關科目的文獻及研究法，亦應有所涉及，使學生追上最新之發展。

(b) 提供專業「入門」的必須技巧。例如就新聞／編輯的範圍來說，最低限度包括報導、編輯與訊息蒐集。這些課程，應該是系列性，並且:(甲)以適合之實例，說明該一行業之最新發展;(乙)指出與電腦等科技之聯繫。

技術課程着眼於實務是必須的。在完成所有課程之後，學生應得到個人專業能力之啓示，並且了解所學不足之處。

(c) 實習。當大學本科某項專業課程完結後，應鼓勵、或要求學生在實際情境中，獲得經驗，以印證所學。實習不需要一定授予學分，但應屬大學課程之一，而業界則應儘可能提供此種機會。

(d) 透過研討會之類機會，使課堂上的理論與實務融滙貫通。

(e) 透過大學新聞學會所舉辦之專題演講等活動，令學生對業界情況，有一定程度了解，並知道投身業界的途徑。

不管是概念、技術或一般能力課程，均應採取「五年檢討一次法則」，就兩大範圍，作通盤檢討:

——系列上的各個課程，組合起來，是否構成一個有意義的整體單元？

——個別課程，對學生程度來說，是否必須？課程內容是否充實和周延？

這樣的一個檢討，並可請外面專家學者提供意見，就三個角度，尋求解答:

——就專業與學術範圍來說，課程是否掌握着最新之新知？

——課程是否合乎現代科技之需求？

——課程的要求對學生就業，是否有所幫助？

二、結　論

任何人看過這份報告，心中不免疑惑:「在百分之廿五的專業課程原則之下，要提供上述所有課程，任何一間大學都會感到心有餘而力不足的。」而實際的答案是，沒有一個學生能在大學畢業時，能全部修畢這些課程的。它們需要在內容上，相互結合，而學生則要作出選擇。一名學生，若想獲得一般完整的傳播教育，他最好去攻讀研究所，並在畢業之後，參加延續教育，就如法律學院的做法一樣——以三年時間，在校內汲取一名準律師的基本知識和專業技能；之後，則繼續攻讀作爲一名現代律師所必須具備的課程。

因此，美國教育界人仕，對新聞與大衆傳播教育的認可程序，已開始有顯著改變——由整系列課程的估計，趨向於單元課程的評估。這一趨勢，將使本研究所建議之理想課程範圍和取向，更易實現。

三、題外語

本研究主要是以開放式的問答題和選擇題，讓受訪人圈選作答與表示意見⓫。就整個研究來說，與其說對未來新聞／大衆傳播科系教育課

⓫ 爲精簡起見，有關「經費」方面，因環境不同，參考價値較少，故略去。此外，此研究並沒有以在學學生爲調查對象，可說大醇中小疵。另外，國內楊志弘等，曾於報學七卷二期（七三年六月），發表「新聞傳播系（組）畢業生對新聞教育評價之研究」一文，選取民國六十六年至七十年，國內政治大學、師範大學、文化大學與輔仁大學和新聞傳播相關系（組）日間部畢業生二一二名爲訪問對象，探訪他們對近幾年新聞傳播系（組）「主要課程」的滿意程度。結果發現：(a)滿意的，只有「新聞採訪」一科；(b)偏滿意的，有「廣告學」、「新聞寫作」、「校區、社區報紙或畢業實習」、與「新聞學」四科；(c)偏不滿意的，有「傳播原理」、「新聞史」、「心理學或傳播心理學」、「新聞編輯」與「報刊實務」；(d)不滿意的，有「新聞英文」、「社會學或社會心理學」、「攝影實務」、「傳播研究方法」、「廣播電視原理」、「新聞法規」、「廣告企劃實務」、「深度報導或特寫寫作」、「經濟學或經濟新聞」、「政治學或國際政治學」與「大陸問題研究」十一科；(e)很不滿意的，有「理則學」、「廣播電視實務」與「語意學」三科。受訪者並將「加強師資」視爲「十分急切」；「增加實習設備」、「增加圖書設備」、「強調輔系」，視爲「很急切」；而「增訂課程」，則視爲「急切」工作。

程，有更突破性的建議，不如說成它對目前美國新聞教育課程開設哲理的一個現況檢討，其中免不了老生常談之處。但正因爲如此，其中必有等待解決的癥結。

美國的新聞教育無疑已出現了隱憂，也悄悄地走到「變」的潮流中間。以美國爲主要藍本的國內大專院校新聞科系，是否也該來一個像這種規模的研究，並據而作爲今後課程變動的參考，似頗有考慮價值。

（新聞學研究，民73.12，第34集。）

附錄一：開設新聞學系課程似應考慮的五個方向

在傳播科技的衝擊下，即使領導世界新聞教育的美國新聞學院，也開始感到「適應不良」。為了尋找課程修改的依據，俄勒岡大學新聞學院，曾於一九八四年夏天，作了一次大規模的「新聞與大衆傳播未來教育」調查報告，對美國新聞教育課程的開設哲理，作了一番十分詳盡的檢視。此一報告認為：「新聞」與「大衆傳播」這兩名詞的眞正意義，已處在再釐定的過程中，一種重視科技傳遞的「新體新聞」時代（New Forms of Journalism）已經來臨。因此，與新聞工作有密切關係的新聞事業課程，似應有五個考慮方向——

(1) 蘊涵業界的概況、功能與角度。例如，「公關」課程就應與「大衆傳播與社會」之類課程相配合。

(2) 提供專業入門的必須技巧，並提供該行業最新發展之實例，以及與電腦等科技之關聯性。

(3) 當大學本科某項專業課程完成後，應要求學生在實際情境中，獲得經驗，業界應提供此種機會，並協助學生。

(4) 透過研討活動、溝通理論與實務，並令學生對業界情況，在就業前即有相當了解。

(5) 不管是概念、技術或一般能力課程，各學系均應採取「五年檢討一次法則」，並請業界就下述三個層面，提供意見：1.就專業與學術範圍來說，學系課程是否已掌握著最新知識。2.課程內容，是否適應現代科技需求？3.課程的要求，對學生就業，是否有所幫助？

這一調查報告的建議，還是相當的「理想主義」，但似乎可供我國新聞教育與業界，在攜手研究加強合作時，作爲參考資料之一。

（民 75.3.25,「新聞教育與新聞工作密切結合」專題座談會會前預提書面意見。）

十、電影分級制度述概

前　言

所謂「電影分級」制度，係指電檢人員，將一部送審的電影檢查完畢後，除依檢查尺度，就電影畫面的視訊、對白、音效及意識內容，作出刪剪、保留之類決定外；更根據影片的題材定明等級，以標示該影片究竟適合何人欣賞的做法而言。

影片之所以需要分級，通常有四大理由：

(一)就產銷的觀念而言　不同消費階層使用不同商品，已是廣告活動的一種訴求取向；電影是一種商業製作，它的分級無異於商品標示，具有明示消費者（觀衆）有關商品內容的作用。

(二)就社教目標來說　分級可以保護未成年的兒童及青少年，使彼等在身心未成熟之時，免受意識不良、或有爭議之道德規範等問題的困擾。

(三)就親職教育而論　分級可作爲家長是否攜帶子女共同觀看某部（類）影片的參考。消極方面，更可以藉此提醒身爲家長者，在前往觀看某部（類）電影時，是否會毫無顧慮？

(四)在積極方面　由於分級制度之實行，可以直接篩選不適宜觀看的觀衆，故而對某些電檢尺度，可作適度放寬；從而維護了電影作品的完整性，滿足創作者的希望，使電影藝術有多元之發展。

一、各地電檢概況

將影片予以分類、或作某種限制，主要視乎每一地區國情、社會習俗、價值觀念和文化潮流而定。例如，西班牙對影片分級，極為嚴謹，而美國、荷蘭等國則是出了名的寬鬆。有些地方比較注重暴力的影響，有些地方則對犯罪行為、性觀念，或政治較為敏感；有些地方，甚至對鏡頭表達的方法，亦規定了一定的範圍和式樣。比方一對男女的親熱畫面，在印度電視上，只能止於輕吻面頰；而波斯灣地區的伊斯蘭教國家，卻連這些鏡頭都在嚴禁之列。蘇聯影片的床上戲則規定，當兩情繾綣的鏡頭出現時，被單應高蓋至演員的下巴部位。澳洲、南斯拉夫及某些歐洲國家，甚至觀念較為保守的英國人，電檢尺度都不算嚴峻，正面的裸體鏡頭，在適當劇情下，容許在電視節目上出現。最開放的是比利時，對成年人看的電影，沒有任何干涉，丹麥、烏拉圭等國也在前數年取消電影檢查。大多數國家的電影檢查規定，通常採取概括性原則，甚少繁瑣的作逐條例舉。

世界各地主要國家的影片分級大致如下——

(一)英　國

實際上，英國並沒對電影進行檢查的法例，一九〇九年所頒布的電影法案，應是目前電檢制度的基礎。不過，這一法案的目的，原意在保護戲院的觀衆在看電影時，不會發生危險。因為當時的電影底片，都是易燃膠片，而在該期間內，巴黎和其他城市，都曾發生過大火。直至第一次世界大戰前夕，亦即一九一二年，由於英國各地，都有人對一些影片內容提出異議，甚至有人申訴，威脅着要將之禁制，方迫使英國電影界成立「英國電影檢查委員會」(The British Board of Film Censors)。自後，所有影片，必得經此一委員會通過，方准發行上映。

二十年代的英國，以電影協會為首的電影運動，推展得異常快速，因而引起了許多新問題。其時非商業性質的影片，多如雨後春筍，而這些影片，又往往不獲電檢會的通過上演，以至糾紛迭起。最後，有關機構只好特准這類影片，作為招待會員和嘉賓的有限度放映。而受此種形勢影響，電檢會對電影的分類法則，亦常因時而異。

目前英國電檢會將影片分為四類：

1.「A」級：沒有限制，但籲請家長輔導——最好還是不讓子女去看。

2.「AA」級：十四歲以上才可觀看。

3.「U」級：適合任何年齡觀看。

4.「X」級：屬成人電影，禁止十八歲以下觀衆觀賞。

英國也有一個名為「光明之節」的反黃組織，對過份色情與暴露的電影、電視節目，時常加以嚴酷指責。一九八一年十月，此一組織即曾對彼得奧圖所主演的「伽利古拉」一劇，嚴加指責。此劇主要在描述公元一世紀時，羅馬的宮廷生活。當時的伽利古拉皇帝，荒淫無道，縱情聲色，為說史者所不齒。一九八一年美國天主教大學，在選舉歷史上十大暴君時，便以伽利古拉為十惡之首。

(二)法　國

法國影片依年齡分為三級：過份殘忍及性題材，十三歲以下不能看；比較不殘忍及正常性關係的電影，十三歲至十八歲的青少年可以看；過份渲染性及暴力的電影，十八歲以上才可看。

(三)西　德

西德與法國一樣，亦依年齡分爲適合六歲以上、十二歲以上、十六歲以上、以及十八歲以上觀看的**四個等級**。

(四)美　國

美國現行的影片分級標準，是一九七○年，由隸屬於電影產銷協會，有七位委員的電影評審委員會訂定的，原分爲四個級別，亦即——

1.「G」級 (General Viewing)：即沒有年齡限制老少皆宜。

2.「PG」級 (Parental Guidence)：應由父母輔導子女觀看。

3.「R」級 (Restricted)：十七歲以下觀衆，必需由家長或已成年的監護人陪同，才好觀看。

4.「X」級：十七歲以下未成年觀衆，不得觀看。X級也分爲完全以交媾或性器官特寫來構築畫面的「打眞軍」(Hard Core, XXX)與比較斯文、有點氣氛的「調情戲」(Soft Core, XX)。

然而，由於美國環境環繞着「自由」氣氛，此一核等制度，一向備受評擊，甚而採取對付行動。例如，上述四個級別公布後，全美幾有半數電影院，表示拒絕放映X級影片，而全美三十七家大報，亦曾拒絕刊登冠上了「X」級字樣的電影廣告，以致原列爲X級的「午夜牛郎」(Midnight Cowboy) 一類電影，至被通融爲 R 級後，始克普遍上映。但美國某些批評家認爲，這些自律嚴謹的報紙，雖然遏止了純黃色電影的泛濫，但卻也在無形中，排斥了像「發條橙」(Clockwork Orange) 此類極富深度、製作嚴謹的「X」級成人電影。因此一九八五年年底，美國又在「P G」級和「R」級之間，增加「PG—十三」

一級，意卽十三歲以下兒童，如果有家長或監護人陪同，亦可前往觀看此類等級電影。事實上，美國電檢尺度，已不停在變，許多過去只能列作R級電影，現在已可以G級過關。(X級：not for public viewing)

五(韓國、日本、菲律賓和印度)

這四個國家都採兩級制。韓國的影片，分爲「有益」與「無益」兩種。「有益」影片沒有年齡限制，「無益」影片又分爲「中學生以下不得觀賞」、與「國校生以下不得觀賞」兩類。日本電影業者，自組「映倫」協會，把影片分爲只許成人觀賞的「成人電影」，與不受年齡限制的「一般電影」兩級，但在情況特殊時，會規定未成年觀衆，要有成年人陪同，方得觀看某部映片。同樣，菲律賓亦只將影片，主要分爲成年觀衆才可觀賞的「成人電影」，與大家可以觀賞的「一般電影」。印度則分爲「A」級與「U」級兩類。「A」級限十八歲以上成年人觀賞，「U」級則不限年齡。

(六)香　港

香港電影廣告，早就以「老少咸宜」(或「闔府統請」)、「兒童不宜」等業界自行分類口號，作爲招徠之術。惟隨着商業競爭的熾熱，過去連續若干年，香港片商所選取的電影題材，曾經一度傾向於「拳頭與枕頭」路線；「兒童不宜觀看」，幾乎成了每一部電影的宣傳術語，目的卻在吸引那些血氣方剛的青少年。至於誰是「兒童」？或者「兒童」一詞在法律上的界說和解釋，根本不受重視。

香港影視及娛樂事務管理處(通稱電檢處)，爲預防色情與暴力影片的氾濫，與輔導青少年選擇適合的電影起見，曾一度考慮取行三級的影片分級制，使電檢處的檢查尺度，更富彈性。這三個類別是:

1.「A」級 (Adult), 或「AO」級 (Aduldt O Kay)

只准滿了十八歲以上的成年觀衆入場觀看，是強制執行的「X」級成人電影。

2.「G」級 (General)

爲主題健康、老少咸宜的影片，如一般喜劇之類。

3.「PG」級 (Parental Guidence)

建議十八歲以下青少年或兒童，應由家長提供觀看意見，或陪同觀看，諸如暴力、恐怖等不宜身心未成熟的人觀看的影片。

雖然基於種種原因（如電影商成本考慮）香港目前只要求在成人影片上，標示十八歲以下之「兒童不宜」字句，但在入場時，一向沒有嚴格執行。不過港府已通過「電影院放映執照條款」的修訂，在一九八七年，公布實施電影三級制。條款修訂之後，院商有責任禁止不符規定的觀衆，觀看某類電影。院商並有權在觀衆進場時，要求查閱觀衆身分證。假如院商不切實執行這些條例，一經查察，將會被判罰款、監禁或吊銷執照。電檢處將增聘五名戲院監責員，以抽查戲院是否依法行事。戲院遇上不合作觀衆，可以報警或向電檢處求助。

(七)中華民國

我國在未施行影片分級制度之前，只由民國四十四年一月公布施行之「電影法」條文予以管制。例如「電影法」第九條之規定:「電影片因內容特殊，得限制其映演地區。生理衞生教育影片，得限制其映演場所。均於准演執照內註明之。」(民國四十五年一月修正）同法第十條:「電影片經檢查認爲有害兒童心理者，得限制十二歲以下之兒童觀看，並於映演執照內及映演廣告內註明之。映演時並應於顯著地點公告週知。」

自影片題材逐漸廣泛後，臺北電影院上演之電影題材及內容，也漸漸引起爭議，有識之士開始爲此而感到憂慮。民國七十一年六月，監察委員王爵榮、馬經五及傅王遜雪等人，聯合建議新聞局採取電影分級制度，經過兩年十一個月的研擬、試辦及檢討，終於在民國七十四年十二月一日，正式實行電影分級制度。

其時我國電影的兩級制是這樣的——

1.「普遍級」：一般觀衆皆可觀賞，簡稱「普級」。

2.「限制級」：十八歲以下青少年及兒童不能觀看，簡稱「限級」。

根據新聞局公布的電影分級要點，「限級」影片，指的是：主題意識不佳，對少年及兒童有不良影響者；情節離奇怪異，易引起少年及兒童迷信者；動作低俗有不良隱喩者；表現賭技、吸毒、結幫而有誘發模仿作用者；恐怖血腥、行爲殘暴，易引起少年及兒童驚駭者；男女愛撫而有性暗示作用者。

新聞局採取電影分級制度之後，除明令電影廣告，應在廣告版面右上方空白處，列明級別外，並逕行委托電影學者李天鐸擬「電影分級與檢查改進方案」。李天鐸研究後，提出下列建議方案❶——

A. 將「普遍級」（普級）再細分爲三級：

(a)普遍級：適合所有年齡的人觀看，影片內容或劇情言語，都沒有足以引人爭議之處，也不會對小孩產生身心不良影響。

(b)建議級：提示父母親，該片某些內容，可能不適合兒童觀看。如片中可能有些髒話或冒瀆字眼，可能有些暴力，但並不強烈，可能有性的陳述，但沒有明顯的性行爲。

(c)輔導級：十二歲以下兒童不能觀看，十二歲以上至十八歲少年觀看前建議父母、家長應予指導。此級特意警告父母親，該片某些內

❶ 見聯合報，民國七十五年十一月二十日第十二版（綜藝）。

容，在觀看時，可能需要對孩童作出輔導。例如，片中有許多成年人的內容，語言粗野，可能有裸體出現，但明顯性場面不會出現。這類電影，家長應在事前注意到，並對兒童指導匡正。

B. 限制級：與現行規定無異，但須嚴格執行十八歲以上民衆，才可觀賞的規定。

新方案建議在電檢尺度上，作適度放寬，並列出了六項乃屬概括性電影檢查執行原則，作爲檢查的認定標準：

A. 禁止違害國家政策與法令，包括損及國家尊嚴，或煽動民衆違抗法令，或詆毀國家領袖。

B. 禁止違反公衆習俗與道德，如劇情無視禮儀，或鼓勵迷信邪說，對白粗魯下流，詭異或猥瑣動作，顯示民族愚昧等。

C. 禁止性與色情，如刻意描繪強姦、亂倫、雜交、墮胎等。

D. 禁止犯罪與暴力，如對人或動物惡意的虐待與迫害、表彰吸毒、血腥的手段等。

E. 允許適度的裸露，即隨著劇情需要的裸體（以上半身爲限），只要影片具連貫性且有正常理由的，可以允許。

F. 允許健康的批判，即對社會現況、典章制度懇切的反映與檢討，可以允許。

其後，在新聞局電影處召開的「電影分級及檢查諮詢聽證會」中，學者曾提議限制級電影片，在未達禁演標準時，應不予修剪，以維持影片原貌，或者在限制級和禁演之間，再分出類似美國X級，而在專門放映限制級的電影院上映。會中並討論到限制級電影，如有劇情需要，且無色情渲染時，容許裸露上身或有性行爲，而「輔導級」電影，則可以「稍微有性的描述，但無明顯之性行爲，亦不會誤導不正常之性觀念。」

二、大陸上的電檢

大陸上電檢，在中共控制下，呈現一片混亂、漫無法則可言。例如——

㈠過多的政治干預，使得導演在送審時，幾乎都有等待判決的精神負擔，有的導演更乾脆準備兩套樣片，以備不時之需。

㈡規定呆板而不合情理。上級部門會具體到規定刪去那幾個鏡頭、如何剪接，那段音樂要刪去等等，而且一經規定，要立刻照辦，不得有誤。例如，一九八四年，「上海電影製片廠」拍攝了一部由石曉華導演，反映大陸文革期間，工宣隊進駐醫院，而鬧出許多笑話的諷刺劇「性命交關」，在幾經送審、刪改之後，一名高級幹部仍認爲該片紅衞兵鏡頭太多，有不良影響，而以紅頭（緊急）文件，詳細規定全片鏡頭和剪接，令人啼笑皆非。

㈢行外人意見成爲障阻。在大陸，除了「電影局」負責審查外，往往還得請與影片題材有關部門一起審查。例如，涉及戰爭的影片題材，要找軍方人士審查，提及少數民族的，則要經「民族委員會」通過。這些電影行外人的意見，常常是影片不獲通過的決定因素。例如，由大陸明星潘虹主演的「末代皇后」一片，卽因爲中共「統戰部」與溥杰的阻撓，而被擱置。據說，溥杰的意見有兩點：其一是對溥儀的歷史罪惡披露不夠；其二是婉容同衞官上演床上戲，不符合精神文明。

㈣「電檢尺度」，隨風而變，隨官而改。例如一九八五年初期，中共高級幹部指示各電影廠注意影片娛樂性，以至各個電影製片廠，立刻趕製「娛樂片」，但至年底，卻又突然要求「電影要注重社會效益」，收緊審查尺度。

「上海電影製片廠」拍過一部「禍起蕭墻」的影片，中共「上海市委宣傳部」，以黨的領導幹部形象被醜化爲理由， 審查時不予通過。 後來，趙紫陽卻又准予原封不動地通過公映。

由於高幹的影響力，大陸「電影檢查」實際上流行着所謂「拉大旗作虎皮」做法，影片導演不惜千方百計，將影片送更高一級幹部觀看，以便通融過關，甚至向在京高幹拉關係，得到支持與批示後，再回過頭來影響「電影局」，使影片能夠上演。

由是觀之，大陸上之「電檢制度」，洵非一般非共產國家大衆所能想像。

三、電檢程序

在電影事業興起的初期，差不多大部份國家都同意，對電影進行檢查是必須的。因爲這種新媒介實在栩栩如生，影響直接而廣大。不過，世界各國對於電影檢查所採措施，並不一致。英、德兩國，由政府委託民間組織之電影檢查委員會，實施事前檢查。美國和日本，只由電影界自律，政府僅在電影內容違反其他法令時，方由司法機關依法偵辦。韓國與菲律賓等國，則是由政府設立機構，在影片公開放映前，先予檢查。

香港的電影檢查處，原由民政司署管轄，凡欲申請「電影檢查准可證」，使影片能在香港上演的製片商或發行人， 必得用書面註明該片名稱，內容綱要及有關的宣傳資料等詳細內容，向電檢處申請。電檢處於收得申請函件後，即在一個月內，安排檢視日期。一套影片獲准公開放映後，其有效期間爲五年。目前已改由「影視及娛樂事務處」執行。

一八九六年，電影傳入我國後，宣統年間，上海即有「取締影戲場條例」，應爲管理電影的雛型。較正式的電影檢查工作，始自抗戰初期，由中央宣傳部設立機構，負責檢查。遷臺之後，內政部曾設立電影檢查處，後改隸行政院新聞局。民國五十六年年底，再撥歸文化局第四處管理。文化局撤消後，又再由新聞局負責。

自影片分級制度實施後，在新聞局電影處公布的電影分級制度處理辦法中，明訂電影片出品公司或發行公司，應依據影片內容，在申請檢查時，塡報擬列等級，再由電影處核定，複核以一次爲限。

新聞局依據電影法的三十條之內容：「電影片經檢查認爲影響少年或兒童心理者，應限制其觀看……。前項限制事項，電影片映演業應於映演場所顯著處所揭示並執行之。」規定電影出品公司或發行公司，應在影片所有宣傳品的右上角，明顯標示經核定的「普」或「限」級標記。

違反上述規定時，將依電影法第四十五條之規定，科處六萬元（新臺幣）以上，六十萬元以下罰款，並得給予五日以上，十日以下的停業處分；情節重大者，得撤銷演映許可。

國外電影分級委員會通常由十一人組成，包括兒童及青少年心理學家、教育家、影評人、藝術家及社會學家等，或對青少年問題有特別研究的人，都可以加入，評核影片分級。成員則每年更換一次。

目前國內新聞局電影處有七名專業電檢人員，並於民國七十年八月，加聘四十餘名社會人士參加電檢工作，其中成員有大衆傳播界、教育學者、社會學與心理學學者、影評人及作家。每次審查時，則以兩名上述之社會人士配搭兩名專業電檢人員（合共四人），令所作決定，更爲合理。

而國內電影學者李天鐸的研究方案，則建議電影檢查委員，應由七人組成，其中包括：影評人（熟悉電影潮流，可對影片製作做評判）、電影業者（以電影工作人員的角度對影片做評判）、兒童心理學家（了解影片適不適宜幼童身心健康)、國中教師（了解影片適不適宜少年身心健康)、高中教師（了解影片適不適宜青少年身心健康）、母親（與幼童青少年的成長關係密切，了解影片適不適宜未成年小孩，或對他們有何影響）及政府單位代表（以政府立場對影片做評判，適不適合國策、政令、法律）各一人。

不過，電影處以爲若就近五十位社會人士名單，每次邀約七人成立審查小組，會有執行上困難，因此預算折衷爲五人；並待電影分級草案修正核准後，以三個月或半年爲宣導期，首先加強社會大衆雙向責任的觀念，然後再正式實施電影三級分級制。

香港電檢尙有一項特別的規定，即在影視處檢視影片之後，片商倘無異議，則片商只能公映電檢員所通過的版，而不得擅作任何更改。在映片公映期間內，影片發行人，必須將從該片正本所刪剪下來的部份，存於影視處。在某些情形下，電檢員亦得要求片商，將影片的副本一卷，在影片公映期內，遞送保管。

倘若片商對電檢員的裁決有異議時，可在裁決後的二十八日內，向覆審委員提請伸訴。不過，由於有些影片或鏡頭被禁的理由，是屬臨時性的，爲使覆審委員會能暫緩作出裁決起見，影視處容許覆審委員會，得在六個月後，或兩年之內，方對上訴案件進行覆審。

香港影視處亦會就影片拍攝前的各種問題，向製片家提供意見。亦即當劇本的內容或題材，可能引起爭論時，可先送影視處批閱，然後由電檢人員與有關的製片家和導演，共商製作事宜。不過，雖然如此，當電影拍竣時，仍需依例遞送檢查，方能公開放映。

四、小　結

影片分級制的施行，將使電檢尺度的運用，更爲靈活，而對社會所產生的作用，無疑是積極的。不過，諸如美、加、德、法、英的電影分級和執行，比較強調觀衆的自律行爲，因此我國亦應從教育觀衆着手，加強引導觀衆選擇適宜的影片，方至臻效。❷

新聞局電影處決定自民國七十七年元旦起，實施三級制的新電影分級辦法及電檢規範。此三級是普遍級、輔導級及限制級❸。而新的「電檢規範」是依現行「電影法」第二十六條第七款條文加以延伸。電影在初檢時，僅由電影處檢查委員審看，至發生複檢、重檢時，方徵詢社會人士意見。

---

❷ 本文部分內容，曾以「香港影片的分級與檢查」爲題，發表於國立政治大學新聞研究所出版之「新聞學研究」第廿九集（民七十一年五月號）。

❸ 列入「限」級的影片是因⑴描寫賭報、吸毒、狎妓、竊盜、走私、幫派或其他犯罪行爲動作細密，有誘發模擬作用者。⑵恐怖、血腥、殘暴、變態、有傷害少年或兒童心理之虞者。⑶以動作、圖片、語文表現淫穢情態者。列入「輔」級影片，是因⑴涉及性問題，犯罪、暴力、打鬥事件，離奇怪異或反映社會畸形現象，對兒童心理有不良影響之虞者。⑵有褻瀆字眼或對白有不良引喻者。除此之外，餘片皆列爲「普」級。另外，新分級制之第六條規定：無渲染色情之裸露鏡頭，視劇情需要，可列入「限」、「輔」或「普」級之內。

附錄一：香港電檢條例的一般原則

香港電檢的「一般原則」，主要係一九七三年訂下來的標準。根據這些尺度，一部在香港公開上映的電影，必須符合下面三個要求：

1. 符合一般高級趣味和合乎常理；
2. 尊重公衆人士的意見；
3. 尊重法律和社會機構。

因此，電檢人員如經縝密考慮之後，認爲若准許該片在公衆場所上映時，可能產生下列情形者，則電檢人員有權禁止影片上演：

1. 引起嚴重震驚或反感；
2. 有傷風化或鼓吹犯罪，特别是暴力罪行或鼓吹吸毒；
3. 煽動香港不同種族、膚色、階級、國籍、信仰、利益的人士、互相憎恨；
4. 無故攻擊宗教團體，或香港其他著名機構；
5. 詆譭司法；
6. 煽動觀衆憎恨或蔑視政府；
7. 破壞香港與鄰近地區間的友好關係❶；

❶ 香港之有電檢制度，是始自一九五三年，但這一電檢規定，並沒有任何法律上的依據。自一九七四至八七年初，估計共有八千四百部電影送檢，其中有二十一部外國和香港拍製但對中共不利的電影，是在港府政治顧問的意見下，以涉及敏感的「政治意義」，「避免破壞香港與隣近地區（指中共）的友好關係」爲理由，而禁止上演。例如，一九七五年的「永恆安息」與「八國聯軍」，一九八一年在臺灣拍攝的「假如我是眞的」、「古寧頭大捷」與「皇天后土」三部反共電影，一九八二年的「苦戀」，一九八三年的「少女初夜權」，數年前在港只上映了一天的「北京最寒冷的多天」，以及一九八六年底，臺北中國製片出品的「日內瓦的黃昏」一片，港府都以同樣藉口而禁映。「日內瓦的黃昏」一片是描述前中共外交官張奕，在日內瓦投奔自由的故事，而「北京最寒冷的多天」，則是描述中共文革時期影片。爭執既多之後，港府因而透過立法局立法，制定電影刪檢法案，賦予港府有關部門，有刪檢在港上演電影權力。

8.鼓吹破壞公安。

在決定影片是否違背上述標準時，電檢人員通常以四項「有形」的守則爲依據:

1.一部從西方觀點看來無害的影片，可能對華籍觀衆產生不良影響，反之亦然;

2.在決定每個鏡頭，或每段對白可能產生的效果時，應以整部電影爲根據;

3.一部影片或一個鏡頭，不能單因它看來藝術拙劣，或與歷史事實不符，而被禁止上映或刪剪;

4.影片分級制度未完善執行之前，兒童、青少年或成人都可以觀看，影響是廣泛的。關於「一般原則」的運用，香港電檢處亦有下述的闡釋，玆條述於後——

(一)煽動犯罪

任何影片，如出現過多描寫暴力，或人性墮落的鏡頭，不論是蓄意或寫實，只要表達方式，足以引致易受感染的青年，同情或模倣銀幕上角色，如硬漢或虐待狂者，都不宜於公開上映。此外，任何影片如有下列情形者，可被禁止放映或予以刪剪:

1.描述犯罪技巧，足以引致他人倣效者;

2.可能引致他人犯罪，使用暴力或鼓勵反社會行爲者;

3.對法律、法律之執行局，或主要社會機構加以嘲弄，或損害其名譽者;

4.描寫任何形式之暴力，或殘暴行爲過於詳盡，或費時過長者。

(二)暴力問題

劇情有需要時，方得加插適合香港環境、程度適中，而又合乎理情的暴力鏡頭。不過，在劇情中所加插的暴力鏡頭，亦必得出於自然，以及有連貫性爲準；不應爲刺激枯燥乏味的情節，或加強人物的刻劃而強予加插。因此，關於古代戰爭、海盜或紅番打鬪的影片，可獲通過；可是，關於殘暴匪徒鋸破少女或警員喉頭的影片，則不准上映。凡是暴力鏡頭，無論是否有關威脅、恐嚇、侮辱或殘暴的事件，製片家在考慮拍攝時，應以下基本原則爲依據：

1.傷口特寫鏡頭、武器特寫鏡頭、與過份特藝七彩的血液鏡頭，俱可能被剪禁。

2.拍攝長時間的打鬪片段（無論是否用武器），連續的打鬪場面或片段，集體打鬪，使用小刀或鎗械的打鬪場面，暴動、示威與刺殺等等鏡頭時，製片商應特別審愼研究，其所引致觀衆所可能產生的激動情緒的性質。

3.凡兒童有機會觀看，而加插有暴力片段的影片，基於保護兒童的考慮，製片商在編製劇本時，須審愼處理下列各類鏡頭：

(1)恐怖和可能使兒童驚懼的鏡頭；

(2)可能使兒童感到痛苦的鏡頭；

(3)可能使兒童喪失勇氣及情緒不安的鏡頭；

(4)使他人受苦或受辱以取樂的鏡頭；

(5)使人或自己受苦或受辱，而獲得性快感的鏡頭；

(6)可能令兒童模仿，因而對其本身或他人有害的鏡頭，例如：自縊、玩火、綑綁、關鎖或閉氣潛水的鏡頭。

(7)使用容易獲得的危險武器的鏡頭，例如：小刀、鐵板、玻璃瓶和磚塊等；

(8)使用不尋常方法，損害他人的鏡頭，例如：窒息、拳打頸背、破壞車輛和設置危險陷阱的鏡頭。

(三)性與裸體

通常來說，如果裸體鏡頭「並不過份」，而且對劇情很重要，則獲得通過的成份很高。至若迎合低級趣味，暴露下體，裸體愛撫與描述各種性變態行爲的詳盡性愛鏡頭，和有關的音響效果，則多會被禁映或删剪。

㈣酗酒與吸毒

凡描寫和論及酗酒與吸毒的，都應只限於劇情和人物刻劃的需要，美化及有鼓勵吸毒的傾向；例如，表現毒品的功效是愉快的，吸毒是應有的習慣等，都在剪禁之列。

㈤種族主義

片商通常被勸告，不應製作挑撥種族不和的歷史場面，或強調對任何種族、信仰、膚色或國家的仇恨，以激發起強烈的情緒。不過，一般而言，港府並不反對異族通婚或私通的影片，除非這些影片，很顯然地，可能刺激起上述不同種族間的仇恨和恐懼。

㈥派系利益

只要笑料幽默，不含惡意，而演出的形式，又不會令得任何明理的人仕感到憤怒；則電檢處可能不會只是爲了因爲對社會某一派系（例如佛敎）的活動和信念的不確描述，或對任何國家的習俗、機構或領袖的諷刺，而將該片禁映或删剪。

㈦恐怖、震驚影片

一般而言，香港電檢處原則上，凡主張描寫嬰孩出生、墮胎、性病的影響，或嚴重神經不正常的影片或場面，應以私下放映的方式，讓特定的觀衆觀看。

㈧政治

只要不引起敵對觀衆間的暴動，不鼓勵個人或一小羣人，在彼等工作場所或學校等地方，組織具有暴亂性，或顚覆性的地下團體，也不攻擊其他政府、國家領袖、人民生活方式，或作詆譭性比較；則影片中，縱然含有歌頌其他國家，或其他政權下的生活情況，仍可獲得通過。違背上述準則的影片，經刪剪後，仍可望獲得通過上演。電檢處亦經常勸喻影視傳播機構，特別小心處理可能引起政治爭論的時事描寫，軍操或閱兵等場面，以避免敵對國家間的對峙情緒。不過，非宣傳性的時事報導，立場合理而公正，不故意歪曲事實，則暴力、戰爭或種族暴動的新聞片與紀錄片的鏡頭，通過檢查，是慣常的事。

㈨預告片與廣告

預告片的檢查準則，一如正片，程度上並無差異；如正片有任何刪剪，預告片亦得同樣刪剪。有時一個爭論性鏡頭，在正片內，由於連貫性的關係，甚至勉強獲得通過；但若從原片抽出剪接在預告片上映，則這些單獨的鏡頭，反而可能遭受剪禁。此外，註明「兒童不宜觀看」一類影片的預告片，正片上亦得註明相同字眼，才准上演。

電檢處的管制權力，也包括了戲院外的手繪廣告牌，及已通過了影片檢查的報紙電影廣告，以防片商亂出不實的噱頭（尤以性與暴力方面爲甚），令人心猿意馬，產生不良影響。

㈩電影會和電影俱樂部

根據香港「公衆娛樂場所條例」的規定，凡放映電影的場合，不論觀衆是被邀請的，是購票參加的，或因身爲一個俱樂部、協會或其他團體的會員，而獲觀賞的資格，一律均須獲得電檢員的許可。不過通常來說，一部只供會員觀看，不登廣告，對某俱樂部的註册章程有特別關聯的影片，電檢員對其「放映許可證」的申請，會予以「特別通融」的優待❷，例如，一個醫學協會，可能獲准放映一部墮胎過程的影片，供醫生

---

❷　又如香港中國文化協會，亦曾此一條例的精神，獲得在該會內放映「皇天后土」，供反共人士觀看。另外，除香港本地所製作的影片外，其他各地

觀看；或者一間賽車俱樂部，獲准放映一部描述飛車特技的電影，這些影片，通常是不准公開放映的。

附帶一提的是地狹人稠的香港，很多家庭只有一個象徵式的「小客廳」。電視普及之後，大多數家庭的成員觀衆，對於電視節目，幾乎沒有選擇的餘地。電視對羣衆的責任，日趨重大。因此，獲得通過在電影院放映的影片，有時並不一定獲准在電視上放映。

香港在一九七四年，本已有禁止十八歲以下觀衆，入場觀看某些電影想法，但因當時未有硬性規定隨身攜帶身份證的法例，而成人電影亦未有現時普遍，故議而未行。爲了減輕「影視及娛樂事務處」的工作，分擔執行和監管電影檢查的尺度和程序，港府於一九八七年初，成立了「電影檢查諮詢委員會」由官方與非官方專業人士組成，執行上述工作。同年六月五日，港府公布新訂「電影檢查規例」，正式賦予電影檢查員法定權力，可以禁止含有色情、鼓吹犯罪、煽動種族仇恨，或破壞本港與鄰近地區間友好關係之類的電影上演。同年同月十一日，又再成立一個由非官方成員擔任主席的「廣播事務管理局」，以管理香港的電視、電台及有線電視。

影片分級制度是隨環境、文化、觀念等因素而變遷的。例如，美國「PG」級，在一九七〇年代之前，原爲「M」級（maturity），其後則改爲「GP」級（General Patronage），而在一九七二年初，才改爲「PG」級。

送審者尚有：中華民國、澳洲、比利時、法國、加拿大、大陸、丹麥、埃及、芬蘭、希臘、荷蘭、印尼、印度、意大利、日本、西德、美國、英國、西班牙、以色列、墨西哥、巴基斯坦、菲律賓、委內瑞拉、南非、南韓、斯里蘭卡、瑞典及泰國等廿九個來源地。至於十六米糎方面，則尚有匈牙利、挪威、波蘭、保加利亞和蘇俄等地。

附錄二：部分國家、地區影片分級情形

△菲律賓

分爲五級——

(1) 一般觀賞(General Viewing)：適合一般觀衆的電影。又分：

(A) 普通級 (General Patronage, G)：適合各種年齡觀衆觀賞電影。

(B) 家長輔導 (Parental Guidence, P)：警告家長，劇情特殊，以及觀賞時需要家長指導者。

(2) 限制級 (Restricted, R)：僅允許十八歲及以上的成年人觀賞。限制級較特殊者，則屬不得公開放映 (Not for Public Viewing, X) 之影片，其係經非律賓總統府「電影電視檢查及分級委員會」委員認定，不准公開放映或在電視上播映之影片。

△日本

日本「映倫」機構（電影倫理活動之自主管理機關），設有一「電影倫理管理委員會」，於一九七六年（昭和五十一年）四月，頒布一般電影加註「R」限制級之判定標準：

一般電影中之性表現，由於與作品中的主題，內容相關連，所以有其必然性，同時其描述應求簡潔，此爲其要件。然而電影的主題，內容牽涉極廣，性描述之簡潔性亦呈多樣，因此青少年之高年者（十六歲～至未滿十八歲）對作品主題、內容應可理解，性描述對他們並不致造成太刺激；但對年少者（中學生以下）而言，他們對電影主題、內容之理解力較爲困難，且性描述對他們亦易造成刺激印象，此種場合應予判定

爲「**限制級 R**」。

在判定時對於下列各項之表現描述應求抑制、簡潔，但依不同情況仍儘量予以避免。

(1) 全裸、半裸、著衣之「暗示性行爲之表現」。

(2) 包含男女性高潮之臺詞、音效等之描述。

(3) 凌辱、輪姦、性烤問等加重暴力之場合。

(4) 異常性愛之描述。

(5) 性遊戲或生殖器愛撫之描述。

(6) 性具及類似物之描述。

△香港

根據一九八七年電影檢查條例草案第十二條，「批准上映影片及將影片分級」條文，有:

(1) 檢查員於考慮第九條第 (2) 款所述事項後[97]，如認爲影片適宜放映者，應批准該影片上映，並將影片劃分爲下列其中一級:

(A) 准予放映給任何年齡人士觀看（即一般稱爲「老少咸宜」);

(B) 准予放映給任何年齡人士觀看，但須遵照該檢查員對未足十八歲人士觀看該影片時，所提出其認爲恰當的建議辦理（例如:「兒童不宜」，或建議某些人士，在某一地點、時間、目的與場合觀看等等);或

(C) 只准放映給年齡已達十八歲的人士觀看（亦即「十八歲以下」，恕不招待的「成人電影」)。

△阿根廷

原則上任何影片必須上映後，才能決定是否禁演或刪減。但有些影

---

[97] 這些事項見本書內文。

片可以禁止十八歲以下的年輕人觀賞。

△澳大利亞

分爲四級:

(1) 普遍級; (2) 兒童不宜但可由父母親作決定; (3) 僅適宜十五歲以上的觀衆; (4) 成人級。恐怖電影不予上演。

△奧地利

分爲四級:

(1) 普遍級; (2) 僅適宜十四歲以上觀衆; (3) 僅適宜十六歲以上觀衆; (4) 成人級。

△比利時

所有十六歲以下的觀衆，必須經過檢查委員會之認可，始能進入電影院。

△巴西

僅有少數電影被認爲屬「普遍級」，其他可能屬於僅適宜於十歲以上、十四歲以上或十八歲以上的觀衆。

△智利、哥倫比亞

影片可能屬於「普遍級」，或僅適宜於十四歲以上、十八歲以上、或二十一歲以上之觀衆。(智利之「電影檢查委員會」隸屬該國教育部)

△哥斯大黎加

分兩級:

(1) 「普遍級」; 及 (2) 「限二十一歲以上入場者」。(部分特別設限的影片，晚上六時前不准放映。)

△厄瓜多爾

分三級:

(1) 「普遍級」; (2)「兒童不宜」; (3)「禁演」。(部分影片，男、女觀衆須分開觀賞。)

△薩爾瓦多

在「普遍級」及「禁演」當中，有不同年齡「限制級」。(部分影片，僅能在晚間的特定時段播映。)

△芬蘭

分爲四級:

(1) 普遍級; (2) 僅適宜十二歲以上觀衆者; (3) 成人級; 及 (4) 禁演。

△法國

分爲三級:

(1) 普遍級; (2) 禁止十六歲以下觀衆者; 及 (3) 禁演。(等級係由「影片管制委員會」劃分)

△西德

分爲四級:

(1) 普遍級; (2) 禁止十歲以下觀衆者; (3) 禁止十六歲以下觀衆者; 及 (4) 禁演。(由電影界自願擔任分級工作，對於適合於宗教節目放映的影片，檢查團體會作特別註明。)

△希臘

分爲三級:

(1) 普遍級: (2) 僅適宜十四歲以上觀衆者; 及 (3) 禁演。(檢查委員會隸屬內政部。)

△瓜地馬拉

分爲兩級:

(1) 普遍級; 及 (2) 禁止十六歲以下觀衆觀賞者。(由美術部執行檢查工作)

△冰島

由「檢查委員會」(隸屬教育部), 及「保護兒童委員會」決定, 映片是否適合十二歲以下、十四歲以下或十六歲以下的觀衆。

△義大利

分爲三級:

(1) 普遍級; (2) 限十六歲以上觀賞; 及 (3) 禁演。(由隸屬「觀光、娛樂及體育部」之「檢查委員會」負責等級的劃分。)

△馬利共和國

分爲三級:

(1) 普遍級; (2) 限十六歲以上觀賞; 及 (3) 禁演。(電影檢查由國家安全局長管轄。影片並需事前經過一個由多個官方及社會成員組成之委員會核准上演。)

△墨西哥

分爲三級:

(1) 普遍級; (2) 限十六歲以上觀賞; 及 (3) 限十八歲以上觀賞。(由隸屬內政部之「全國電影委員會」負責等級區分。)

△紐西蘭

大部分等級區分, 是採建議方式: 如「普遍級」;「普遍級, 但適合十三歲以上觀衆」;「普遍級, 但僅適宜成人」。有些影片被區分爲:「推薦闔家觀賞」, 有些則被區分爲:「不適合年輕人, 易於緊張的婦孺」。另外, 又設有一項強制性的「R級」, 規定: 限制某一年齡以上人士觀賞; 或限制男女觀衆不能同時觀賞, 亦可能限制給某特殊團體 (如醫師、醫學院學生) 觀賞。(由隸屬內政部之「全國電影委員會」負責區分。)

△挪威

分爲三級:

(1) 普遍級; (2) 限制十四歲以上觀賞; 及(3) 限制十六歲以上觀賞。

△巴拉圭

沒有正式檢查機構，但是，當局有權認定一部影片是「不道德的」或是「令人討厭的」而禁止上演。(在首都亞松森，每個星期天，都由「市立道德委員會」印發一分適合兒童觀賞的電影名單。)

△秘魯

一般分爲三級:

(1) 普遍級; (2) 限十五歲以上觀賞; 及(3) 限十八歲以上觀賞。(由「公共政策部」的「檢查委員會」區分，該會並會推薦特別優良影片，與指出不適合女性的電影。)

△西班牙

分爲兩級:

(1) 普遍級; 及 (2) 成人級。(如果影片引起任何道德或宗教教條問題，則官方檢查委員會中的天主教教堂代表，具有否決權。)

△瑞典

分爲三級:

(1) 普遍級; (2) 限十一歲以上觀賞; 及 (3) 成人級。(由政府電影局負責區分工作，爲了適合兒童觀賞，影片中不能有自殺、強暴，或指導如何犯罪的鏡頭。)

△瑞士

通常分爲三級:

(1) 普遍級; (2) 限十六歲以上觀賞; 及(3) 限十八歲以上觀賞。(但檢查制度及影片分級，會因州而異。)

△烏拉圭

分爲五級:

(1) 普遍級; (2) 適合青少年; (3) 不適合青少年; (4) 不適合十八歲以下的青少年; 及 (5) 不適合女性。(由「兒童福利處」負責影片區分。)

△蘇俄

分爲兩級:

(1) 普遍級; 及(2) 限十六歲以上觀賞。(由官方「文化部」或「地區委員會」檢查區分。外國片一律遭受嚴厲檢查, 尤其是他們所認爲的「宣傳」內容。)

十一、釋「計劃編輯」

前　言

社會步向多元化之後，傳播媒體，尤其是印刷媒介中的報紙，其所面臨之衝擊、競爭必然激烈，任何報社都應有「整體作戰」觀念，掌握可以預知靜態新聞發展脈絡，處於重大突發新聞而不驚，編採部門通力合作，部署周詳，充份表現新聞特性，而達到「版版權威，條條精彩」的新聞報導效果。否則，偶一不愼，連「立足」都有問題時，又焉能擔負「立德、立言、立功」的崇高使命。

報社若想做到平時莊敬自強，急時從容不驚，或可大力推廣目前頗爲流行「主動編輯室」的「計畫編輯」作法。

一、何謂計畫編輯

「計畫編輯」指的是融合新聞編輯政策與實務的一種編輯計畫，旨在透過策劃、 安排而更有效、更完美地執行編輯程序的一項「目標管理」(Manage by object, MBO)工作流程，一般分爲決策階層的前導作業，與執行階層的實況作業兩方面的調配。而在期刊雜誌社，則多稱之爲「企劃編輯」。「計畫編輯」與「計畫採訪」，通常視之爲一體之兩面，而在更多情形下，計畫採訪實爲計畫編輯的一個開端或其中一個關鍵性步驟。

(一)決策階層的前導作業

廣義地說，一個新總編輯的上任，一個新版面開闢，與一個新年度開始，都應有一套新的編輯計畫；但就實在的層次來說，一般是由編輯部總編輯、副總編輯、編輯主任、編輯組長等參與、執行決策幹部，混成一個整體的「戰略決策群」，不但將編輯事務，納入有效管理範圍，並且及早擬妥各種情況應變計畫，不打無把握之仗。

例如——

(1)平時卽根據報紙編輯政策，將新聞類別及重要性等，分列等級（如自立晚報做法），一旦遇上這類新聞時，縱然高層主管不在，其他相關幹部，亦可按既定步驟與變化情況，有條不紊地把重要新聞作妥善處理。

(2)每家報紙版次，都有一定的編輯風格，由專人負責編輯。以國內中華日報前北部版而言，第一版爲國內外焦點新聞，二版爲要聞與文教，三版爲婦女與消費，四版爲醫藥保健，五版爲社會生活，六版爲大臺北生活版，七版爲省聞版，八版爲體育新聞，九版爲兒童版（或家庭生活版），十版爲廣告，十一版爲副刊，十二版爲影藝版。這些版面，都應經過讀者分析，了解讀者興趣所在，而作最適當版次編排。但如發生重大新聞，立刻要在人手分配、版面調整與內容分配上，發揚高度團隊應變能力，方不致於單打獨鬪，進退失據。舉例而言：

1. **人手分配與整合**

例如: 民國七十五年十二月廿四日下午，我國刑警追捕了十年的軍火販子許金德等一夥，在中菲警方聯合圍捕下，終於在馬尼拉落網。中國時報在獲知消息後，除由主跑社會新聞的記者撰寫主體新聞，配上國際刑警跨海追捕的特稿外；並立刻分配人手，一方面與駐非記者加強聯繫，協調採訪，另一方面則派人調取檔案照片，甚而前赴主管派出所翻拍其他輔助照片。其後數日，該報社會小組與攝影小組在人員作業的分配上，尚包括：(A)派主跑記者趕辦手續赴菲作主力採訪，(B)直接掛電話到菲律賓，越洋採訪相關新聞，並作各種可能的新聞設計（例如人犯偷渡經過），(C)指令地方記者在臺南縣等地，環繞此案周邊新聞（例如中菲軍火走私管道），全力採訪撰稿，(D)製作如許某在馬尼拉被捕位置圖之類配合性圖表，(E)派員蒐集押解警官照片並作出訪問，(F)訪問高階警官，(G)伺機分別訪問各落網嫌犯，(H)派員緊盯人犯起解、押送的「程序新聞」，以防突發新聞發生，(I)派員出席刑事警察局記者會，以防掛一漏萬。應該注意的是，所調配人手，都應以對其所負責工作，有某一程度熟練，否則會影響整個採寫工作。

又如: 民國六十七年十二月十六日清晨，美國卡特總統宣布與中共建交，並與我國中止外交實質關係。聯合報在證實了此項「傳聞」之後，立刻由當時總編輯張作錦先生，以最快速度，調配中層幹部的人力布署，各賦專責，磨槍上陣:

(A)由採訪主任及副主任打聽詳情，並隨時與他本人聯絡;

(B)由採訪主任召集全部記者到報館集合，等候工作分配;

(C)由專欄組主任負責專欄稿配合;

(D)由編譯組主任調配人手，儘速翻譯全部相關電訊;

(E)以長途電話與駐美特派員連繫，交換新聞發展意見；

(F)電邀陶百川與杜蘅之兩先生撰寫專欄，分別就應變之道與中美間原有條約之處理等問題，發表意見。

(G)召集有關人員，研商如何處理各版新聞，並指派版面主編。

凡此種種，都屬於計畫編輯的範圍，而在此有志一同氣氛下，副刊組、通訊組(地方版)、校對組，資料組等單位，當然也能作出適時配合。

2.版面調整與內容分配

爲了處理中美斷交新聞，十二月十七日聯合報版面與內容分配，作出以下安排與調整。很明顯的，除了主新聞與輔助新聞之外，聯合報更集中火力於專訪、專欄和專題座談方面——

(A)第一版爲國內外要聞，抽去若干則廣告，而擴大爲十五批。報導內容包括我國立場和態度，國內的應變措施，美國與中共建交的公報與聲明，協防條約問題，美國將在臺設立新機構，外交部長沈昌煥辭職，以及國民黨召開三中全會，卡特與有關高級官員在白宮的特別簡報等重要新聞。

(B)第二版改爲國內政治版(原爲國內次要新聞、經濟和省市新聞)，共二十批，六批爲社論，其餘內容，則集中在國內反應上。例如：軍事首長談話，財經緊急措施，中美雙邊貿易談判繼續進行，來年出國觀光辦法照常實施等等，使民衆了解政府做法，安定民心。另外，尙有陶百川所寫「寬心故能寬容，危機乃是轉機」，與當時政治小組記者顏文閂在「新聞剪影」中所寫：「我國憲政體制仍將正常運行」兩個邊欄。

(C)第三版改爲國內民情反應和照片（原爲綜合社會新聞），共占二十批。主要報導羣衆的抗議遊行，青年人自強呼聲，各界人士的捐款救國運動，與參加競選活動的人士，捐棄成見，團結一致的聲明。

(D)第四版仍舊爲國際新聞，而以十批來綜合報導國際對此事件的反應。

(E)第五版原爲體育新聞，當日卻以二十批版面，以「鎭定、團結、繼續向前！」爲議題，作整版出擊；其中由國內十四位學者專家舉行座談會，而分派記者，以長途電話越洋訪問七位旅美學人，綜成「海內外學人談國家短期應變措施和長期奮鬪目標」的專訪內容。

(F)第十二版原爲萬象版（副刊），當日乃以十七批篇幅，以總標題「邁向頂風逆浪的征程——請聽文學藝術工作者堅定的聲音」爲路向，由三十一位文壇藝壇名人，談他們的觀感和建議。

値得一提的是，如果同一時間之內，一連發生幾件重大新聞時，在內容分配和版面規劃上，就更形重要。規劃得周詳，工作流程就會順利，總體表現也會令人刮目相看。

例如：民國七十年三月三十日當天，就能上聯合報三版（綜合社會新聞）的重大新聞而言，就有(A)臺北縣議長陳萬富開庭，(B)新竹少年監獄三十六人肇事，與(C)奧斯卡金像獎名單揭曉等三件大事。如在平日，上述任何一件新聞，如果「盡情發揮」，都可以用整個三版來處理。但碰上三件大事一齊出現時，內容取捨、配合與版面大小比例，就要妥爲安排。

聯合報當日在處理準則上，是以主新聞發三版，其他深入報導的輔助新聞，則發臺北縣版（地方分版）、新竹縣版（地方分版）及綜藝版（九版）。所以當天的版面處理是這樣的：

(A)陳萬富案：主新聞二千五百字發三版，輔助新聞全部安插在臺北縣版。

(B)新竹少年監獄案：主新聞及法務部有關反應發三版，其餘新聞發新竹版。

(C)奥斯卡金像獎名單：主新聞精簡成兩千字，其他新聞及照片，則動用綜藝版。

記者採訪、寫稿都要配合編輯部的截稿時間，固然是天經地義的事，但若有特殊情況發生，尤其在新聞發生得遲，線索獲得很晚，採訪與寫作過程又不順利的時刻，編輯部也有義務，透過計劃性的編輯作業，幫助記者完成報導職責。

3.運用車輪戰術的總體「計劃編輯」

聯合報社是國內得天獨厚的民營報團之一，轄下有三份銷路頗為龐大的聯合報、經濟日報和民生報。所以，在總體性的「計劃編輯」上，無論是人員的分配與整合，抑或版面、內容的調整與分寸的拿捏，都可以車輪戰術，輪番上陣，發揮龐大的影響力，而收運籌報社之中，而決勝於版面內外之效。

例如：據了解自民國七十三年夏季起，臺灣地區醫院小兒科，即陸續發生突發性抽筋的幼嬰病例。而作醫療檢查後，發現這些嬰兒的血鈣含量，低於正常標準。由於這些嬰兒都曾食用同一牌子的嬰兒奶粉，因而引起醫師們注意。至民國七十四年元月，衞生單位在一項重點檢驗中發現，為這些嬰兒食用的某牌子奶粉，其樣本鈣磷比例，只得〇・三八，低於其所標示的一・三。如果再經證實，這可能演變成轟動的食品事件，新聞性非常之強。到了一月下旬，聯合報系已掌握了最新事態發展，便運用整體作戰方式，謀定而後動，一連三日，將這件事件逐步披露出來。經過情形十分緊湊：

第一日（民國七十四年一月二十五日，星期五）

以聯合報第三版②頭題，刊出記者楊憲宏所作的「調查採訪」，用

作對這一新聞的前奏，箭頭則向指「某一牌子」，透過懸疑性筆調，產生預警氣氛。當日橫式美工反白標題是這樣的:

嬰兒奶粉闖了大禍？食品安全又一憾事！（主題）

突發性抽筋陸續有發現。一幼嬰意識不清很嚴重
全省各醫院病例都增加。研判是磷鈣含量不均衡 }（子題）

抽繹此文若干內容來分析，其所謂之「某牌」已呼之欲出:

「自去年夏天起，臺灣地區各地醫院小兒科，陸續發現突發性抽筋的幼嬰病例，且數目有增加趨勢。……

「所有病嬰都是在出生一個月到兩個月之間發病，都在健康狀態下，突發手腳痙攣，醫師遍查各器官皆無病狀，也無發燒、感染、腹瀉症狀，檢查血鈣含量卻遠低於正常水準。這些病嬰的共同特徵是: 他們都曾食用同一牌子的嬰兒奶粉。……

「各地小兒科醫師經常在討論這件事。醫師對這個牌子嬰兒奶粉會引起低血鈣病，致嬰兒抽筋，甚至昏迷，都非常震驚，遇到記者探查訪問時，部份醫師顯得十分焦躁，採取極度審愼態度說:『我們的確有此懷疑。』

「這樣一件關係重大的事，在醫界保持沉默，與這家嬰兒奶粉廠商的『守口如瓶』下，社會大衆，都被蒙在鼓裏。這種嬰兒奶粉在臺灣地區的市場占有率極高，每年數萬嬰兒選擇它爲出生後兩個月內的唯一食物。……

「幾個月來小兒科醫界分別從不同的研究角度探討這個問題，衆多證據都指出發病與這品牌嬰兒奶粉已難脫干係。因爲醫界起初所懷疑這一品牌嬰兒奶粉的鈣磷比例有問題，已經得到初步證實，衛生單位最近在一項重點檢驗中發現，這品牌嬰兒奶粉的鈣磷比例遠低於它所標示的一點三，這次檢驗的樣本鈣磷比例只有零點三八。……

「臺北一家大型教學醫院，已經開始對食用這一品牌嬰兒奶粉的幼嬰抽血調查，與食用其他牌子的幼嬰比較，……

「這一品牌嬰兒奶粉，去年底，對這些病例已有警覺；但與這家廠商有關的人士認爲，可能是其他牌子的嬰兒奶粉公司做攻擊性的宣傳。事實上，這家嬰兒奶粉公司自去年十二月起，已在他們出品這一系種的奶粉加入『碳酸鈣』，試圖彌補鈣不足的問題。……

「衞生單位已經動手收集這家公司有關嬰兒奶粉的資料，並進行抽樣檢驗，在短期內會有更多的證據。……

「目前還有醫院向衞生單位檢舉，數月前另有兩個品牌的嬰兒奶粉，也發生類似的鈣不足問題。臺灣地區廿餘牌子的嬰兒奶粉，將是未來幾個星期內，衞生當局的查驗項目，……。」

第二日（民國七十四年一月二十六日，星期六）

在戰略上，改以民生報第一版，次題，報導臺北、高雄各醫院頻頻發現新生兒突發性抽筋病例，醫師們懷疑是劣質奶粉作祟，藥檢局已在抽驗十件市售嬰兒奶粉，一方面加強引起讀者注意，另一方面則陳列「證據」，直接廻響聯合報報導，以點、線周邊新聞，逐步向核心消息挺進。所以，當日民生報的標題是這樣的——

臺北高雄各醫院頻頻發現（肩題）

新生兒突發性抽筋（主題）

懷疑劣質奶粉作祟　正進行抽驗（子題）

而主新聞內容則集中在七家醫院嬰兒抽筋病例，及醫師的意見上——

「臺北市幾家大型教學醫院，最近發現許多新生兒突發性抽筋病例，小兒科醫師正密切注意中。

「臺北市婦幼醫院在最近一、兩年內就發現有五、六名這種病人，臺大醫院詳細的數目尚不清楚，但據一名醫師說，應該比婦幼醫院還多，而且臺大醫院最近幾周內又有兩名病。

「臺大醫院小兒科醫師陳烱霖指出，造成臺大最近二名新生兒突發性抽筋的原因，可以確定爲血液中的磷過高、鈣過低所致……。

「馬偕醫院最近也有一名病例。一位不願透露姓名的小兒科醫師指出，當發現病例之後，醫院曾與某家奶粉公司聯絡，希望這家廠商改善，而這家廠商在接到馬偕的通知後，也表示會注意加以改善品質。

「據悉，榮總小兒部也發現部份幼嬰突然抽筋，可能和食用的奶粉有關，並且也已蒐集個案資料做進一步調查。

「……。

「榮總小兒部所做的這項調查，極爲保密，甚至許多小兒部的醫師也不清楚結果如何。

「高雄醫學院附設醫院小兒科去年十一月來，也曾發現數例突發性抽筋的病嬰，都用同一牌子的奶粉。

「……。

除高醫外，高市市立民生及婦幼醫院都曾發現不少抽筋病嬰，除低血鈣外，還合併其他症狀。」

緊靠着主新聞的，是一則輔助新聞，將藥檢局所化驗十件奶粉牌子，羅列出來，至是「某問題牌子」，已臨近爆發邊沿。——

「衞生署食品衞生處昨天抽驗市售嬰兒奶粉七家廠牌共十件，送往藥檢局化驗，很快就有結果。

「這十件奶粉是：AG-U NEO 新(味全)、AG-U(味全)、味全嬰兒奶粉 (味全)、雪印(Snow Brand)、愛兒樂 (Wyeth Nafritionals

Inc)、森永（Morinaga)、菲仕蘭 (Friesland)、嬰兒美（Mead Johnson CANADA)、心美力（美國亞培)、能恩（雀巢)。」

第三日（民國七十四年一月二十七日，星期日）

「等」了多天的主題新聞，正式爆發登場！民生報以一版頭題報導嬰兒奶粉抽驗結果，公布味全系列產品中，有三種有瑕疵，輔助新聞則有該報所採訪及中央社所發，有關味全公司承認產品有缺失新聞，以及文教基金會與臺灣必治妥公司聲明；其他相關新聞，則發第七版（醫藥保健新聞版)。另外，則發一兩欄高圖片一張，展示兩罐民國七十三年八月六日製造，含鈣磷比例偏低的味全 AG-U NEO 嬰兒奶粉，給讀者辨認，其下則墊以二十六日的民生報（一版）一張，以證實民生報消息靈通無訛，而「新生兒突發性抽筋」標題，清晳可見。

當日主新聞標題是這樣的——

抽驗嬰兒奶粉四種鈣磷偏低（反白字主題）

味全佔三種該公司決收回有瑕疵產品（子題）

而主新聞報導角度如下——

「衞生署食品衞生處昨天公布抽驗市售八種廠牌十一件嬰兒奶粉的檢驗結果，發現四件嬰兒奶粉的鈣磷比例低於國家標準，其中味全 AG-U NEO 的比例最低。

「……食品衞生處的檢驗發現，一批去年八月六日製造的味全 AG-U NEO 所含鈣磷比例偏低，食品衞生處已決定進一步追查這一批號味全嬰兒奶粉的鈣磷比例，以了解這一批號產品的實際成分內容。

「食品衞生處調查的十一件嬰兒奶粉中，鈣磷比例低於一點二（國家標準，CNS）的四件分別是味全 AG-U NEO、味全 AG-U、味全嬰兒奶粉（早產兒用）及嬰兒美奶粉。

「十一件嬰兒奶粉檢獲的鈣磷比例及批號如下：味全 AG-U NEO (730806—批號）零點七二、……。

「衞生署食品衞生處長劉廷英指出，檢驗結果味全AG-U NEO 去年八月六日及十二月廿四日製造的產品，其鈣磷比例差距很大，前者是零點七二而後者是一點三八，顯示並非每一批號產品都偏低。他說，食品衞生處日前公布的檢驗結果只對抽驗的這一批產品負責，……。

「食品衞生處昨天公布的檢驗報告係委國內某研究單位進行的。……。

「劉廷英表示，目前食品衞生處將繼續追查去年八月六日製造的味全 AG-U NEO 的成分。如果民衆曾經購買此一批號的產品，最好暫停食用，並歡迎民衆提供食品衞生處檢驗。」

至於輔助新聞，則一共有四則，依次序是：

(A) 民生報新聞

「味全公司昨天決定收回十一月以前出廠的嬰兒奶粉，以表示對消費者負責。

「味全公司昨天獲知該公司的部分產品經檢驗有瑕疵後，立即召開緊急會議，會後決定如下：

——收回去年五月以後，十一月份以前出廠的所有奶粉。

——向各報刊登緊急聲明啓事。

「味全公司表示，該公司分銷網極廣，昨天已經要求所有經銷商密切注意八月六日出廠的產品，但爲愼重起見，十一月以前出廠的產品一倂收回。該公司已向醫院的小兒科醫師請敎，並追踪發現卅一個案例中，有七個案例不是使用他們的廠牌。此外，該公司還表示，兒童發生低血鈣症，固然食用奶粉是原因之一，但仍可能有其他因素。不過，該公司爲了維護保護消費者健康的形象，將不怕任何損失，全面收回有瑕疵的產品。」

(B) 中央社通稿

「味全食品公司昨天承認所生產的 AG-U NEO 嬰兒奶粉，部分批號確實有成份缺失，民衆可將購買的奶粉送到各地營業所退錢或到食品店換貨。

「味全公司副總經理張景涵指出：AG-U NEO 奶粉是去年五月新推出的產品。由於味全所生產的嬰兒配方奶粉，維他命及礦物質均自美國進口調配，這種新奶粉上市後，曾有兩批號品質不正常。後要求美國供應商改正後，已恢復正常。」

(C)民生報新聞

「中華民國消費者文教基金會昨天表示，味全公司的產品有部分影響兒童健康，除應立即收回外，今後希望能嚴格品質管制，以確保消費者利益。

基金會昨天對味全公司的負責態度深表讚佩，這種勇於『認錯』及負責的作法，足以令許多產品出了問題的廠商參考。基金會同時呼籲國內所有廠商，應以味全此次風波爲教訓，注意產品的品質管制。」

(D) 民生報新聞

「臺灣必治妥公司昨天表示，該公司生產的嬰兒美奶粉，鈣磷比例符合美國小兒科醫學會所定的標準一點零至二點零。

「必治妥公司強調，該公司係根據美國小兒科醫學會所定標準而製造，雖然與國家標準相差零點一，但應該不會有太大影響。」

綜而言之，聯合報系在這則「靜態」預告新聞上，是處理得相當成功的：第一、它能給讀者一段過渡性的「預備時間」，使讀者有心理準備，而好奇地「期待」某一事件之出現。另外，在多次報導上，都能活用解釋性文字，令讀者「明白就裏。」

(二)執行階層的實況作業

執行階層原則上指各版編輯，但各線記者的配合不可或缺。各版編輯在計畫編輯的實況作業中，除了每天作簡短的「編前會議」外，尙有四個「基本動作」，包括——

(A) 掌握版面特性，明瞭當天可能到手的稿件，對版面預先有一個安排，不踰越報紙風格。例如聯合報在處理英阿戰爭，英軍於民國七十一年五月廿二日，登陸福克蘭島的新聞時，卽依版面一貫作風，將第一版(國內外要聞)刊登最新戰況，輔以美蘇、聯合國及秘魯等有關方面的反應，而以第四版（國際新聞）報導此戰的來龍去脈，卽是以四版來解釋一版新聞。另外，在某一事件上，國家或報社立場，也要揑拿分寸。

(B) 決定版面新聞重點，透過編輯工藝，例如主新聞做幾欄題，內容比重占多少，則作分列式報導，或作綜合報導？或兩者兼用？輔助新聞配些什麼？邊欄重點在那裏，發多少字？配什麼樣的資料和圖表？突出此重點新聞，再以其他次要新聞、圖片來補充和趁襯。內容有了安排後，每版應發排多少字，分多少次發完，內行與非內行內容比例（例如棒賽、橋牌賽），整體調配自可運諸掌上。

(C) 管制時效，不浪費一分一秒。例如擬稿中頭題還未送到編輯檯，則立刻先發其他稿子，以免躭誤排版時間。如果情況混淆時，要特別注意後面稿子，是否與前面稿子相矛盾？稿子一下間來得又急又多時，要怎樣應變，都應「心裏有數」，方能「談笑用筆」，而不會顧此失彼有所遺漏。

(D) 對版面作通盤了解，細心查察（報導是否已經包括原因、經過、結果及影響？），以發現問題，糾正缺失。

另外，遇有特殊情形，尙得運用戰略，補救版面落差。例如，聯合報於七十五年十二月二十五日，雖挖頭版報導軍火要犯許金德等一夥在非落網消息，惟版面配合上，遜於競爭對手報，故而在二十六日、二十七日、二十八日與二十九日，一連四天，幾乎以第五版全版報導此一事件，以扳回失着。除了嫌犯圖片外，其中內容包括：刑事警察遠征馬尼拉經過及許某等人近日押回國境消息，越洋訪問這次行動負責人刑事警察局長盧金波，講述許金德特稿，販賣軍火刑罰，刑警局長赴非前掩人耳目花招，許金德罪行（廿六日）。許某一夥押解回國日期、當日警方戒護措施，刑警局掌握許某行踪經過，其他秘聞（如傳有刑警曾遭許挾持，臥底神探功虧一簣，傳許擁有卡賓槍等），其他配合消息（如冒牌許金德落網，警方不懼黑社會勇氣，捉拿許金德賞金等，以及長途電話採訪非華，介紹許某藏身地點的周遭環境（二十七日）。許某供詞、許某落寞神情，刑警赴非後每日動態及圍捕經過，章錦樑再抱孩子一次照片，許金德給父親及妻子兩封信，許某與警界、政界往來傳聞，許某同黨有那些？在飛機上經過，刑警在機上的緊張心情，菲國僑界與參謀長的協助，許某可能擁有火力，章錦樑與王金山在黑道上地位，以及黑槍在臺灣地區販賣模式（二十八日）。許金德爆出內幕及已移警總偵辦，許某墮落背景，偸渡跑線圖，刑警所掌握的資料，林和順在菲慘況，以及省議員否認與許等掛鉤的表白（二十九日）。這些內容，都是經過企劃的。

二、靜態新聞的設計

除了專業性報紙、雜誌，如國內的經濟日報、工商時報與國際知名的華爾街日報之類，因爲着重背景、分析、提示、預測、解釋與顯示意義的靜態新聞及專欄特多，而需要及早策劃內容外（否則不是版面開天窗，就是題材、內容跟不上時效性）；即一般報紙，如紐約時報、國內聯合報與中國時報第三版及專欄，其題材也多在事前經過周密設計，而非「臨事周張」、「臨急抱佛腳」。例如，挖掘些什麼樣新聞，加強那一方面報導，配合那種「新聞氣氛」，該做那些民意調查等等，都是決策核心及周圍幹部所時刻關心的事。所以聯合報和中國時報都有類似「新聞資訊供應中心」組織，以及專欄組一類單位。廣義來說，主筆室與資料室也該是計畫編輯的一個重要「衞星單位」。

至於遇上逢年過節，或遇上某些特殊節日，需要增張發行特刊時，編輯部更應秉持計畫編輯做法，才能顯出媒體的能力與特長。例如，是照常出刊或休刊抑兩期合併發行 (Double Issue)？內容主題是什麼？找誰人來撰寫？總標題如何訂法？由誰負責拉稿、編撰？截稿日期定在那一天？希望廣告部門應如何在廣告上配合？（廣告量多寡，廣告價目的釐訂，廣告規格的劃訂，甚至廣告商品內容的適當性等都在考慮、配合之列。）例如，時代雜誌，年出五十二期，而總在最後一期，作「□年大事回顧」（Images, 'XX）特輯，用新聞圖片，回顧過去一年大事。新聞周刊，因爲只出五十一期，故每年最後一期，總是首尾合併，以「攝影集錦」(A special photographic portfolio) 方式，由編輯和美工羣，共同選出一年中，最具代表的十二期封面故事及圖片，再摘要報導，令讀者對重大事件，再次回味一番。

逢年過節，公、私立機構，又多爲假期，採訪殊不容易。因此，不管是專業抑或綜合性報紙，都會事先企劃好採訪重點題材，用特寫、專訪、專欄、專論等系列內容，來補充版面新聞不足。（間或塡以通訊社稿及繙譯稿）

至於雜誌期刊企劃編採，更是該期內容成敗之樞紐。因此，從預訂出版日期起，以後一連串的編輯企劃會議（決定編輯原則與方針，專題題目、大綱，以及相關資料配合），採訪寫作，協調會議（編輯、美工、攝影），核稿付印，發稿校對，定稿看藍圖，晒版印刷、裝訂發行等所有工作程序，都應置於企劃編輯「品管」系統之下，戰戰兢兢以赴，方能把最好產品，在最適當時間，令讀者先睹爲快。

三、計劃編輯版面之「沙盤演練」

在一（數）個版面能充份動用調配之下，記者撰稿報導，編輯控制篇幅和內容，究竟彼此應如何切實配合，方能有效執行計劃編輯？玆以「讀歷史・寫新聞」版面「沙盤演練」方式，試擬一例如後（假設兩軍發生重大遭遇戰後，第一日新聞）：

1.「新聞」事件

漢與匈奴之戰

2.「新聞」背景

根據國史記載，「夏后氏之苗裔」，亦即匈奴，自「殷時，始奔北邊」之後，這支遊牧民族，一直爲患北方邊土。其間雖有周宣王「命將伐之，四夷賓服」，秦惠王「拔義渠廿五城」，秦始皇時，更有「蒙恬將數十萬之衆，北擊胡，悉收河南地」，使之不敢南下而牧馬，但其時遊牧民族生活，每以刼掠爲「生產」，故騷擾寇奪終不可或息。

迄秦二世嗣位，海內大亂，邊防鬆馳，匈奴乘時而起，而單于冒頓精明強悍，兼併北方若干部落，聲勢驟壯，又起窺伺之心。漢高祖七年，天下旣定，曾親率大軍卅萬往征，結果被圍於平城，賴和親之約得解。

嗣後，歷惠帝、少帝以迄文景之世，六十餘年來，漢朝一直施以安撫之策，冒頓益爲寖驕。至武帝卽位，決定用兵，其時一統北狄者，厥爲冒頓之孫軍臣單于，國力亦強，誠漢族一大威脅。武帝與匈奴交戰，前後凡歷四十餘年之久（紀元前一三三～八七年），大小戰役數十次，互有勝敗，而以武帝元狩四年（紀元前一一九年），漢將衞青、霍去病分別從定襄（今綏遠和林格爾）、代郡（今察哈爾蔚縣）出兵漠北，轉戰二千餘里，大獲全勝之役，戰果最爲輝煌。（其時軍臣單于已死，由弟伊穉斜繼位。）

3.「新聞」資料

(A) 漢書「孝武皇帝本紀」

「(元狩) 四年（紀元前一一九年）……夏……大將軍衞青，將四將出定襄，將軍去病出代，各將五萬騎，步兵踵軍後數十萬人。青至幕（漠）北，圍單于，斬首九萬級，至寘顏山（今外蒙古庫倫南）乃還；去病與左賢王戰，斬獲首虜七萬餘級，封狼居胥（今察哈爾阿哈納爾左翼旗）乃還……。」

(B) 漢書「衞青、霍去病傳」

「……是歲元狩四年也。春，上令大將軍、票（驃）騎將軍去病各五萬騎，步兵轉者踵軍數十萬，而敢力戰深入之士皆屬去病。去病始爲出定襄，當單于，捕虜，虜言單于東，乃更令去病出代郡，令青出定襄，郎中令李廣爲前將軍、大僕公孫賀爲左將軍、主爵趙食其爲右將軍、平陽侯（曹）襄爲後將軍，皆屬大將軍。趙信爲單于謀曰：『漢兵卽度幕，人馬罷，匈奴可坐收虜耳。』乃悉遠北其輜重，皆以精兵待幕北，而適直青軍出塞千餘里，見單于兵陳而待，於是令武剛車自環爲營，而縱五千騎往當匈奴。匈奴亦從萬騎，會日且入，而大風起，沙礫擊面，兩軍不相見，漢益縱左右翼繞單于，單于視漢兵多，而士馬尙強，戰而匈奴不利，薄莫，單于遂乘六羸，壯騎可數百，直冒漢圍，西北馳去……漢軍因發輕騎夜追之……遂至寘顏山趙信城，得匈奴積粟食軍，軍留一日而還，悉燒其城餘粟而歸……青軍入塞，凡斬首虜萬九千餘級……匈奴衆失單于十餘日……票騎將軍率師……輕齎絕大幕，涉獲單于章渠，以誅北車耆，擊左大將雙獲旗鼓，歷度難侯，濟弓盧，獲屯頭王韓王等三人，將軍、相國、當戶、都尉八十三人，封狼居胥山，禪於姑衍，登臨瀚海，執訊獲醜七萬有四百四十三級。」

(C) 漢書「匈奴傳」

「……武帝卽位……乃粟馬，發十萬騎，私負從馬凡十四萬匹，糧重不與焉。令大將軍青、票騎將軍去病中分軍，大將軍出定襄，票騎將軍出代，咸約絕幕擊匈奴。單于聞之，遠其輜重，以精兵待於幕北。與漢大將軍接戰一日，會暮，大風起，漢兵縱左右翼圍單于，單于自度戰不能勝漢兵，遂獨與壯騎數百，潰漢圍西北遁走，漢兵夜追之不得，行捕斬首虜凡萬九千級，北至寘顏山趙信城而還。……票騎之出代二千餘里，與左王接戰，漢兵得胡首虜凡七萬餘人，左王將皆遁走，票騎封於狼居胥山，禪姑衍，臨瀚海而還。是後，匈奴遠遁，而幕南無王庭。」

4. 主新聞

(A)〔本報隨軍記者□□□狼居胥山□電〕票騎將軍霍去病今日宣布，我東線北征軍精銳部隊，已在大漠北部，悉數摧毀匈奴左賢王的最後抵抗，贏得本朝自與匈奴開戰以來，最徹底勝利。

根據初步統計，此次漠北殲敵之戰，擊斃及俘獲匈奴官兵七萬零四百四十三人，俘虜名單中包括三名王爵，以及將軍、相國、當戶、都尉等高級文武官員八十三名。

殲敵致勝的騎兵部隊共五萬騎，由霍去病將軍親率臨敵。霍將軍指出，這是一次極之成功的北伐軍事行動，相信經過此役戰事後，我漢朝邊境可以確保不再受匈奴騷擾。

(B)〔本報隨軍記者□□□漠北前線□日電〕 大將軍衞青今天傍晚，在距國境大約千餘里的漠北（今外蒙古庫倫東南），以五千精騎，一舉擊破了匈奴衞戍部隊的防線，萬名驃悍敵騎已潰不成軍，單于伊穉斜倉猝敗退，僅率殘部數百騎，向西北逃竄。

大將軍衞青刻正親率輕騎兵，向窴顏山方面連夜緊追不捨，乘勝追擊，士氣如虹。

我軍與匈奴遭遇戰，係於漠北空曠地帶展開。匈奴精銳大軍在伊穉斜單于指揮下，以以逸待勞之利，欲趁我軍出塞千餘里，人馬困乏之際，實行中途攔截，令我軍猝不及防。衞青將軍接獲軍情報告後，急令堅固的武剛車環結成營壘，作爲防守據點；隨卽命五千精騎，迎戰一萬名敵軍騎兵部隊。戰事從清晨開始，一直未曾間斷。至黃昏日落時分，戰地突然刮起大風，沙石撲面，敵我雙方彼此視野不清，戰鬪始轉趨沉寂；我軍遂趁機採取兩翼包抄戰術，並逐步縮小包圍網，伺機殲敵。伊穉斜單于見我軍人馬衆多，戰鬪力旺盛，因而膽怯，恐再戰下去會對匈奴軍不利，於是趁黑改乘六羸快馬，率領數百名最精銳騎兵，在風沙迷濛中，衝破我軍包圍，向西北方逃逸。

(C)〔本報綜合報導〕國防部發言人□□□將軍在昨（□）日臨時召開的記者會中指出，敵軍經過這次嚴重挫敗之後，確信在今後一段相當長時間內，恐怕不敢再在大漠以南活動，騷擾我國邊境。

□軍事發言人在簡報時說，今次北伐掃蕩敵軍行動，共分東、西兩路，以鉗型路線進行，除以十萬精銳騎兵作爲主力，志願從征之民馬十四萬頭之外；尚動用了數十萬步兵部隊支援。大將軍衞青和票騎將軍霍去病兩位將軍，分別率領騎兵五萬出征。東線北征軍原由大將軍衞青率領，並任郎中令李廣爲前將軍，太僕公孫賀爲左將軍、主爵趙食其爲右將軍，平陽侯（曹）襄爲後將軍，由代郡出發；西線北征軍原由票騎將軍霍去病率領，所部皆奮勇善戰、冒險犯難戰士，由定襄出發；採左右分進合擊戰術，以徹底掃蕩匈奴，俘擄單于爲戰略目標。後因在遭遇戰中，擒獲敵俘，並從他們口中，誤信單于在東線，參謀本部才臨時更改命令，將霍將軍部隊調赴東線，而由衞將軍部隊出征西線。□軍事發言人承認，就目前情況來說，這顯然是一項錯誤情報，參謀部將追咎失職人員責任。

此次撻伐匈奴戰果，幾爲前年兩次軍事北伐行動的一倍。前年春季第一次掃蕩戰中，曾斃敵八千九百餘人；夏季第二次出擊，又斬敵三萬二百人，投降及被俘人數達二千六百餘人。

(D)〔本報訊〕參謀總部說，奉命輕裝出發，以急行軍越山涉水的東線霍將軍部隊，一路窮追潰退匈奴兵，經難侯山及弓盧河，深入大漠北部。目前霍軍部隊駐紮在狼居胥山附近，據報當前已看不見敵蹤。

(E)〔本報隨軍記者□□□趙信城□日零晨□時電〕西線衞將軍部隊，於今（□）日零晨□時，攻陷匈奴戰略要塞寘顏山趙信城，擄獲匈奴糧食庫，解決了漢軍糧食問題。至記者發電時，殘敵已被廓清。

衞將軍部隊高級官員說，當前匈奴軍主力顯已被徹底擊潰，目前單于下落不明。

據清點戰場後初步統計，此役共斃敵軍一萬九千餘人。

5. 輔助新聞

(A)〔本報隨軍記者□□□狼居胥山□日零晨□時電〕東線北征軍指揮官票騎將軍霍去病， 於今日□午□時（中原標準時間□日□午□

時），代表天子，臨時在此地舉行了一項簡單、但隆重的「封山」祭典，以慶祝這次軍事掃蕩行動的空前大捷。

「封山」儀式依傳統式古禮進行❶。北征戰士先在紮營山麓，用土堆築一座祭壇，以象徵我朝增山廣地的豐功偉蹟，繼而宰殺了一頭小公牛作爲牲品，並焚燒架起的積柴。典禮在歡騰、肅穆的氣氛下進行。

（B）〔本報隨軍記者□□□姑衍山□日零晨□電〕在狼居胥山舉行過「封山」祭典後，霍去病將軍隨卽在此地代表天子，主持「禪禮」的拜祭儀式。

「禪禮」儀式較「封山」爲簡單，戰士們先在林中開闢一處空地，然後把小公牛宰殺了埋在地下，經過一番拜祭之後，典禮卽告完成。

經過「封山」與「禪禮」後，「封禪」大典卽告完成。霍票騎隨卽往瀚海一帶我軍據點巡視。

（C）〔本報隨軍記者□□□趙信城□日零晨□電〕大將軍衞靑所率領的西線北征部隊，經過一日留駐之後，今日已自此間開拔，凱旋歸國。

部隊在出發前，曾將此地糧食庫所剩下來的粟米，悉數焚毁，以免資敵。

不過，西線北征軍高層官員一致認爲，此次撻伐匈奴的軍事行動，已達成當初預定的戰略目標。單于雖然漏網，但匈奴軍的戰鬬力已失，再也不敢返回漠南盤據。

6. 特　稿

---

❶ (1)漢書「卷五十五註」:「有大功，故增山而廣地也。……師古曰:『積土增山曰封，爲壇祭地曰禪。』」(2)禮記:（A）月令:「命祭祀山林川澤犧牲毋用牝。」;（B）祭法:「燔柴於泰壇，祭天也；瘞埋於泰折，祭地也；用騂犢。」

在編輯是項新聞時，倘應有一對此役戰事之分析性特稿作爲邊欄，道出此役的原因、經過和影響，版面方爲之完善無遺。此篇特寫，應呈折衷式之倒三角形結構，以結論式引言爲啓首語，重點有三：

(A) 背景：敍述周秦以來匈奴爲害邊境情形，以及先民受擾苦況。

(B) 事實：冒頓單于一統漠北後，對漢族所構成的威脅。

(C) 意義：根據前述，道出今次軍事勝利，對國防及邊民的影響。

例如——

〔本報長安（今西安，漢都）特派員□□□特稿〕壯哉，我大漢天威；赫赫哉，我漢家兒郎！巍巍大將軍，桓桓霍票騎！匈奴軍遭我精騎犂庭掃穴之後，大漠之南八百里，再無牧馬肆虐，搶奪我們邊民的女子、財帛和牛羊哩。

匈奴，自詡爲「夏后氏之苗裔」。殷朝時，「始奔北邊」，成爲侵略性極強的遊牧民族，自後歷朝皆稱之爲北狄。殷帝小乙年間，周室先祖古公亶父，就是因爲抵擋不住這批北狄，才被迫遷到岐下的。春秋之世，北狄不但滅了邢衞，並且在晉悼公時，一度侵略晉國。戰國末年七雄互相攻伐，北狄於是乘機崛起，瓜分塞外：西北爲月氏，北爲匈奴，東爲東胡，而以匈奴勢力最爲強大。

嬴秦雖然曾命蒙恬領三十萬大軍北伐匈奴，花了十年時間，將河南地區，闢爲四十四縣。但是到了秦朝末年，天下羣起抗暴，邊防漸馳，冒頓遂得以覷機滅了東胡、打敗月氏，設官分位，置左、右賢王，左、右大將等職守，儼然以漠北大國自居。

遊牧民族的特性，是全民皆兵，全軍騎射，悍勇善鬪。而在攻戰中，如果斬殺一名敵軍，則賜一卮酒，所得戰利品，全部歸擄獲者所有，所以人人冒死爭先，猖獗難當。高祖皇帝爲除此北面最大邊患，曾親自率領三十萬能征慣戰的虎賁，前往征伐，但是卻在平城被圍涉險。

此次征伐失利的原因，分析起來，主要在於我朝是以步兵爲作戰主力，抵擋不住匈奴兵的機動和快速所致。自始之後，冒頓越益驕暴，爲禍我文、景兩朝，形勢十分險惡，不立即加以反擊，則我朝臣民，恐怕食不甘味，寢不安蓆。

英明的武帝，爲了一舉解決此千百年來，無一日安寧之邊患，登基之後，便立刻推行馬政，擴充騎兵，爲北征匈奴作好準備。在此十四年之間，我軍與匈奴零星接觸，多至不可勝數，而重要戰役則有五次（見表一）。這五次戰役，幸賴將士用命，每次皆予匈奴重創，故能斷「匈奴右臂」，「打通河西走廊」，而有今次輝煌戰果。

今次戰鬪，主因在於單于不甘右部之失敗，而於去年秋天，貿貿然分遣數萬騎兵，攻打右北平及定襄郡。由於河西已經平定，武帝認爲時機已至，決心給匈奴本部徹底打擊，於是在本年春天，委命衞青與霍去病兩大勇將，率領我漢騎主力，分兩大縱隊，向漠北進擊，直搗匈奴巢穴（見表二）❷。

衞、霍兩將軍是當代不可多得的青年勇將，果然不辱使命，北征兩千餘里，斬單于近臣以下七萬餘級，擒王以下八十三人，代表天子行「封禪」大禮，目前正在凱旋回國途中。

匈奴左賢王雖然率領少數殘部兎脫，但其軍力只不過剩下十分之一、二，似已不足爲患。舉目大漠之南，已無牧馬縱橫。

此役最可惜的是，由於我軍情報失誤，而未能使單于受首；另外，由於地形不熟，致公孫敖、李廣、趙食其等將軍一再迷失方向，貽誤軍機，否則戰果會更爲豐碩。

❷ 兩線北征軍軍行戰鬪路線（表二），與衞青、霍去病兩人，在此役之前之歷次戰果表，應由資料室編製。此亦係「計劃編輯」重要之一環。

表一、元朔二年至元狩二年夏我軍與匈奴五大戰役一覽表

年份	主要將帥	交戰地點	起因	我軍兵力	戰果
元朔二年正月	衞青、李息	隴西至河南地	匈奴襲擊上谷、漁陽	三萬騎	匈奴樓煩、白羊兩王已命北方、擄獲牛羊百萬餘頭、殺敵五千餘人。
元朔三年夏、秋至元朔五年春	衞青、李息、張次公、蘇建、李沮、公孫賀、李蔡、郭成	代郡、雁門、定襄、上諸郡、朔方郡	軍臣單于死，繼立之伊稺斜對我發動大規模攻勢	十餘萬騎	擄右賢王裨王十餘人、男女一萬五千餘人、牲畜數十萬頭。
元朔五年秋至元朔六年春二月	衞青、公孫敖、公孫賀、蘇建、趙信、李廣、李沮、霍去病、張騫	單于庭	匈奴萬騎攻代郡	十餘萬騎	殲滅匈奴兩萬二千餘人以上，擄相國、當戶，斬單于大父、擒季父羅姑。
元狩二年春三月	霍去病	隴西、臯蘭、焉支山、敦煌	武帝決心打通河西走廊	數萬騎	殺折蘭王、斬盧侯王、執渾邪王子及相國都尉，收休屠王祭天金人，殺匈奴近萬人，「斷匈奴右臂」。
元狩二年夏	霍去病、公孫敖、張騫、李廣	北地、隴西、右北平、代郡、雁門、張掖、祁連山	牽制單于主力，使之無力軍援「右臂」，並打通河西走廊。匈奴犯代郡及雁門	數萬騎	擒匈奴五王、單于母、王子等五十九人，相國、將軍、當戶、都尉六十三人，降者二千五百人，斬敵近四萬級。

天蒼蒼、野茫茫，風吹草低見牛羊。龍城飛將在，隴上同胞，今後當然可以歌舞昇平。

表二：衛霍遠征漢北作戰經過要圖（紀元前一一九年春）

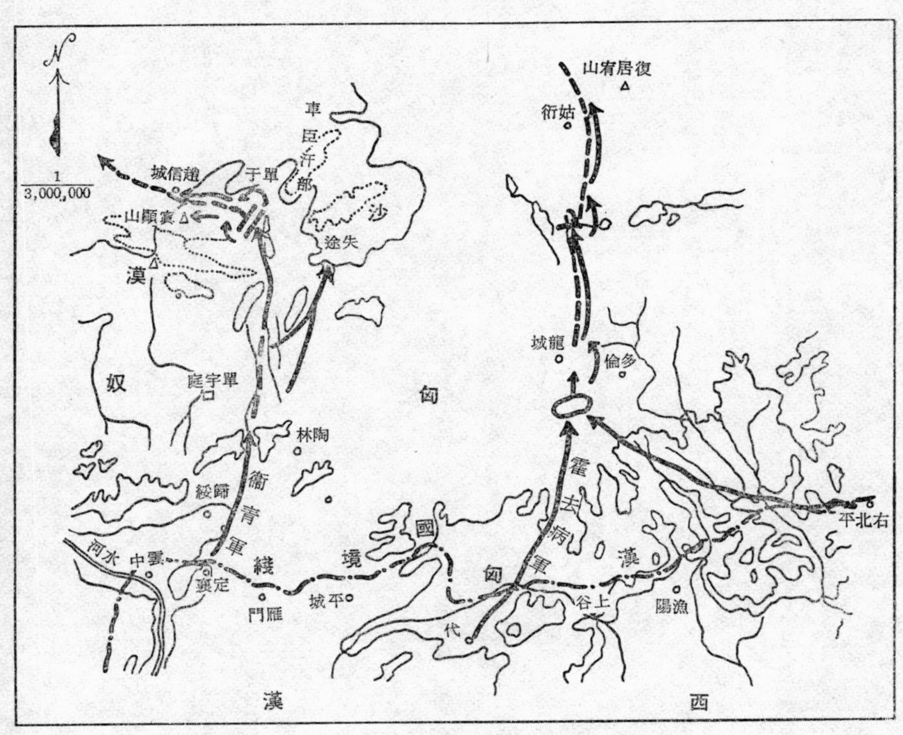

十二、臺灣地區漁民獲知政府首長消息與近三年來生活電氣化之研究

前　言

臺灣地區四面臨海，靠海爲生的漁民總數約有四十萬人，惟基於漁民生活特性，有關漁民聽衆的研究，並未多見。

而由於臺灣地區的特殊海峽形態，漁民出海捕魚時，因爲易於接近大陸地區及閩、浙、粵沿海漁民，故而經常出現問題。如果當局能透過傳播媒體的運用，加強漁民對政府運作訊息的傳達，當可提昇漁民對整個大環境的了解、關注，而使若干問題獲致一定程度的解決。

本研究卽以「臺灣地區漁民獲知政府首長消息」，與他們「近三年來生活電氣化之情形」，作爲檢視的兩個指標。透過這兩個指標的資料分析，吾人當可對目前臺灣地區一般漁民與政府溝通管道，有更進一步了解。

一、研究過程

本研究進行地點，以基隆、南方澳及高雄三大漁業集散區爲主，再

就此三區的特定漁務場所，對成年漁民實施隨機訪問。玆將上述三區所訪問的場所及實際訪問人數，表列於后：

表一　漁民樣本數分配表

訪問區域	訪　問　場　所	實際訪問人數
基　　隆	八斗子漁港／望海巷／長潭里／漁會／漁市	105
南 方 澳	港口／漁市場／各個村（里）	135
高　　雄	旗后漁會／加油站／旗津／中州漁市／紅毛港／紅毛漁會／漁市場／茄萣漁會／漁市場／興達港	189
		總數：429（人）

本研究問卷內容，共有三大問題（見附錄一）：

第一題在收集漁民獲知政府首長印象的途徑；

第二題在了解漁民主要從那些媒體中，獲知政府首長動態；

第三題在研究過去三年中，本省漁民究竟添置（或更換）那些電子媒體。

二、受訪漁民特性（基本資料）

了解受訪漁民特性，有助於對本研究各項分析資料之了解。爲了清晰起見，特於本節先行分項列述本研究所得之漁民個人基本資料。

一、在本研究中，四二九名受訪漁民，全部爲男性（100%），而在回答此項問題的四二八人中，已婚者達三八九人，佔受訪漁民90.9%，未婚者只有三九人，只佔受訪漁民的9.1%。顯示受訪漁民中，普遍已成家立業。

二、在受訪漁民的年齡方面，在回答此問題的四二三人中，經過分類組合，其分布的情形，有如下表之五組。(見表２)，六名漁民的年齡資料不詳（以下數字偶有不詳的不另說明）。

表二　受訪漁民年齡組的分布

年齡組	20以下	21～30	31～40	41～50	51以上	總　數
頻　數	4	64	156	114	85	423（人）
%	0.95	15.13	36.88	27.0	20.09	100

從表二中，可以看出，受訪漁民的年齡組，以三一～四〇歲佔最多數（36.88%），其次爲四一～五〇歲，此兩年齡組合起來，共有二七〇人，佔 63.88%。顯示受訪漁民之年齡組，偏向於高齡人口。三〇歲以下的青年，相對來說，比例偏低。

三、在省籍方面，回答此問題的四二八名受訪漁民中，屬臺灣本省籍者，有四一二人，佔受訪人數 96.3%；屬外省籍者（非臺灣地區）。只有一六人，僅佔受訪人數 3.7%，顯示受訪漁民中，以捕魚爲業者，絕大部份爲本省人士。

四、在教育程度方面，回答此問題的四二八名受訪漁民中，其學歷的分布情形，可用圖表分列如下:

表三　受訪漁民教育程度的分配

教育程度 / 數量比	小學及小學以下	國中	高中(職)	大專或大專以上	總數
頻數	356	56	14	2	428（人）
%	83.2	13.1	3.3	0.5	100

從表三中，不難發現，受訪漁民的教育程度，絕大部份（83.2%）低於或只有小學程度，其次爲國中生（13.1%）。至於高中（職）和大專程度者，比例非常偏低（0.5%）。

五、在語言方面，回答此項問題的四二八人中，國語、閩南語兩者都懂的，有三三四人，佔受訪漁民 78.2%；只懂閩南語的，僅得九四人，佔受訪漁民21.8%。顯示受訪漁民中，大多數俱能聽懂國語和閩南語。

六、在漁民家中擁有收音機架數方面，一九人無法指出確切的捕漁區，三九二名受訪漁民至少有一架收音機的列表說明如表四。（三七名漁民家中無收音機，不另列出）：

表四　漁民家中擁有收音機架數

收音機架數 / 數量比	一架	二架	三架	四～六架	總數
頻數	237	88	46	21	392（人）
%	60.4	22.4	11.7	5.4	100

從表四中，可以看出，漁民雖然大多擁有收音機，但以擁有一架最多（60.4%），擁有二架的不及四分之一（22.4%），而擁有三架～六

架的只超過六分之一（17.1%）。顯示受訪漁民中，並沒有擁有較多收音機架數的傾向。

七、在漁民擁有調頻（立體FM）收音機、調幅（中波AM）收音機、與短波（SW）收音機架數方面，受訪漁民中的資料，可以表五、表六、表七三表說明如下：

表五　漁民家中擁有調頻收音機架數

架數 數量比	一　架	二　架	三　架	四～六架	總　數
頻　數	231	86	41	18	376（人）
%	61.4	22.9	11.9	4.8	100

從表五中，可以看出，三七六名家中收音機可以接收調頻節目的漁民，大多數（61.4%）擁有一架調頻（FM）收音機，擁有二架的則未超過四分之一（22.9%），至於擁有三～六架的，就更少至六分之一了（16.7%）。

表六　漁民家中擁有調幅收音機架數

架數 數量比	一　架	二　架	三　架	四～六架	總　數
頻　數	236	82	44	18	380（人）
%	62.1	21.6	11.6	4.7	100

從表六中，可以看出，回答此問題的三八〇名家中有調幅設備的漁民中，大多數（62.1%）擁有一架調幅（AM）收音機，但擁有二架的，

只略爲超過五分之一（21.6%），而擁有三～六架的則亦僅有六分之一而已（16.3%）。比較表十一、十二兩表，可知受訪漁民擁有調頻收音機與調幅收音機架數，大略相近。

表七　受訪漁民擁有短波收音機架數

架數 數量比	一　架	二　架	三　架	四～六架	總　數
頻　數	204	69	29	18	320（人）
%	63.7	21.6	9.1	5.6	100

從表七中，可以看出三二〇名受訪漁民家中擁有可以收聽短波的收音機，大多數（63.7%）擁有一架短波收音機，而擁有二架的，僅僅超過五分之一（21.6%），擁有三～六架的，更少於六分之一（14.7%）。比較表十一、表十二、表十三三表，就比例而言，受訪漁民所擁有調頻收音機、調幅收音機與短波收音機三種與架數，十分接近。

八、在工作的漁船上擁有收音機架數方面，回答此問題的四一九名受訪漁民的資料，可以列表說明如下：

表八　受訪漁民在工作漁船上擁有收音機架數

架數 數量比	一　架	二　架	三　架	總　數
頻　數	356	61	2	419（人）
%	85.0	14.6	0.5	100

從表八中，可以看出，四一九名受訪漁民，絕大多數（85%）在工

作的漁船上擁有一架收音機。擁有二～三架的，不到六分之一(15.1%)。顯示受訪漁民在工作漁船上，所擁有收音機架數，就比例而言，與受訪漁民擁有收音機架數情形相同；亦即普遍擁有一架收音機，但同樣沒有擁有較多收音機架數的傾向。研究所得資料亦同時發現，在受訪漁民中，於其工作的漁船上所擁有收音機架數，不超過三架。

九、在工作漁船上，漁民擁有調頻（立體 FM）收音機、調幅（中波 AM）收音機與短波（SW）收音機架數方面，受訪漁民的資料，可以表九、表一〇、表一一三表說明如下：

表九　受訪漁民在工作漁船上，擁有調頻收音機的架數

架數 / 數量比	一架	二架	三架	總數
頻數	343	59	2	404（人）
%	85.6	14.0	0.4	100

從表九中，可以看出，回答此項問題的四〇四名受訪漁民中，絕大多數（85.6%）在工作漁船上，擁有一架調頻（FM）收音機，惟擁有二～三架的，則少於六分之一（14.4%）。

表一〇　受訪漁民在工作漁船上，擁有調幅收音機的架數

架數 / 數量比	一架	二架	三架	總數
頻數	350	58	2	410（人）
%	85.4	14.1	0.5	100

從表一○中，可以看出，回答此問題的四一○名受訪漁民中，絕大部份（85.4%）在工作的漁船上，擁有一架調幅收音機，惟擁有二～三架的，亦不及六分之一（14.6%）。

從表一一中，可以看出回答此問題的三六六名受訪漁民中，絕大部份（85.6%）在工作漁船上，擁有一架短波（SW）收音機，但擁有二～三架的，則不及六分之一（14.4%）。

表一一　受訪漁民在工作漁船上，擁有短波收音機架數

架數／數量比	一　架	二　架	三　架	總　數
頻　數	313	51	2	366（人）
%	85.6	14.0	0.4	100

這裏必須說明的是：無論是家中的收音機還是漁船上的收音機，均在表一○和一四說明架數，然後按照調頻、調幅、短波三類收音機分開計算，是因爲收音機的類型對漁民收聽氣象節目，甚爲重要，故有必要詳細瞭解。事實上，大多數收音機均同時具有收聽調頻、調幅、短波的功能，所以，表一七的三六六人表示漁船上有短波收音機，並不表示他們的收音機不能收聽調頻和調幅節目。

十、在漁船上有沒有電視機方面，回答此問題的四二八名受訪漁民中，船上「有」電視機者，共一五九人，佔 37.1%，船上「沒有」電視機者，共計二六九人，佔62.9%。顯示受訪漁民漁船中，大多數仍未有電視機。

十一、在漁船上工作時，聽不聽錄音帶方面，回答此問題的四二七名受訪漁民中，答「聽」的有二一四名，佔 50.1%。答「不聽」的亦

有二一三名，佔 49.9%。換言之，在受訪漁民中，於漁船上工作時，「聽」與「不聽」錄音帶的人數，雖然不分軒輊，但已顯示錄音帶在漁船上佔有一定地位。

十二、在漁民平常看不看報紙方面，回答此問題的四二八名受訪漁民中的資料，整理歸納後，可以表列如下:

表一二　受訪漁民平常看報習慣

類別 數量比	看	有時看	從不看	總數
頻數	202	92	134	428（人）
%	47.2	21.5	31.3	100

從表一二中，可以看出，在四二八名受訪漁民中，平常「看」報的漁民，共有二〇二人，佔 47.2%，「有時看」報的，共九二人，佔 21.5%。而「從不看」報的，有一三四人，佔 31.3%。若將平常「看」報與「有時看」報的漁民，視爲「看」報的漁民，則其總數有二九二人，佔 68.7%。上述資料顯示，受訪漁民超過三分之二是會「看」報的，惟平常「看」報的則少於半數（47.2%）。

至於「看」或「有時看」報的二九二名受訪漁民中，他們「看」報的資料，就其重要部份，可以表列說明如下:

表一三　漁民閱報類別

類別 數量比	中國時報	聯合報	臺灣時報	中華日報	中央日報	其他	總數
頻數	97	96	15	13	11	19	251(人)
%	38.6	38.2	6	5.2	4.4	7.6	100

從表一三中，可以看出，看報的受訪漁民，主要看中國時報和聯合報（76.8%），且中國時報與聯合報平分秋色。其餘佔一席之位者，依次爲臺灣時報、中華日報和中央日報。至於內容偏重民生育樂的民生報，較專業的經濟日報、工商時報，以及大華、民生與自立晚報，皆榜上無名。

十三、在漁民平常在家中有沒有看電視方面，回答此問題的四二九名受訪漁民中，說「看」的有四一一人，佔全部受訪人數 97.8%，說「有時看」的有一五人，佔全部受訪人數的 3.5%，說「不看」的，僅有 3 人，只佔 0.7%。此資料顯示，幾乎所有受訪漁民，在家時，都會看電視。

如果將「看」與「有時看」的受訪漁民，合併成看電視的漁民來檢視處理，則在這些看電視的四二六名受訪漁民中，他們所愛看的電視節目，就其中回答此問題的三三一人的資料來分析整理，可以列表說明如下:

表一四　漁民所看電視節目的類型

節目類型／數量比	新聞氣象	戲劇	地方戲	綜藝節目	其他節目	總數
頻數	224	72	13	6	16	331（人）
%	67.7	21.8	3.9	1.8	4.8	100

從表一四中，可以看出，看電視的受訪漁民，超過三分之二（67.7%）看新聞氣象；略多於五分之一（21.8%）看連續劇、單元劇等一類戲劇。至於歌仔戲、布袋戲等地方戲、綜藝節目以及其他類型節目，總共加起來，只有十分之一強（10.5)%。

各臺電視新聞之後，有氣象報告。漁民既以出海捕漁爲業，則留意新聞報導，重視氣象消息，似屬理所必然。惟在受訪的四二八名漁民中，屬臺灣本省籍者達 96.3%，而鄉土味濃厚的地方戲收視率，竟有偏低的傾向（僅得 3.9%)，實出人意表，似可再作進一步研究。

十四、根據調查資料所顯示，在受訪漁民的四〇二人中，其中「聽」漁業專機者共二四六人，佔61.2%，「不聽」漁業專機的，爲一五六人，佔 38.8%，(見表一五)。顯示這些受訪漁民中，大部份都收聽漁業專機。換言之，漁業專機對受訪漁民而言，關係頗爲重大。（所謂漁業專機，是由漁會運作的廣播臺，波段爲一七〇〇千赫，向漁民播報漁業氣象，間亦挿播漁價及一般綜合新聞目前分三段時間播出，即早上五：二〇～一〇：二〇，下午一二：〇〇～一七：〇〇，晚上一九：〇〇～二四：〇〇，其播出範圍，最遠可達日本。）

表一五　聽不聽漁業專機

數量比＼類別	聽	不聽	總數
頻數	246	156	402
%	61.2	38.8	100

三、資料分析

1、受訪漁民如何獲得政府首長印象

在四八一次圈選答案中（問卷擬定答案共有四項，可以複選），說由於「自己主見」的有三八次（7.9%)；說就「別人意見」的，有八五

次（17.7%）；說由「傳播媒體」獲得的，有三五三次（73.4%）；說由「其他途徑」獲得的，有五次（1%），表列如下：

表一六　受訪漁民獲得「政府首長印象」的途徑

獲知途徑	頻數	百分比
自己主見	38	7.9%
別人意見	85	17.7%
傳播媒體	353	73.4%
其他途徑	5	1.0%
總數	481（次）	100%

從表一六中，可以看出，令受訪漁民獲得「政府首長印象」的，主要是傳播媒體，其次是「別人意見」，再其次則爲自己主見，而由其他途徑得來的，極爲少數。此項資料，顯示超過九成受訪漁民（91.1%），可能是藉着面對面的口頭傳播與媒體兩種管道（Channel），而塑造出對政府首長的印象。

2.受訪漁民對政府首長的印象從何種傳播媒介得知

在八一九次圈選答案中（問卷擬定答案共有六項，可以複選），說由「電視」獲得的，有三四九次（42.6%）；說由「廣播」獲得的，有二三七次（29%）；說從「報紙」上獲得的，有一九二次（23.4%）；說從「雜誌」上獲得的，有一七次（2.1%）；說從「電影」處獲得的，有二次（0.2%），而從「其他方面」獲得的（例如演講・別人告知），則有二二次（2.7%），表列如下：

表一七　受訪漁民獲知政府首長動態的傳播媒介

傳播媒介	頻數	百分比
電視	349	42.6%
廣播	237	29.0%
報紙	192	23.4%
雜誌	17	2.1%
電影	2	0.2%
其他	22	2.7%

總數: 819（次）　100%

從表一七中，可以看出，幾乎所有受訪漁民（95%），都是從電視廣播與報紙這三大媒介，獲得政府首長動態的消息。尤其是電視與廣播，更是最主要的電子媒介，接近四分之三的受訪漁民（71.6%）是從電視螢光幕或收音機處，而得知政府首長的動態；當中，又以電視的影響力爲最大。

雖然在受訪漁民中，亦有經由諸如首長演說、開會等其他途徑，獲知政府首長動態的消息，但亦與雜誌及電影的影響力一樣的薄弱。受訪漁民教育程度普遍偏低，對電子媒介更爲依賴的傾向，是可理解的。此一調查結果，與實際情形頗相吻合。

經過卡方交义分析後，尙有下述三項有意義的發現：

(一)從電視上獲得政府首長動態的受訪漁民，主要收聽的一般電台，以警廣爲主（52.5%）；其次爲中廣（9.8%）；其餘軍中、正聲、鳳鳴、益世、中華、復興及震華等台合計則尙未足一成（6.8%）。（χ^2=

23 87, $df=13$, $P<0.05$)

(二)非從廣播中獲知政府首長動態的受訪漁民，雖仍以收聽警廣爲主 (10%)；但收聽台灣區漁業專業電台的人數，卻稍爲多些(11.5%)。高雄區與基隆區兩漁業專業電台則分居第三、四 (7.2% ／ 5.4 %)。($\chi^2=141.46$, $df=26$, $P<0.01$)

(三) 從廣播中獲知政府首長動態的受訪漁民；其所收聽的電台節目，超過半數認爲「非常滿意」與「還算滿意」(57.6%)；「不太滿意」與很「不滿意」的，約略多于一成人數 (12.5%)；而「沒有意見」的，則有四分之一人數 (25.5%)。($\chi^2=25.74$, $df=10$, $P<0.01$)

3. 近三年，受訪漁民家中增添／更換家電用品情形

在二一〇次圈選答案中 (問卷擬定答案共六項，可以複選)，說添置了「電冰箱」的，有三二次 (15.2%)；說添置了「電視機」的，有三五次 (16.7%)；說購買了「洗衣機」的，有二三次 (11%)；說購買了「收音／錄音機」的，有二八次(13.3%)；說購買了「音響」的，有四二次(20%)；說添置「其他」家電的，有五〇次(23.8%)；表列如下：

表一八　近三年來，受訪漁民添置何種家電

家電名稱	頻數	百分比
電冰箱	32	15.2%
電視	35	16.7%
洗衣機	23	11.0%
收音／錄音機	28	13.3%
音響	42	20.0%
其他	50	23.8%
總數：	210 (次)	100%

從表一八中，可以看出，最近三年來，受訪漁民以購買其他家電用品最多；而在列出項目名稱的家電，則以「音響」居第一位；「電視機」居第二位；「電冰箱」居第三位；「收音／錄音機」居第四位；而「洗衣機」則最爲少數。

四、摘要與解釋

播媒介，包括人際傳播中，獲得對政府首長的
訪漁民獲知政府首長動態的，只以電視爲主，
報紙這三大傳播媒介。
有小學或低于小學程度，但大都擁有電視機
在情況相當吻合。但縱然如此，從電視上獲
超過半數仍會收聽漁業專機，而他們所收
中廣居次，其餘所收聽的電台，則趨于零散
已擔負起政府與漁民溝通的一個主要中介份
是公營電台之故，無論在發射能力與及節目

府首長動態的受訪漁民，倘若統合計算，
爲主，但收聽台灣區漁業專業電台的，在數量上稍多。此種情形，也許因爲受訪漁民，將警察視爲一般普通電台，而將台灣區漁業專業電台，視作專業化的電台（事實上就是專業電台），基于特殊的工作形態，自然會多收聽專業化台電。此項資料，亦顯示出甫自前（七十四）年一月七日成立之台灣區漁業專業電台，雖成立只有短短三年，但已普遍受到受訪漁民的信賴，這是一項令人鼓舞的成就。

另外,非從廣播中獲知政府首長動態的受訪漁民,對其所收聽的電台節目，超過半數認爲還算滿意與非常滿意的；較中性的無意見者，亦達四分之一強。顯示警廣與台灣區漁業專業電台的節目，對受訪漁民來說說，可能已達某一程度水準。台灣區漁業專業電台的開拓，對目前漁民收聽率似高的警廣來說，可以成爲良性競爭的壓力，而彼此激勵前進。

近三年來，國內生活水準不斷提高。依照本研究的調查資料，漁民生活素質有向前邁進跡象。例如，在添置家電的類別中，以其他類別爲最高；其次則是以消遣娛樂爲主、而並非必需品的音響設備；而電視機及電冰箱的添置或更換，亦近三分之一（31.9%）。至於收音／錄音機與洗衣機的購買，則接近四分之一（24.3%）。這些資料，都可以證明漁民購買家電用品的能力，已漸次從日常必需品中，提升至購買消閒用品層面。

五、小　結

根據本研究所顯示，電視、廣播及報紙，是漁民獲知政府首長印象、動態的三大媒介。其中就廣播而言，受訪漁民收聽最多的是警廣和台灣區漁業專業電台；而非以廣播來獲得政府首長動態的受訪漁民，亦以收聽此兩台爲主。換言之，從研究資料顯示，除電視外，警廣與台灣區漁業專業電台，已擔負起政府與漁民間溝通橋樑。

近三年來，受訪漁民生活素質，已有向前邁進跡象，除了各類日用家電外，尙可及於消閒娛樂性家電用品之購買；而更換或添置較昂貴之大型家電，如電視機、電冰箱之類，亦達三分之一。因此，電子傳播之「硬體」設備，對漁民而言，似非問題所在。

基於上述之結論，本研究提出三項建議:

一、加強電子傳播的功能，作為政府與漁民溝通之主要媒介。

二、繼續加強警廣甚至台灣區漁業專業電台的漁民節目內容；一方面維持既有聽衆，另一方面則擴大聽衆羣。

三、其他電台，似應參照警廣與台灣區漁業專業電台節目內容，而予以倣效或補充，加強對漁民服務，維繫大衆與小衆傳播的廣播與窄播管道。（新聞學研究第三十八集，民76.1.28）

六、本研究深度訪問資料

研究漁民收聽習慣，是一件不太容易的事；原因在於影響漁民作答的因素非常之多。例如：漁民學歷一般多在小學或低於小學程度，而漁市場交易繁忙，受訪者多不願作答，甚或拒絕作答。又如訪問當日，如遇天氣良好，則漁民多半出海捕魚，回程無定，走訪困難等問題，都必須耐心地克服。

為了加強搜出更多資料起見，仍在使用問卷調查法之同時，囑付訪員輔以「深度訪問」，以與受訪漁民作更多溝通。經歸納整理之後，訪問結果，獲得如下資料：

一、漁民在家收看電視氣象報告，多以中視為主。

二、大多數受訪漁民，希望漁業氣象報告應於每晚八時前，播報完畢；並隨時播報最新預報，尤其是颱風來臨時，更應隨時播報最新颱風消息。

三、10噸以下船隻，船員約有一～三人，大都聽氣象報告。30噸級以上船隻，則通常由船長全權負責氣象之收聽，船員則不聽收音機；在漁市場卸漁貨的船員，更十之八、九不聽氣象報告。80噸級以上船員，可能有報務員，負責接收測候站的氣象電報。這類船隻的其他工作人員，多不聽收音機。

四、漁民在西部海域捕魚時，收聽警廣及台灣區漁業電台甚爲清楚，但在東部便效果不理想了。因此，大多數漁民，希望能成立轉播站，以方便他們收聽，並希望警廣能增加氣象播報的次數，即使星期天也應照常播報。

五、由于日本電台對氣象變化的播報，是廿四小時全天報導，而大陸沿海電台在冬季時，有較多風向、風力與氣壓等報導之故，我漁民亦偶有收聽，以便對氣象作更進一步研判。

六、除新聞氣象、民謠歌曲一類節目之外，大多數漁民，亦愛收聽漁業常識的教導，海上救難、聯絡服務，與漁市場行情等節目，並希望電台能加強服務。

七、受訪漁民除了大多數未有收聽全國聯播節目之外，基本上不喜歡聯播節目，或者尙未知道有聯播節目的，亦頗不乏其人。但在早上7～8時收聽全國聯播節目的受訪漁民，則感到目前所播放時段，用國語或閩南語，對他們來說是方便或無所謂的，而一小時的播放時間，亦甚爲適中。除了最喜愛新聞或氣象消息外，對整體節目的接納性亦強，他們滿意節目內容，與兩主持人對話的播報方式。

八、受訪漁民，對漁業專業電台的氣象播報人員，似頗多微詞〔尤其是基隆區漁業電台震華〕。這些漁民覺得播報員的播報速度不但過快，甚至連閩南語的口音亦不標準。

九、大多數漁業氣象新聞，對於氣壓、鋒面、氣流與風速之變化，在時間及經緯度的提示上，不夠明確。

十、日本電台常印製大量意見表，交由漁會發給漁民，紀錄海上收聽氣象時的誤差事宜，並於回船後，交還電台作爲改進之參考。甚多漁民認爲，此一制度似値得仿效。

十一、基隆區漁業電台發射力弱，北緯 27° 以上，卽無法收聽清楚。且漁船若在基隆三十里外海面作業，收聽我國的廣播，卽易受浙江省的電波干擾。

十二、南方澳及宜蘭地區，因受地形地勢影響，收聽漁業專業電台的節目，效果並不理想，希望能成立轉播站以謀補救。

十三、在海上作業， 寂寥異常； 因此， 漁民多希望電台的播放地方民謠、地方戲曲以及台語流行歌曲之類的娛樂節目，以爲調劑。而陸上重大新聞亦宜摘要導報。高雄地區的漁民則希望台灣區漁業電台的節目，能效法一般電台，劃分爲不同的節目單元，並由不同的主持人來主持。

十四、希望基隆區漁業專機， 能改由調頻 （FM） 播放。而該台波長1600，接收上有困難。如能改在700～800之間，則接收可能較爲清楚。

十五、漁民在海上作業時，如家中發生事故，希望能透過漁業專機或電台，與漁船聯絡。

七、綜合建議

廣播是一種無遠弗屆的傳播媒介，尤其是電晶體收音機面世流行之後。它的輕便，經濟不礙工作和迅捷等特性，更顯露無遺，對於播報區域和對象，亦更具伸縮性。

經過上述各項資料分析、歸納後，就本研究所發現的事項，有如下的建議:

一、漁民基於使用與滿足，而成爲廣播聽衆羣中的主要份子。近年來，廣播電台的氣象報告，漁民認爲，已大有改善，但對他們的需求來說，播報精確，爭取時效，隨時挿播最新氣象消息；選擇腔調標準，令人產生親切感、播報速度快慢適中的播報員，與重複播放等項，是漁民希望進一步獲得服務的內函。另外，在氣象報導之外，漁民尙喜歡較軟性的娛樂節目、漁業知識與偶發事件的聯絡服務。

廣播電台要爭取漁民聽衆，必須從這兩方面着手改進，並加強電台發射力，在適宜之處設立轉播站，令漁民聽得淸楚，聽得舒服。

二、漁民作息時間，可能是影響漁民不聽全國聯播節目的最主要原因。如果聯播節目要爭取漁民聽衆，而聯播的時間，又不能因此一特定羣衆，而有所彈性的因應時；則將聯播節目的中心內容，或某些較受漁民歡迎的單元（例如新聞氣象常識），摘要在適當時段重播，或透過台灣、高雄、基隆三區漁業專業電台播出，似屬可行之法。❶

三、漁民教育程度普通偏低，似應透過「空中教學」課程，利用收音機的特性，推廣、提昇漁民的教育水平。

四、在深度訪問方面:

——有關漁業氣象報告，每晚八時前，卽播報完畢，卽星期天亦應照常播報。

——收聽欠淸晰地區，能成立轉播站；另外，則希望能增加節目多元性。

——播報漁業氣象，越詳細、明確越好。

——加強對漁民之聯絡服務，尤其漁民在海上工作的時候。

❶ 由行政院農委會補助，透過省漁會辦理的七十五及七十六年年度，各區漁會設置無線電氣象傳眞機計劃，於七十六年起，在臺灣省三十七區漁會裝設。此種傳眞機，能直接接收中央氣象局氣象資料，使漁民獲得正確又迅速的氣象資料，彌補漁業電臺播報氣象的不足。傳眞機每隔一小時直接接收氣象局資料，透過各出口的播報站發布，各區漁會也有此資料。

可惜，它在第二次世界大戰前後，那段輝煌的日子，卻被視聽兼具的電視事業，攻城掠地。

不過到目前爲止，一種較新媒體，將另一種較傳統的媒體，完全「封殺」，似乎尚未「有例可循」；因此，較傳統的媒體，往往能以一種「多難興邦」的勇氣。例如，調整本身的形態或功能，以另外一種「面貌」，來自求多福，廣播應付電視的壓力，就是本此道而行。

爲了與印刷與動象媒介頂足而三，廣播在策略上，趨向專業化、地方化的經營方針，抓緊特定階層的聽衆範圍；並在節目內容上，以新聞氣象和娛樂音樂這兩大法寶，發揮服務功能（尤其是颱風或遇重大災變時），奮戰下去。

漁民爲一特殊團體，他們靠海爲生，天象變幻攸關性命、財產至巨。在海上作業時，一方面掛念家中，希望能保有某一程度聯絡；另一方面，則旅程寂寞，無以消遣漫長時光。因此，基於需要和娛樂，漁民對廣播是依賴的；相對而言，在條件上，廣播對漁民這一特殊階層，絕對有「用武之餘地」，並且應該潛心開發。

附錄一：本研究問卷內容

一、請問您對政府首長的印象是從那些途徑獲得的？（複選）

(1) 自己意見　(2) 別人感想　(3) 傳播媒體　(4) 其　他

二、請問您對于政府首長的動態主要是那些傳播媒介得知？（複選）

(1) 電視　(2) 廣播　(3) 報紙　(4) 雜誌

(5) 電影　(6) 其他

三、與三年前比較，請問您家中增添更換了那些家電用品？（複選）

(1) 電冰箱　(2) 電視機　(3) 洗衣機　(4) 收音錄音機

(5) 音　響　(6) 其　他

十三、香港中文報業述介

一、三步一攤・五步一販

由於生活環境的關係，香港報攤之多，幾乎已到了三步一攤、五步一販的地步。造成香港攤販多的原因，大概有兩個:

一是長久以來，香港人在報攤買報，已經成了一種「習慣性」的購買行爲。甚至有賣粥麵之早餐店，若吃「全餐」則更隨餐送報一份，任客人在幾份大報中挑選自己合意報紙。

二是香港的派（送）報業，通常是以家庭爲單位；這種個別、獨立的經營方式，因爲下一代的改行，而人手短絀。

因此，除了公司行號，以及願意支付更多報費的老顧客外；對一般人來說，送報已是一個似曾相識的名詞，要看報，非到街上報攤購買不可。

香港人喜歡人手一報，但年輕一代已漸漸有「看完就扔」的「壞」習慣，不像老一輩人，習慣把報紙拿在手上，或塞在口袋中，把它帶回家裏，抽空再看。這種情形，使得收購舊報紙的叫聲，早成絕響。

飲茶，幾乎是港人不可或缺的生活方式之一，在茶樓看報的風氣，亦源遠流長，因而一般報攤每以茶樓爲賣報地方。附在茶樓的攤販，除得茶樓老闆同意外，尙要向香港政府請領營業執照和繳納費用。攤位大小，都有一定尺寸，超出了便要受罰。

目前香港中文報紙，每份零售價格，已自七十五年十一月增至港幣一元五角。茶客買報品茗後，可將看過而尙無「顯著」破損的報紙，多付一元，去換另外一份報紙，亦卽消費者只化二元五角，就可以看兩份報紙，報販亦可多賺百分之六十六，兩蒙其利。

每張報紙的產品售賣價格，通常只有數個小時，並且會隨時效的消失而遞減。因此，每日中午一過，香港攤販就會根據售報體驗，揣摩一般人好奇與講求實用的心理，很技巧地把兩份報紙「配對」減價出售，（目前售價爲港幣二元），港人稱之爲「拍拖」報。

將漸失時效的報紙「配對」促銷，是一項藝術。報販通常都懂得運用「正、反、合」的手段。例如，以一張嚴肅的報紙，配一份煽情小報；又或在以一份極右報，搭（配）一份極左報之類。根據一項非正式調查，連日、晚報在內，一個成年的香港人，平均每日閱報起碼三份以上。目前，香港每日出版數量，約維持在一百五十萬份左右，各類報社約共五十七家，每千人閱報比例約爲三百五十份，在亞洲僅次於日本之四百九十七份。在五十七家報紙中，有半數屬於專門報導賽馬博彩或娛樂圈訊息的消閒報紙。其餘則爲立場比較嚴肅，而又社會、政治與經濟新聞並重的報紙，大約有二十四家，其中包括成報日報、東方日報與明報等，三份目前銷量仍然領先的報紙。除報導新聞外，各報尙好刊登八百字左右小方塊，以迎合不同階層、年齡的讀者口味，但特寫卻不多。

二、五花八門・應有盡有

香港中文報紙的類別，既多樣又複雜：

——**出報的紙張**（對開），約由三張至十三大張（如明報）不等。廣告多時，可任意增加紙數，全不受限制。（不過，若係增加報費，則不論左、中、右派報紙，都要「香港報業公會」審議通過，並統一漲價幅度。）但過農曆年時，有些報紙仍然繼續出刊，售賣報攤會自動漲價百分之三十五。

——**報紙的立場**，有極右的（如香港時報），有中共的左派報（如文滙、大公和新晚報），有標榜中立的（如明報、信報），也有走港人路線，中間偏右（如星島日報、華僑日報）或偏左，以及走港人路線而「左顧右盼」的。

——**從專業角度來分**，除星島日、晚報一般綜合性報章外，尙有以經濟爲主的（如信報、明報晚報與財經新聞一類），有以娛樂、影藝，明、歌星與藝員爲主的（如姊妹日報），有純以賽馬投注爲主的（如賽馬新聞），有全是神怪漫畫的（如金報），有專講地產投機的（如投資週刊），有專講功夫技擊的（如武林週刊），當然也有以政治論爲主的報紙。

——**從企業組織來分**，有多至數百人的大報，也有少至四、五人「一腳踢」的剪貼小報。

——**從發行量來分**，有發行近四十萬份的「量報」，有六、七萬份的「質」報，也有一、兩千，甚而幾百份的小報。

——**從報格來分**，則有較嚴肅的大報（如星島、華僑），也有公然刊登色情「徵友」的「牙擦」報——這種報紙的出現與存在，實係中文報業之奇恥大辱。

一般綜合性報紙，通常以國際新聞爲第一版，也有以香港本地新聞爲第一版的，但遇有重大新聞時，則機動地調整版面。近年來，港報編輯已習慣使用鋅版反白色標題，以爲「搶眼奪目」，但往往「使用過度」，令得版面雜亂不堪。不過，到目前爲止，一般報章除套紅外，尚少彩色印刷。

三、四處巡邏「碰」新聞

除了娛樂、體育、經濟和攝影等專業記者外，香港的報社，通常只分突發新聞（社會新聞）記者，與靜態新聞（專欄、特寫）記者。從職務上來說，小報的突發新聞記者，往往只將香港政府新聞處從電傳電報（Telex）發過來的「社會新聞」稿，加以編譯和改寫，很少出勤到事發地點採訪。

大報的採訪，則相當有挑戰性。這些報館，通常購備多部採訪專車，車上裝有日製「頻率自動偵測器」。平常指派「腳伕」(legman)（記者）分組在指定的「專勤」區內巡邏，四處去「碰」新聞。一有情況，就近採訪，並通知其餘車輛支援，儼然一支訓練精良的警探部隊。

由於頻率偵測器能自動測出警方所使用的頻率，因此，這些採訪車往往比警察「早到」新聞現場一步，獲得第一手資料。一般港人顯然也十分「欣賞」獨家新聞，但並不過份重視；反之，正確而深入的報導，會更能樹立報館信譽。

因此，較大的報館，會設有改寫編輯（Rewriteman）一職，綜合這些「腳伕」的各項資料，作全面性的具體報導。當然，由於「人多口雜」，此種綜合式的報導，亦難免不發生錯誤。

至於靜態新聞記者，通常負擔專題報導、預告性新聞採訪，和出席記者會等工作。

在英國人的優越感之下，香港的新聞採訪自由，會在另一層面，受到相對性的限制。不但警察無理拘捕和毆打記者的事，時有所聞，並且除非經過預先安排，所有官員一律不接受記者訪問。拿著名片在官衙內隨便進出，在香港是行不通的。所幸由港人組成的記者公會，有時亦能發揮團體組織的力量。

香港中文報紙記者的待遇，十分參差。據一般估計，由小報的港幣千餘圓至大報的三、四千餘圓不等。主管職級，則通常在四、五千至兩萬餘港圓之間。不管什麼樣的報導，廣告價目，完全可自由訂定。

四、辦報容易，良莠不齊

讀者投訴和意見版，是香港報界推行社會服務的一項卓越成就。目前許多大報，都設有專人負責讀者的來信，並就讀者的投訴，向有關當局查訊，或要求答覆、解釋，切實地贏得了讀者的信任，從而樹立了報紙的聲望和地位。

要在香港辦一份報紙，只要繳納兩萬元保證金將出版人及編輯的資料填報香港政府新聞處註册主任就可以了。因此，常常有些曇花一現的報紙。這類報紙，通常是「腥、色、賭」的「游擊」小報，一見賽馬預測失準，黃色小說引不起讀者興趣，就立刻停刊了事。

有兩份報紙的崛起，令港人記憶猶新:

一張報系的姊妹報，在創刊之初，推行廣告「聯買」(Combination buy) 方法，要求廣告客戶在刊登報章廣告時，以較低之「聯買價」(Combination rate)，同時在新創之姊妹報刊登。方法雖然「霸道」

了一點，但卻使該份報刊，迅速立於不敗之地，而蓬勃至今。

另一張財雄勢厚的「大報」，創刊之初，爲了要打「知名度」，於是想盡辦法，提供「準確」的賽狗（澳門），與賽馬（香港）內幕消息（貼士），高叫所謂「有□報，沒窮人」口號，令好賭成性的部份港人，趨之若騖。結果策略成功，果然洛陽紙貴，銷路直線上升，廣告源源不絕。所幸，此報目前已逐漸改變某些庸俗做法。

由於香港一直處於地理、政治、交通和經濟的微妙地位，因此，世界各大傳播機構派在香港工作的特派員（Correspondent），多至三百多名。這三百多名外國記者，組成了一個「外國記者俱樂部」（The Foreign Correspondents' Clubs），作爲辦公室以外的交誼地點，而有別於本地記者的「新聞記者公會」。目前，我國中央社與自由中國評論社，聯合報系與中國時報都有機構在港辦事，其他報社則多委任當地報館記者或編輯，代爲收集新聞。

另外，外來報紙，除大陸「羊城晚報」、「人民日報」等中共報章，與星洲「南洋商報」、澳門「澳門日報」，以及美國若干份中文報紙外，我國中央日報、聯合報、中國時報與經濟日報等各報，銷路亦差強人意。惜因運費關係，故除中央日報外，其餘報章，都比當地報刊的售價爲高。

至於銷售至臺的港報，目前共有八份，其中兩份爲三日刊；惟除星島日報與華僑兩報外，其餘水準更爲參差。

五、一九九七之後不樂觀

在海外來說，因爲是一個中國人地區，香港中文報業算得上是蓬勃的。然而，一如前文所述，支持香港報業的環境因素，包括微妙的地理形勢，旺盛的金融物業、政治的敏感，資訊的快捷便利，以及休閒娛樂的「享受大衆化」等方面；然自一九九七年限問題爆發後，這些環境因素已面臨重大突變時刻。

長期以來，香港政府立場雖然對所謂「中立派」或「中間偏右派」有所「偏愛」，但只要不鼓吹暴力，政府本身尊嚴不受到嚴重詆譭，不管報社的立場和論點是如何的激烈，總能抱持一種兼容並蓄態度。（根據香港法律，可在某些條件下，立刻查封報社）。尤其香港政府新聞處，一直都能及時向新聞界提供大量新聞稿，塑造香港政府形象，隱約策劃輿論趨向。但自一九八三年中共派遣身兼「江蘇省委第一書記」及「中央委員」的許家屯接替王一廷出任「新華社香港分社」社長一職，形成所謂「雙元權力結構」後，形勢迅速在蛻變中。

衆所周知，「新華社香港分社」直屬中共「北京中央」（地位相當於直轄市一級機關），一向披上神秘面紗，除了知道內中分爲「新聞部門」與「非新聞部門」外，其餘組織系統與人事動向，外人很難知悉。殊不知「驀然回首」，「新華社」在香港影響力，已遍布、深入財經、貿易、建築及文教界，並且透過廣告錢，漸漸箍緊部份新聞媒體和文化機構喉嚨，以致看風駛帆的人，也漸漸多起來。

有人估計，以目前「新華社香港分社」在港九的勢力來說，已隱然與香港政府平分秋色。

附帶一提的是，香港，原是腐朽清朝，因鴉片戰爭失敗而割讓給英人的殖民地。當年滿淸的觀念是：「寧予外族，不給家奴」。英人統治香港，也多嚴厲法令，但大多「備而不用」。大陸易手之後，香港社會曾經面臨遽變壓力。香港政府遂於一九五一年宣布實施香港法律第二六八章之「刊物管制綜合條例」(Control of Publications Ordinance)，對新聞管制雖嚴，惟自後局勢漸漸緩和，此條例之各款，多未執行。至一九六七年，香港左派工人暴動，左派報紙並爲之鼓吹，香港政府曾引用此一條例三次，封了三家左報，判決三名左派報刊負責人入獄，並公布將執行有碍秩序安全或道德而禁止某些刊物入口，拒絕或暫停刊物登記，搜查或充公印刷機械與刊物，勒令刊物停刊六個月等一連串管制措施，目的其實在間接給於香港左派刊物一種警示。

自後，因香港居民對金融興趣，大於政治野心，經濟掛帥，發財至上，故社會上並沒政治之嚴重衝突事件，各種管制條文只徒具形式，備而不用。一九八〇年中期，英國與中共談判趨勢日漸明朗，一九九七年七月三十日，如無突變事件，英國在港之百年治權，即成明日黃花。在形勢單向發展情形下，這些條文，早已過了階段性意義；而英國在處理撤權的行動上，又另有計算（如悄悄地撤資、報喜不報憂）；因而，在一九八六年十二月十九日，在政府憲報 (Government Gazette) 上，發表「刊物管制綜合條例（修訂）草案」及「公安條例（修訂）草案」，一九八七年三月五日，由港府提議

㈠將「刊物管制綜合條例」，易名爲「本地報刊登記條例」(Registration of Local Newspaper)。

㈡將原條例之第三、四、五、八、九、十與十四等七條條款刪除。❶

㈢將原條例第六部有關「發布假新聞」條款保留❷，但歸併入香港法律第二四五章之「公安（修訂）條例」中。

---

❶　此等條文爲：
一、印行或發表任何顛覆性刋物是犯法的行爲；
二、關於查禁報刋和勒令停刋的條文；
三、關於禁止刋物進口條文；
四、關於註册主任可以拒絕爲通訊社註册或決定終止其註册條文；
五、關於查封印刷機條文；
六、關於搜查、查封、沒收入處理物品條文；
七、關於註册主任可以拒絕發牌照給發行人及取消發行人牌照條文。

❷　此條文原文爲：「報刋惡意報導虛假消息足以驚駭民衆視聽或擾亂公衆秩序」。

㈣修改「公安（修訂）條例」，加入第五部第二十七條之「救濟條款」該條文於一九八七年三月十一日，由立法局(Legislative Council)通過十三日生效，條文如下:

1.任何人（any person）發布（publishes）虛假新聞（false news），而該虛假新聞可能令公衆或公衆的一環感到恐慌（is likely to alarm public opionion），或可能擾亂公安（or disturb public order），即屬犯罪（guilty of an offence）——

a.經刑事公訴定罪後，可處罰款十萬元（liable to a fine of $100,000）及監禁兩年（and imprisonment for two years）；及

b.經簡易程序定罪後，可處罰三萬元及監禁六個月。

2.對於第1款的控罪，被控人如證明有合理原因相信與控罪有關的新聞屬於眞實，即爲辯護理由。

3.未有律政司（Attorney-General）同意，不得對本條罪項進行檢控。

不須依「專業」知識，不用細心分析，就立刻可以發現本條文幾點不合理之處，例如:

1.「任何人」一詞，較之原來條款之「報社」更欠缺明確界定，使得凡與報導、出版相關的人，舉凡發行人，正、副社長，正、副總編、編輯，記者等等，都有被起訴或受累之虞。

2.此修正案條例似專指印刷刊物而言，故用「發布」一詞（publish），未知電子媒介諸如廣播、電視之類，是否不受此條文限制？抑或將「發布」一詞作廣義解釋？

3.消息似不等於新聞，而在新聞學理論上，事實報導，也不盡等於事實本身，「虛假新聞」實際上有定義上困難。正如聯合報香港特

派員康富信於民七十六年三月十三日，在聯合報第二版的邊欄上說：「對於負責的新聞從業員來說，沒有人要編造或刊載明知虛假的消息，以致引起社會恐慌。不過，在任何國家，有些消息本來是官方透露出來的，或是作爲試探性的諮詢，或是還未定案的構想，但後來官方改變主意，這就使報導消息者有發布「虛假新聞」之嫌，而發布者被控告時是無法『自證』消息是正確無誤的；這一類困擾是有可能出現在香港的。最大的困擾，還是關於中國大陸的報導和評論；假若中共施加壓力，新聞從業員在這方面的麻煩可多呢！」一九八一年前後，香港警察毒品調查科，因爲被毒梟「耍」得昏頭轉向，一怒之下，揚言販賣「假毒品」者也要繩諸於法。但因爲「假毒品」一詞，無法界定法律詞義（鈦白粉如何？），後來只好不了了之。而「虛假新聞」一詞，竟能登堂入室，實在令人費解。

4.同理，「可能引起公衆恐慌」之「可能」兩字，是混含而難以舉證的。而評估「公衆恐慌」與「擾亂公安」的程序和幅度，如果沒有一公認標準，則無異於欲加之罪，何患無辭。在法律上，如果沒有明確的合法證據與合法法定程序，就檢控、審訊與懲罪「任何人」，是違反「罪刑法定原則」的。

5.最離譜的是，要「被告」自行提出證據，「證明有合理原因相信與控罪有關的新聞屬於眞實」，始被接受爲「辯護理由」。這種「舉證責任」，不但嚴重違反「法定證據原則」；違反了英國向所慣行「未定罪前爲清白」(innocent until proven guilty)的「普通法」(Common Law)；而且，在訴訟過程中，萬一傷害到不願出面的消息來源時，亦有違新聞專業規範。嗣後，記者在採訪與報導時，不論他本人、報社、甚至提供消息的人，那個不戰戰兢兢？

此條文通過之後，在香港引起極大震撼，新聞界、法律人士、傳播學者、學術團體及各階層人士，紛紛提出責難，認爲香港「新聞自由已死」。其後，負責起訴此類案件的律政司，在給律政署刑事檢控科各檢察官有關此項條例的通告時（見一九八七年五月三日，香港明報第五版），除通令有關檢察官在請求律政司作出提控決定時，須以書面備忘錄方式，將案件呈示，並附上證明文件外；並說明七點在決定提控前，他本人所考慮事項：

㈠首先，他必須肯定所發布的是新聞，即聽衆或讀者會接受這是發布人對事實的一項聲述，並可恰當地稱爲「新聞」。若僅是表達意見或評論，則不算是「新聞」。六十年前，曼徹斯特衞報的前任編輯 C. P. Scott 說過：「評論可以自由，事實尊爲神聖」。律政司將會採用這種區別方法。

㈡作爲實情發布的陳述，以及只不過是報道別人說話的陳述，兩者必須區別開來。眞確的報道如「未經證實的傳聞說……」，本身就是「新聞」，如果報道正確，即使傳聞屬於虛假，該則報道仍是無可非議的。同樣，如果一位知名人士作出一項陳述，只要如實報道該人士所作出的該項陳述，即使該項陳述本身是虛假的，該則報道仍是眞實的。無論如何，問題在於：聲述的事實是什麼？

㈢第二，律政司將審閱政府所取得的一切可靠兼可呈堂的證據，看看能否在沒有合理懷疑的情況下證明該項新聞是虛假的。倘涉嫌觸犯第廿七條條文而遭調查的人繼續堅認新聞實屬無訛，則在查驗虛假新聞證據時便須倍加審愼。有關條文是針對譁衆謬誤新聞的發布而制訂的。倘實情未能確定，而不能肯定證明新聞屬於虛假，律政司不會批准起訴。

㈣第三，所發布的虛假新聞必須已令一般市民知悉，並緊記必須指出有關新聞可能會引起公衆恐慌或擾亂公安。私人談話和言論不在公安條例範圍之內，但如發布虛假新聞的人淸楚知道新聞會廣爲人知，或有意讓所發新聞廣爲人知，則作別論。即使是公開言論，亦不一定能收廣傳新聞的效果，除非聽衆爲數衆多，或講者清楚知道言論會傳達較爲廣大的公衆，或抱着這個目的，則屬例外。

㈤第四，必須有證據證實，由於虛假新聞的發布，可能令公衆或一部分公衆感到恐慌，或可能擾亂公安。雖然並無必要顯示出可能引起全體公衆的恐慌，但如果只有少數人受到影響或可能會受到影響，則通常不宜提出起訴，此外，還有需要示明是由於有關新聞的虛假部分，可能導致公衆恐慌或擾亂公安；因此，舉例來說，發布備受矚目的新聞，而新聞的主要內容屬實，並且只在細微和不重要地方不大正確，這樣亦不算違反上述條文規定。雖然並無必要證明虛假新聞的發布事實上已引起公衆恐慌或騷亂，但如果虛假新聞不見得在香港引致恐慌或騷亂，律政司批准起訴的機會不大。

㈥最後，第二十七條的作用，是使發布上述虛假新聞，而又沒有合理原因相信該新聞屬實的人，可受刑事制裁。因此，即使控方可以在沒有合理懷疑的情況下，證明被告人發布有關新聞，並能證明該則新聞是虛假的及可能引致公衆恐慌或擾亂公安，只要被告人能夠按可能性差額的原則，證明他有合理理由相信新聞屬實，則該宗起訴亦不會獲得勝訴。被告人所採用的辯護理由能否成立，必須予以考慮。

㈦重要的是，須使到負責發布新聞的人感到可自由發布他們有合理原因相信屬於眞實的新聞，即使該新聞可能引起公衆恐慌或可能擾亂公安。因此，切勿使他們感到，倘若該宗新聞一旦證實不確，則必須在公開法庭上爲自己的行爲辯護。爲了這個緣故，在決定是否適宜就有關案件提出起訴之前，通常在調查階段時，應讓發布人有機會解釋發布有關新聞的方式和理由。假如在調查階段有理由認爲新聞發布人有合理原因相信新聞的眞確性，則不適宜根據本條規定提出起訴。

一九八七年九月三十日，香港報業公會、外國記者俱樂部、香港出版人協會、香港華文報業協會、香港新聞行政人員協會與香港記者協會等六個新聞及出版組織，曾聯合上書香港總督，促請撤銷公安(修訂)法第二十七節，冀求免於「發布虛假消息」這一含糊不清法例的恐懼。❶

不過，縱然如此，香港報業在未來數年的發展，尤其是在新聞自由方面，在九七易權管理的陰影下，恐怕是波濤起伏、令人扼腕的。❷

(原文發表於政大新聞系「新聞學人」，第八卷第四期，民國七十四年四月號，部分內容經過删增改寫)。

---

❶ 見華僑日報，1987.10.3，第一張第二頁（本港新聞）。

❷ 香港人原本怕談政治的，但在九七年限下，市民的政治意識也相應提高，甚有架勢的政治雜誌，便應運而生。估計在1987年間，共有左右派政論雜誌達十二分，包括九十年代、鏡報、廣角鏡、爭鳴、動向、百姓、解放、潮流、南北極、明報月刊、中報月刊及草根。其中以九十年代，爭鳴及鏡報銷量較大。香港在1980年8月29日，出版第一張社區報（區報）——「荃灣報」後，目前在油蔴地、尖沙咀、旺角、觀塘、九龍城、深水埗、港島東區、港島中西區、沙田、新界大埔、元朗、葵涌、黃大仙、港島北區、灣仔、屯門與西貢都有了社區報，約三十餘家，其中半數由星島報系發行。

十四、美國的社區報

前　言

不管是一貫趨勢，抑或階段性發展，報團出現、一報成市，與社區報歷久不衰，是美國報業發展三大特徵。尤其是社區報紙，歷經兩百五十年歷史，仍然朝氣勃勃。本文介紹社區報紙在美國發展的歷程，描述社區報紙在美國所扮演的角色，以供國人參考。

要明確的說明究竟什麼是美國「社區報」（community newspaper），往往會困身在「語意陷阱」中。因為「社區」一詞定義原已駁雜，「社區報」界定範圍更是見仁見智。按照美國學者對報紙性質的分類，就發行形式而言，起碼可以分為「日報」(daily publication)與「非日報」(non-daily publication) 兩類；而所謂日報，可能每周只出版五次，所謂非日報，其之出版間隔，則由每周一次（weekly）至兩、三次（triweekly）以至雙周刊及三周刊不等。目前所謂之社區報，有每日出版的，也有每周刊行一至兩、三次的。

而就發行範圍來說，則大略可分為發行於大城市(big city)、大都會（large metropolitan)、市郊（suburb)、小市鎮（small-town)

與社區等五類。發行在社區的當然可名正言順的稱爲社區報，但發行在市郊與住民少於十萬人的小市鎭報紙，大都著重地方新聞，在性質上與社區報內容取向，實在並無兩樣。惟某些專門性報刊（special-service newspapers），雖在社區內印行，但卻發售至全國各地。尤其是一九七〇年代後期，這種形式刊物，更屢見不鮮。

例如，發行「華爾街日報」的杜瓊斯公司（Dow Jones & Company, Inc.）即曾於一九六二至一九七七年間，發行過「全國觀察家」（*National Observer*）周刊，以文教新聞爲經，世界事件與文化發展爲緯，打著爲讀者解決健康、職業與教育等問題的旗號，銷行全國，成爲一份高品質周刊，頗獲階段性成功。

美國初期社區報，大多發行在小市鎭與鄉野之地。因爲以當時人口來算，實不足以發行收入，來支持一份日報。過去數十年，美國社區周報不斷與市郊報合併，至一九七〇年代後期，每三份周報，就有一份在市郊發行。當然，若按實際情形來說，除了要面對市郊日報與附近大城市市郊版的競爭外，市郊周報因爲人口衆多，較具潛在讀者與廣告，辦起來亦較小市鎭周報容易。

再以版面主要內容來分析，由於近年來社區購物中心興起，加以促銷考慮，甚多名爲社區報報紙，其實係以「超級市場新聞」（supermarket journalism）的報導形式出現，亦即發行「購物指南」（*Shopper*）之類的刊物，由購物中心商店支持廣告，免費送給區民。因此，某些學者認爲，在版面內容上，起碼要有百分之二十五以上的內容，不屬於廣告範圍，「才可以」稱爲社區報，但此說似乎屬於運作定義居多，並未被廣泛接納。

前愛奧華大學教授彼德遜（Wilbur Peterson）認爲，社區報也應包括那些在不及一萬人口地方發行、銷數不及一萬份的小報。而不該包括階級周報、種族周報、農業周報、宗教周報與法律周報等專業報刊。

不過，倘若去繁馭簡地描述美國社區報的特質，則似乎可以說，社區報是一份在一個社區內發行，以報導當地新聞爲主的報紙；形式上通常爲四開小報，發行間隔雖不一定，但以周報爲主流。

一、社區報的起源

十八世紀初期，美國地區仍屬殖民地農牧時期，現代形式之大都會尚未形成，鄉野之地只有專門報導地方新聞的「鄉村報」（country newspapers）。這些報紙通常每周發行一次，以配合住民作禮拜與購物習慣，所以又有人稱之爲（country weekly），或「鄉村周報」（rural weekly）。

其後，這類報導本地人、事、物的印刷品，又在人口約一萬五千人左右的小城鎮中，逐漸流行；因此，又稱之爲「小鎮報」(small town newspapers)，以與「大都會報」（metropolitan newspapers）相對。

不過，直至一七一九年十二月下旬，布萊德福(Andrew Bradford)在費城創辦「美洲信使周報」(*American Weekly Mercury*)，周報之名，始正式在美國本土流行；而且遲至一七二七年，尼蘭（Samuel Kneeland）在波士頓創辦「新英格蘭周報」(*New England Weekly Journal*)，第一份具備現代型態的社區周報，才告誕生。尼蘭爲了「投合多數保守份子的興趣」，特設通訊記者（correspondent)，從熟悉、常態與共通的角度，蒐集鄉野新聞，報導地方上婚喪、喜慶與嬰孩出生的消息，令人有一種「我們家鄉」（our town）的歸屬感。自此，社區報又有了「家鄉報」（home town paper）的「別名」。

美國立國初期，邊區廣濶，居民局限在農牧場地，聯絡不易，故一份報導地區人事，並附帶提供農牧知識的「草根報紙」(grassroots press)，無疑是廣受民衆歡迎的。至一七六〇年工業革命後，民衆大量湧向大都市，售價一分錢的「便士報」便應運而生。它注重地方與人情趣味新聞的作風，更加肯定小鎭報紙的存在價值。但小鎭報一直圍繞在市郊、小鎭、鄉村以及購物集中地等較小的特定社區內發行，提供鄰近地新聞或作各項服務，「社區報紙」(community newspaper) 之名，於是不脛而走，並在美國特有的「一報城市」(one-daily city) 的特殊環境下，成功地發展成「中運量」媒介。

因此，從歷史淵源來看，美國社區報生存命脈，始終有兩大支柱:

(一)地方新聞備受重視

社區報紙在提供資訊、娛樂與形成影響力方面，一向秉持着爲社區提供服務的宗旨，讓區民熟知地方新聞，並有交換區內事務意見的機會，以塑造社區歸屬感，並鼓勵區民參加社區活動。它也維繫了同一地域的生活方式及前景。社區報雖然爲不同地區提供了不同的樂趣，但通常與日報報導並不衝突。

在坎薩斯城市郊「詹森市」(Johnson Country) 發行的社區報「鄉紳」(*Country Squire*)，一九六八年四月十八日的全部篇幅以「我們對黑人態度」爲題，專題報導種族新聞。一時間住於該區商人、主婦、學校行政人員、高中生和牧師等，都可以自由表達一己意見，使全國刮目相看。

(二)購物中心促銷廣告的需求

購物中心的促銷廣告，不但促成社區經濟成長，保障個人福利，也

使社區報紙獲得生存的經濟資源。一般社區報紙招攬廣告方式，通常有三種作法:

1.將廣告版面，視作四鄰日報廣告版的附屬版面。

2.慫恿全國廣告公司善用他們的服務，或者在決定使用大報廣告版面之前，先以之爲試金石。以致一九七〇年代後期，大多數大報也認爲可作求職、徵求人才、房地產廣告及企業形象等全國性廣告。

3.乾脆名正言順地以一種「新媒體」姿態出現，以與大報廣告版面一決高下。

二、社區報紙魅力

地方新聞多爲讀者熟悉事物，其蘊涵「隔壁新聞」的親切感覺，尤其廣受老年人及婦女歡迎。所以根據紐約奧斯伯公司 (H. D. Ostbeg & Associates) 在一九七三年所作的調查，結果發現:

㈠市郊報的社論題目，有百分之六十五以上與社區新聞有關;

㈡市郊報的讀者穩定，住民有高度購買慾及需要;

㈢市郊報讀者通常 更樂意參加家長會、教堂及政治 組織等社交活動;

㈣市郊報讀者在購物項目上，比全國平均值多出百分之五十，超過三分之二物品，都是在市郊商店購買的。

另外，市郊報不獨能深入報導地方專題，也能提供地方人士及機構大城市報紙所無法提供的資訊。爲了方便不讀大報的讀者，市郊報有時也綜合或摘要地報導附近城市、各州、全國甚而國際事務消息。其中版面比例，則視區民閱讀大報人數多寡，以及大報是否辦得好而定。雖然在一九八〇年代，市郊報仍然不斷被攻擊爲「社區公告欄」，但自七十年代起，大多市郊報已加強社會及政治論題報導。

所以，在區民讀者的心目中，社區報紙是——

㈠日報的輔助讀物，而非競爭對手；

㈡不含政治意味、不屬任何黨派，而是謀求社區福利和進步的催化物；

㈢讀者個人和社會接觸的延伸。

他們因而希望市郊報多報導地區議會、地區及學校會議，以及購物、娛樂消息。

根據喬治亞大學海德斯 (Ernest C. Hynds) 等人在一九七九年對全國非日報編輯的研究中發現——

㈠大多數編輯在政治上，屬保守或中間份子，只有少數屬自由派份子；

㈡大多數編輯希望其中一頁完全沒有廣告，或在社論版上只有適量廣告；

㈢大多數編輯，在社論版上刊登讀者來函，社論則大多數由報刊內部撰寫，有時也向外邀稿。

故此，在非日報編輯和發行人心目中，非日報是——

㈠提供刊登意見，摭拾意見的傳媒；

㈡服務社區是一種最大滿足，又可博得區民尊敬；

㈢可與相熟的社區人士，參加各項活動；

㈣令人洞悉社區的事務，所以在報導新聞之際，可以不斷學習新事物。

他們因而希望，社論應重視社區問題，寫作應更易懂易讀，同時要重視個人寫作，減少外稿。

經過上述分析，社區報在讀者及編輯心目中地位，已可想而知。

三、社區報的發行概況

——一九六二年保格（Leo Bogart）進行城市間研究結果，顯示日報讀者有百分之七十二讀社區報，非日報讀者則有百分之四十六讀社區報。

——根據一九六八年拜里教授（Prof. Byerly）的研究，發現市郊報及其他社區報發行量，已超過九百五十萬份。其中以紐約發行量最高，超過九十二萬份；其次爲洛杉磯，大約五十五萬左右；三藩市，三十六萬份；費城，三十六萬份；波士頓，十八萬份；最少爲芝加哥，只有十一萬餘。住戶在五至十萬人的市郊區，約佔報紙總家數的百分之十二，亦即佔全國發行量百分之二十六。

——一九七四年，保格又在五個城市中研究發現，接受訪問的婦女中，有百分之七十八經常讀日報，也買社區報。

——一九七七年保格又發現，百分之五十二成年人讀一份以上社區報。另據史東與佳拿斯（Gerald Stone and Chris Gulyas）的研究，在他們抽樣的七百六十三份周刊樣本中，有百分之五十四在農工業區發行，每周平均發行量爲二千八百多份；百分之三十五在市郊發行，每周平均發行量爲五千一百多份；百分之十一則在名勝區發行，每周平均發行量爲三千七百多份；而三類報刊大都在星期四出版。農業社區報多用八欄版面，平均廣告價格（行／吋）最低，贈閱報量最少，也不喜歡用彩色印刷。市郊社區報多爲四開小型版面，平均廣告價格最高，贈閱報亦最多；發行量雖然最大，但因競爭大，利潤並不高。一般說來，市郊社區報水準參差不齊，有些報導翔實，社論鏗然有聲；有些則寫作水準甚差，缺乏吸引力，漠視社區需求，以致版面上都是些鷄毛蒜皮的瑣事。

——據一九七八年，美國「全國報業協會」(National Newspaper Association) 查證，全美約有七千六百七十三份社區報，大部份爲周刊，發行總量超過四千零二十三萬（贈報尚未列入）。另有三百二十三家非日報刊物，分佈在十八個地區，大多數爲贈報或購物指南；其中廣告版面佔百分之十至全爲廣告不等，而平均廣告量，則佔百分之七十四。有時亦會出現些星座、家政及其他非地區性專欄。付費報廣告版面，則由百分之十六至百分之百不等，平均廣告量，爲百分之五十六。

——一九七九年以前，市郊報約有八百五十份，發行總數約爲一千零五十萬，百分之六十每日發行；約有五百家爲收費報，其餘則屬贈報或自由樂捐報。

由於平版柯式印刷之廣泛應用，集中印刷廠印刷，人口擴張與經濟穩定等因素，至一九七〇年代末葉，市郊報發展得極爲迅速，連大城市報也感受壓力，不得不起而反擊。例如「紐約時報」(*The New York Times*) 在三個市郊區發行社論版，又在新澤西、長島、康乃狄克等地，在星期日發行地方版。

「洛杉磯時報」則除了在橙縣 (Orange County) 發行地方版外，並發行六個市郊報，其中五份每星期發行兩次，一份爲周刊。

「芝加哥論壇」(*Chicago Tribune*) 則在九個市郊，發行市郊集團報系 (*Suburban Trib*)，兩份每周出版四次，其餘在芝加哥附近九大都市，發行二至三次不等。大報發行市郊報，竟意想不到地彌補了部份因讀者減少所帶來的損失。

爲了爭取讀者，大報也經常增闢營養、夜總會表演節目等專欄。

四、協助社區報發展的機構

由於社區報明顯的燦爛前景，腦筋動得快的廣告商人，立刻想到可以藉此創造一種「新」的服務行業，不但會財源滾滾，也可以實實在在地爲他們作點推廣工作。於是，爲社區報紙作公共關係，接受社區報紙委託安排廣告的公司，就在這種情況之下，相繼成立，其中要算「美國市郊報業公司」(US Suburban Press, Inc.)，與「美洲市郊報協會」(Suburban Newspapers of America) 兩公司，辦得最出色:

㈠美國市郊報業公司於一九七〇年成立，爲一私人組織。一九七九年前，曾代表過一百一十份市郊報，以行銷四十四個地區，發行總量達一千四百萬份，向全國推銷社區報廣告版面。凡委託該公司處理廣告業務的社區報，即成爲該公司會員報，可獲得分配廣告版面的利益，凡向該公司購買廣告版面者，亦能享受「集體購買折扣」(group discount) 利益，減低成本。

㈡美洲市郊報協會則在一九七一年，由三個組織組成，目前爲一全國性商業組織，約有五十份市郊報與市郊社區報參加。此一組織每年均舉辦各類研討會，如廣告、社論與發行會議，以及其他個別研討會，較具研究發展傾向。

上述類型公司或機構組織，方便了廣告商業務進行（不必到每一家社區報去洽談生意），又經常作讀者調查，務求會員報的發行數字，都能有眞憑實據，故甚受廣告商歡迎。發行於長島 (Long Island) 曾在一九五四年獲普立兹「公衆服務獎」的「新聞日報」(*Newsday*)，即因爲能與這些公司充分合作，以致在一九八〇年的發行額突破四十九萬份，一躍而成爲全美第十三大日報，也成爲社區領導報。

新聞日報創刊於一九四〇年九月，發行人爲吉珍添（Harry F. Guggenheim）夫婦，該報爲一四開小型報，一向給人嚴謹、自由、放眼天下的感覺，它也努力提倡改進社區環境與區民生活。一九七〇年五月，該報將百分之五十一股權，賣給洛杉磯「時代鏡報公司」（Times Mirror Co.）。

五、著名的柏德樂與斐特之戰

由於報系集團與企業人士介入社區報經營，美國社區報也經常出現「殺戮戰場」。比較著名的，是一九六六年一月至一九七〇年六月，歷時四年半的「柏德克出版公司」（Paddock Publications, Inc.）與「斐特企業公司」（Field Enterprises）之戰。

柏德克出版公司自本世紀初，即在芝加哥西北部市郊發行社區周刊；而斐特公司則是「芝加哥太陽時報」（*The Chicago Sun-Times*）與「每日新聞報」（*Daily News*）發行者。斐特公司眼見芝加哥市郊不斷開展，認爲逐鹿時機已至，於是組成「日日出版公司」（Day Publications, Inc.），先後出版四份日報，以與柏德克出版公司十七份周刊一較高下。

柏德克出版公司自非弱者，憑著地緣關係與歷史淵源，立刻將屬下若干周刊，改爲每周出刊三次，最後並將這些報刊的二分之一，改爲每日出版，迎擊來勢凶凶的「入侵者」。

兩大公司彼此交相攻伐的結果，大家都賠蝕不堪，柏德克僅以地利、人和倖而保住陣腳。一九七〇年六月，柏德克買了斐特公司的四份市郊日報及芝城西北地區的周刊報系。「日日出版公司」屬下之三張日報，亦與柏德克公司所發行日報合併；另外，一份日報則遭受停刊命運。

一場社區報紙發行戰，至此方宣佈落幕。

六、社區報的失敗例子

美國社區報紙，也有過極明顯的失敗例子。

一九六六年十一月，著名的卡里斯傳播公司（Cowles Communication Inc.）在長島修福（Sulfolk）發行「修福太陽報」（*Sulfolk Sun*）。三年之後，亦即一九六九年十月，因虧蝕六百萬美元，而宣佈停刊。當時實際區民讀者已達七萬三千多人。

卡里斯傳播集團在痛定思痛之餘，重新檢討失敗原因，發覺除了低估了行銷當地報刊「新聞日報」的力量外，尚有下述缺失:

㈠未能留住送報生（delivery boys），以致不能增加發行量。

㈡主事者對社區不夠瞭解，不能與區民打成一片，成爲「社區公民」一份子，以致區民讀者經常抱怨「太陽報」爲「域外之民」，一點都不了解區民需要和讀社區報動機。

㈢社區本質的逐漸變遷，很多居民從紐約搬到長島市郊居住。小城鎭商業轉移、人口搬遷及其他發展: 使社區變得複雜，異質性高，缺乏融合動力。

不過，卡里斯傳播集團認爲，因爲這些因素而預言社區周報失敗，並不確實。他們所得的教訓是: 報紙辦得好，光求質的成功，並非是維持報刊生存的唯一保證; 資金、社區住民興趣、廣告潛力、與現在的存在競爭，都要考慮並須小心應付。

自一九七七年起，至一九六九年間，據估計，每五份報紙，約有一至三份傾向於報導更多地區新聞，尤其是那些發行額低於二萬五千份的日報，有三分之二尤其注重地方新聞。

電視新聞崛起後，閱聽人更爲注意重大國際、國內新聞，對於新聞發生地點，會「從遠處着眼」。社區流動性高，社區意識薄弱，閱聽人比較認同同業與同好。這些零零碎碎的現狀，都足以阻撓社區報發展。

七、社區報的瞻望

社區報是不惹眼的長壽媒介。對社區報有深刻研究的辛姆 （John C. Sim）曾於一九六九年著書指出，未來社區報的發展是樂觀的。雖然他對後半世紀的周報，到底是一種怎樣形式？如何印刷？如何發行等問題，一直採取觀望態度，但他深信倘若人的本性與慾望需求不變，社區周報的基本功能，也就不會改變。

辛姆不否認未來新聞消費者，將能從電子媒介獲得新聞與意見，但他懷疑這種需求，是不是具有普遍性？

美國人口遷移，幫助了市郊發展，而市郊發展，又加強了社區報生存的條件。新科技發展，帶來印刷技術與經營上改進，減輕成本，兼能照顧到讀者特殊興趣，展望未來，美國社區報紙前途，仍然是一片光輝燦爛。

（美國月刊，第一卷第九期，民76. 1.）

十五、亞洲的四張「草根」報

前 言

我國在臺灣省發展社區報，不覺又過了十五、六載光景。這些日子以來，除了少數得天獨厚社區報，可以過些「好日子」外，大部份有「草根報」之稱的社區報，都顯得「有氣無力」。研究印刷媒體的學者專家，大多認爲本省開放「報禁」後，報紙、雜誌等刊物，勢必蓬勃地發展，如此一來，對原有的社區報紙的負面影響，可能更大，說來令人憂心忡忡。

非律賓大學勞士班洛斯校區 (Los Banos, Laguna) 傳播發展 (Development Communication) 教授麥士樂博士 (D. Crispin C. Masloy)，在「亞洲大衆傳播研究與資訊中心」(Asian Mass Communication Research and Information Center) 支助下（由聯合國撥款），曾對孟加拉共和國、印尼、印度與非律賓等地區社區報，作了詳盡研究，並將研究所得，發表成論文：「亞洲四家成功的社區報個案研究」(Case Studies of Four Successful Asian Community Newspapers)。麥士樂教授對社區報的界定是：在一國大都會以外每周發行的區域性或地方報紙，其中心地區發行量，通常在二千至五千份左右。他指出，除了日本、香港與新加坡之外，亞洲報紙並不大衆化，只有市區高層人士，才是大都市報紙讀者，其餘位於亞洲市郊區的百分之七十人口，全賴發行量有限的社區報或地方報。（在此題目上，麥氏並未對臺灣報業作出研究。）

麥士樂也指出，亞洲市郊區民雖然收聽廣播，但社區報紙有許多優點，是廣播電臺無法達到的，例如：可以重覆閱讀，幫助培養閱讀能力，在一個多元化社會裏，呈現獨有意見等等；所以他認爲社區報在亞洲貧乏地區的發展上，負擔了一個極爲重要的角色。不過經研究後，他發覺大多數亞洲社區報的處境，仍是十分困難，只有上述四條「草根」，保持一定水準和營業狀況。

麥氏在研究上，所用以選擇社區報的準則是：經濟生存能力，編務獨立、夠水準，出刊穩定（起碼創立十年以上），普遍發行，這都是一份成功社區報紙的指標。而研究刊物成功的因素又分爲——

(一)社區相關因素：社區人口、經濟水準、受教育人口、地理位置、語言同相性、社會文化環境、地區建設、競爭與政府扶掖。(例如：直接補助、刊登政府廣告，指定爲有效法律公告等)；

(二)報紙相關因素：編輯人員能力、編輯政策、編輯水準、管理能力、資金資源、報刊股權與股權型態。

麥氏結果發現，影響一份社區報成敗的關鍵，厥爲創辦與經營者的水準經驗及領導能力；編輯人的水準與責任感，編輯政策、與社區休戚程度，職工對社區新聞的酷愛與全心投入，社區人口，經濟水準，區民教育程度，語言統一與社會文教環境等諸項重要因素，印刷設備與龐大資本與否，反爲次要。

一、四張成功的「草根」報

(一)背　景

1 孟加拉共和國斯屹 (Sylhed) 地區之「銖迦報」(*Jugabberi*)

於一九三〇年創辦，已有五十七年歷史。斯屹是孟加拉國一個人口密集、貧困、爭鬪、四周充滿敵意的一個低度開發地區。銖迦報之所以能夠飽歷滄桑而依然存在，全靠發行人，亦卽報業主與編輯的鬪志。

創辦人高百里 (Abdul Rasheed Choudhury) 爲印度次大陸的一位著名政治家及成功茶商。一九六〇年，由他兒子亞緬諾(Ameenur Rasheed Choudhury) 接掌業務。銖迦報執行編輯說，亞緬諾的編輯政策，「令得銖迦報成爲斯屹居民希望和鼓舞的象徵。他爲斯屹的利益而撰文，不爲威迫利誘所動。他的一生，面臨多次困厄，而終能履險如夷。」

一九七六年銖迦報改爲有限企業公司，由亞緬諾家人爲企業成員。目前這張在斯屹最權威、最受尊敬的報刊，已在孟加拉 (Bengali) 每周發行六千份，平均每期出八版 (對開)；一九八三年，全年總收入爲美金三萬元，財務情況穩定，已不需私人錢財挹注。

銖迦報致力於社區發展，並且透過議評，而成功地促成道路、橋樑、機場設備與學院的建造。所以論者有謂，銖迦報成功，完全得力於人才——亞緬諾。他的意志堅強、多才多藝、會採寫、會拍照、酷愛社區新聞，並且富有。

2 印度畏州遮柏地區 (Jaipur, Rajasthan) 的「巴威迦報」(*Rajasthan Patrika*)

創辦人斯里・古利斯 (Shri Karpoor Chandra Kulish) 原是一名詩人，後來從事新聞工作。一九五六年，他在北印度 (Hindi)，以借來的五百盧布 (Rupee)， 出版了這份單張四開每日印行的晚報， 發行量只有一千份。目前，該報資產已達幾百萬盧布，一九八三年的總收入爲三十三萬三千美元，一九八四年的發行量爲十七萬六千餘份，每日出版對開十頁，並以柯式平版印刷，除遮柏地區外，又在畏州另外兩個最大城市——爵柏 (Jodhpur) 與幽廸柏 (Udaipur)——兩地發行；此外，發行英文版。整個大巴威迦報系共有三百三十名全職與一百二十名兼職雇員。

只受過高中教育的斯里・古利斯常說，巴威迦報的成功，有三大因素。第一是經常考慮讀者，因爲讀者是報紙的最大力量。其次，是擁有一羣負責、有才幹而又可以信賴的工作同仁。再來就是職業水準和技藝。

當然，除了斯里・古利斯卓越的領導才能、勤奮和全身投入之外，高明的編輯政策與一個進步與有文化氣息的社區，也是巴威迦報的助力。一九五六年，巴威迦報創辦時，遮柏人口只有三十四萬人，目前已多達一百萬人，它是北印度商業發達與經濟繁榮的地方。除此之外，當地也注重社會計劃、支援文化節目與體育活動，也有社區意識。

斯里・古利斯的注重民主、啓廸作風與前瞻性才華，吸引了極其優秀的人才， 他也給予同仁最大的自主權， 只要不違反優良新聞寫作信條，他都會放手讓屬僚去寫他們所想寫的東西。結果屬僚不但鼓舞了士氣， 也愛護他， 而讀者則又反過來， 擁護該報獨立、平衡與正確的報導。

3 印尼邊登地區 (Bandung) 的「民意報」(*Pikiran Rakyat, People's Opinion*)

民意報是由現時印尼國會議員亞里 (Djamal Ali)，在一九五六年獨資創辦，他也曾經擔任過印尼發行人協會會長。民意報一創立，編採人員即要求享有股份權益，而經理部門則一面答允，一面推搪。至一九六六年，編採人員與經理部門衝突，到達高潮。三十名編採人員，在亞林士雅 (Sakti Alamsyah) 發起下，不受該報管理，集資二千四百五十美元，租了一部印刷機，還自出版發行，民意報遂爲此三十餘名員工所共有。由於股東全爲編採行家，熟知報紙業務，使得報紙的發行額，由數千份而急劇遽升。一九八四年，民意報每日印行十萬五千份，是邊登地區與西爪哇發行量最大的報紙。一九八三年，該報總收入爲七百五十萬美元，以印尼的標準來說，已是一個龐大企業。

這份在印尼巴哈沙 (Bahasa) 印行的對開社區報，平均每日出十二版，以柯式平版印刷。目前共有全職員工二百二十九人，兼職者亦達三百人。它的姊妹報，尙在西亞米斯 (Ciamis) 與西雅本 (Cirebon) 兩地發行。此外，該報系尙兼營書店、修理店、交通服務與出版社等生意。

民意報的成功，歸納起來，有下列各種因素。

第一、它的發行地點適爲商業繁忙與文教之區。邊登是印尼第三大城市，僅次於雅加達 (Jakarta) 與蘇拉巴雅 (Surabaya)，一九五六年時已有七十五萬人口，一九八四年更增至一百五十萬人。邊登也是印尼文教中心，這是全講印尼巴哈沙語，受教育比例，高達百分之九十。

其次是擁有一羣有能力編採人員，集體控股而非私人資產。一九八四年時，該報國外新聞編輯在接受訪問時指出民意報成功，在於它的金字招牌。自從一九五六年之後，民意報的名字，就廣爲人所知悉。另外則是一個文教社區，地緣主義（Regionalism）與集體（擁資）主義（Collectivism）。尤其集體主義，更令得全體職工擁有管理此一報業的歸屬感，合理的薪酬也留得住人才。民意報在簡介該報的小册子上，滿懷信心地印着：「取之於民（職工），爲民所有，爲民所享，民意報的訊息是眞實的。」(*From the People, by the People, for the People, and its message is truthful.*)

4 菲律賓澎佳仙省（Pangasinan）大姑坪市（Dagupan City）之「星期出擊報」(*Sunday Punch*)

出擊報亦創辦於一九五六年，創辦人老加西亞（Ermin Garcia Sr.）是一位退休新聞人員。大姑坪是菲律賓一流大城市，創刊時已有六萬人，目前已增至十萬人。它是爲和政府打抱不平的十字軍：暴露小政客的信口雌黃、地方政府的貪汚腐化，官員的過失與澎佳仙社會罪行。

出擊報初時每周只銷售一千份，後來增至五千份，四開型，平均出紙十六版。一九六六年五月二十日，一名政府官員就在辦公室，開槍將老加西亞謀殺；當時，他正想動筆撰寫貪汚醜聞。不過，老加西亞的死，並不能阻嚇這篇報導的刊出。兩日之後，出擊報立刻將之登在頭版，旁邊是老加西亞被謀殺的消息。苦主家屬與報社同仁，都以爲這種不畏權勢的作風，是告慰老加西亞的最好方法。

老加西亞死後，報社債臺高築。他的兒子——小加西亞接掌出擊報時，只有十八歲。他將從學校習得管理技術，施展出來，終使報社的財務慢慢好轉。十年之後，出擊報的經濟狀況，已逐漸穩定。

因爲出擊報合乎澎佳仙社會中受過教育的中產階級口味，所以它是英文柯式平版印刷的。一九八三年的總收入，爲三萬三千美元，不但已有點利潤，而且敢於爲民喉舌，有口皆碑。

小加西亞在接受訪問時慨然指出，出擊報曾經與政府官員及私人機構打過誹謗官司，在戒嚴時期，也頗受牽連。軍方則指責他們違反這個、違反那個而設法要他們停刊。而在同業間，又因爲廣告市場的競爭，而飽受排斥。但他們仍然堅持編採獨立、不受干涉原則，並且緊守此一政策，報導翔實因而獲得讀者信任。另外，小加西亞也將出擊報成功，歸功於同仁的貢獻。小加西亞的叔父目前擔任編輯人，而老加西亞時代的拓荒者，目前尙有三、四位努力了二、三十年仍然埋頭苦幹，毫無條件地奉獻一切。

在同一篇訪問中，小加西亞也對近年來該報管理方式，娓娓道來。原來老加西亞是一名典型文人，所以辦起報來，竟然連系統組織、會計與預算等都忽視了。小加西亞接手後，不理會阻力，排除萬難，突破當時報業並非商業，也非宗教活動的觀念，以商業手法經營；並且建立制度，釐淸責任，劃分總編輯、執行編輯、編輯主任與新聞編輯等職位。目的在以整個組織系統帶動工作進行，不因任何情況而使得出報受阻。另外，預算控制則必須嚴格，但員工薪水非但不能克扣，利潤尙應共享。目前民意報員工福利，已包括每名員工，都可以爲一名子女申請獎學金。

民意報並沒印刷機，一向都是委託印刷廠印刷，最近購買了照相排版機器，才能自貼稿樣，交印刷廠用柯式平版印刷。所以，民意報成功，實應歸功於老、小加西亞的熱心、決斷與策略的正確。

(二)內容淺釋

上述四報在內容方面，都能注重地區新聞，從事調查採訪、平衡報導、維護公衆利益，在公衆論題上保持公正，極力珍惜令譽；因而贏得讀者敬重、信賴與擁護。在版面上，舉凡標題、版面與排印也極力講究，保持一定印刷品質。

二、結　語

國內名報人姚朋（彭歌）先生，早於民國四十六年，爲文鼓吹「鄉村報紙」的功能，其時除鉌迦報已創辦二十七年外，其餘如巴威迦報、民意報與出擊報皆已創刊有年。至民國六十二年，國立政治大學新聞系出刊「柵美報導」——臺灣第一張眞正社區報時，已實實在在比人家起碼慢了十七年，而在七年之前，這些報刊都已「大化革新」過了。⓫

更不幸的是，目前我們不足十家社區報，閃亮過的，似乎已風光不再；起伏浮沉的，仍在牛步掙扎。是潮流在變，變得連社區報，根本沒有存在臺灣地區的必要？是其他強力媒體的光芒，遮蓋了這種「先天不足，後天失調」、體質孱弱的小衆媒介？是區長、鄉長、里長與鄰長等的民衆系統功能，未足以帶動「社區意識」，以致住民欠缺「歸屬感」？這諸多疑問，似乎的確值得學者專家，以上述四張「草根」的經驗，與麥氏研究標準，對臺灣創設社區報的大環境，作廣泛而深刻研究，揭開個中原因。

否則，辦報旋風一颳，社區報恐怕「傷亡慘重」，只有奢望志士仁人，「前仆後繼」了。

⓫ 就日本而論，目前社區別數目，已有千餘家。

十六、新聞週刊的一周

題外話

時代雜誌，新聞週刊與「美國新聞與世界報導」（一般簡稱「美國新聞」），是三本國際知名新聞性雜誌，在競爭形勢上，時代雜誌的歷史、銷路、財力及聲望都居三者之首，新聞週刊其次，美國新聞第三。

雖然新聞週刊目前約有三百零五萬讀者，但矻矻於超越時代雜誌優勢，一直是新聞週刊努力的目標。一九八四年元月，該刊現任總編輯史密斯接任後，動向更爲積極，除了更新內容，重新畫分爲六個單元，向「時代」挖角外，並將截稿時間延後，用大篇幅、跨頁圖片來報導重大新聞，注意美工設計，強調色彩視覺效果。一九八五年十一月底，更換了新的封面題字，紅底白字的“Newsweek”橫跨封面頂端，十分醒目。

另外，新聞週刊又於一九八六年一月底，在日本發行日文版的新聞週刊。因爲僅有周日一天的繙譯時間，所以日文版得動用九十餘名繙譯人員，照章繙譯百分之八十五內容。

本文旨在介紹新聞週刊，一周的工作概況。

一、前奏曲

星期日清晨，那條馳名國際的麥迪遜大道，特別顯得靜寂，然而辦公室高踞在十一樓的新聞週刊（Newsweek）核稿編輯(Copy editor)，仍然為發最後的一篇稿，而忙得滿頭大汗。直到一切就緒，對一下時鐘，將審稿的時刻寫在稿紙上，下一期新聞週刊的發稿，才算完成。

不到一刻，由康乃狄克至加州的七個國內印刷廠房，已經開始印刷這一期的稿件；而大西洋和太平洋國際版的稿件，亦透過空間，飛快地傳遞至倫敦、蘇黎世、東京、香港及雪梨的辦事處；設在加州地通拿（Daytona）的廠房，亦開始拉丁美洲版的印刷。當印刷機停了下來的時候，三、四百萬份新聞週刊，已經投向世界各地的訂戶及報攤手中。

在六個工作天中，國內（十處）、國外（十四處）的辦事單位，有將近七十個特派員，寫成五十多萬字的稿件，直接傳回新聞週刊編輯部。底片一洗就是數百卷，照片排了又排，選了又選，版樣劃了又劃，盡力使三個國際版與近兩百地區的內容，產生最大影響力。星期天的工作也許較為輕鬆，但不到三十六小時，氣氛馬上又緊張起來了。

研究員、撰稿人與編輯每期都要為七千行（約四十九頁）的版面內容，而勞累不堪。在一周之中，全球數百名為新聞週刊工作男女，都會為一個特定目標而努力：為全球兩億讀者，提供資訊、娛樂與新知。當然，每人所分擔的工作，也是各司其職的。例如，正當新聞週刊駐華盛頓的攝影記者，緊隨着總統上教堂，希望攝得些好的家居照片之同時，一名駐非洲的國外記者，可能正伴着某國游擊隊，穿越叢林作夜間行軍；而另一位在洛杉磯的特派員，則可能因為警方盯上了某名重要嫌疑犯，而忙個不亦樂乎。簡單來說，新聞週刊的七個工作天，大致如後所述的各種編務相關工作。

二、星 期 一

位於紐約城中區麥廸遜大道四百四十四號的新聞週刊總社，整天人來人往，實在忙得不可開交；不僅分銷全國的三百萬本最新一期雜誌，早已印好和裝釘妥當。卽對報紙、電臺、電視臺發布的廣告文案、稿樣及新聞宣傳稿，亦在這天內漸次分發完竣。

上周由編輯單位送過來的下一期雜誌後半部版面（back-of-the-book sections)，例如科學、教育、運動、影劇與醫藥等開始核稿，並先行整理本周預期發生（展）的各項事態資料。研究員開始爲相關題目，翻查資料檔案，並且與提供背景人物會晤。撰稿人和編輯細讀各項背景資料，並抽空訪問相關的人士，之後再決定那一處新聞週刊辦事單位，應提供更多資訊。至於書評、電影等一類不太有新聞時宜性稿件，則會在星期二之前編寫好，率先各版送往印刷廠印「初版」（Early Form)。

當全球七十名特派員在星期一上班時候，每人手提箱裏，幾乎都帶有一、兩個先前指派的採訪題目，而且都已有一定的寫作進度。高速資料終端機，則已在周末從紐約傳來新指示，例如某名編輯要增加某篇文稿，延後刊登某篇報導，請求拍攝一些照片，以及希望獲知某些資料等等，使得終端機嘀嘀噠噠的響個不停。

在新聞週刊的新聞單位中，辦事處特派員，可能是工作時間最長的人。一日二十四小時候命，每周工作七日。出刊之前，他們更要忙於採訪新聞，訪問消息來源人士，發掘事件的內幕和色彩，並得回答紐約傳來的問題。協助他們工作的，大約有二百名約聘自日報及其他新聞機構的特約撰述和記者，他們大都擔負些專題報導採訪工作。辦事處主管——亦即在傳統上，負責採訪該區政治活動的人——在星期一即將新問題提出，而特派員立刻進行初步電話聯絡，約好見面時間，甚至訂好外出採訪的各項安排。

在李維斯頓（Livingston），新澤西的新聞週刊中心，在星期一早上，也爲龐大的發行工作作好準備——估計第一批超過十萬本新聞週刊，本日會寄到，並得應付續訂訂戶，查詢、新訂戶、付款、地址更改，以及偶然遇到的訂戶不再訂閱等事宜。

三、星 期 二

上午十時三十分，高層主編召開下一期第一次編務會議，討論所要報導的題目。出席的人員包括總編輯、主編（Managing Editor）、執行編輯（Executive Editor）、助理主編（Assistant Managing Editors）等人；另外七名資深編輯也必定要列席；三名分別簡要地報告國內事件、國際新聞和商業動向，其他四名則來自「後半部版」、「封面標題製作」、照片與美工等四大部門。通訊部主任、新聞主編、研究部主任、國外版主編當然也要出席，甚至從各地辦事處回社洽公的特派員，也被要求列席備詢。偶然，從華盛頓郵報母公司來的高層主管，也會來軋上一腳。每位資深編輯在開會之前，已經與他們的作者交談過，在他們的公事包裏，就有可以作爲下一期報導內部的連串報導。開會時，主編對資深編輯一一仔細詢問，隨意而明快地交換意見，彼此針鋒相對，很快便作出初步決定，諸如：那一篇文稿先登，該登在那一個版面，文稿該有多長等等。

作爲評論用的「新聞補白」（news hole），不管廣告有多少，每期總以四十九頁爲度，只有發生諸如總統辭職之類重大新聞，才會增加篇幅。編輯們都有着豐富的處理新聞經驗，他們會感覺到新聞的重要性，並懂得如何分工合作。有時整個版面都會暫時取消掉，以增加其他版面的印刷頁數。在初次會議上，也先決定本周那些頁數，要用彩色印刷（包括目錄頁）。新聞週刊有着精良的彩色套色設備，每一版面都可以作彩色印刷。

剛剛開完本版編務會議的國際版主編，則要向國內版主編報告他們打算在下一期刊登的專題。有時國際版會計畫刊登些與國內版完全不同專題，也會用不同的報導角度，去報導三個國外版面。

編務會議後，主編立刻投入工作：指派專人寫作，進行相關研究和採訪。在編輯桌上，向國內外特派員發出的詢問電函，開始堆積起來。星期六之前，各地記者寄回來的資料，通常超過五十萬字，不過實際上大約只有四萬五千字，能在該期刊出。

攝影部門已全面展開工作。每個版面攝影師與撰稿人和資深編輯考慮過照片選取標準後，立刻選擇能配合報導的最佳照片。新聞週刊有七名專職攝影師（三名在紐約，兩名在華盛頓、芝加哥與洛杉磯則各有一人），也會向國內外通訊社洽商協用照片，至於有名的攝影師，新聞週刊也經常請他們拍攝特定照片。在一個正常的作業周裏，新聞週刊攝影館要冲洗約二百捲底片，晒出數以百計照片，但卻只有百張左右可以獲得刊登。

今天，各個部門都充滿了幹勁。美工部門亦早已爲下一期地圖、挿畫與圖表等展開作業。他們與採訪組商討過後，便決定好稿樣，並將本周甚至後幾期可能刊登的稿件，交付印刷。發行部則忙於準備各經銷處的份數與上一期的發票。印刷廠亦將上一期文稿與廣告稿樣送回編輯部，分析上期印刷品質，檢視存紙是否足夠，準備下一期印刷紙張。

中午之前，已印好的下一期「初版」樣版，陸續運抵新澤西州加士特 (Carlstadt) 的「技術處理中心」(Pre-Press Center)。

四、星期三

「技術處理中心」忙碌起來了，彩色與黑白的柯式廣告底片已小心包紥好，準備送到印刷廠印刷。

在紐約，高層主編再度聚首。首先舉行日常會議，檢討該期編輯計畫，必要時卽予更改。隨後再舉行每周採訪會議，討論往後的採訪線索及彩色頁分配。某些報導會被列作一般例常性新聞處理，例如：選舉、戲院開幕與季節性運動高潮之類。其餘則可能視爲「預料將有重大發展新聞」，例如，美國高等法院的重要判例便是。主編們會習慣性地經常留意些個人特性及社會傾向，並且在情勢日漸明朗而尙未爲其他媒介注意之前，就立刻牢牢盯住。不過，就算老早就計畫好的報導，也會在付印前一分鐘予以放棄或延後刊出，以便及時刊登突發性重大新聞。

新聞週刊的封面專題，通常要花三個星期的時間去採訪和寫作，大部份稿件，都趕在其他專題截稿之前，急急忙忙的交到編輯部。不過，每當發生重大新聞時，透過研究員、記者、撰稿人及主編不眠不休的通力合作，以及採訪、攝影、美工部門的配合，報導稿件在一、兩天甚至幾小時，就會蜂湧而至。例如已故敎宗保祿一世 (Pope John Paul I) 獲公布爲敎皇時，恰爲紐約時間星期六的中午。下午三時，有關敎宗經歷、這次選舉的臺前幕後，以及全世界羅馬天主敎徒的反應等等資料，卽由國內外特派員辦事處不斷湧至。在紐約的撰稿人和主編，便將資料挑選出十六欄內容，包括透過衞星傳播，由羅馬傳來的彩色照片。從接收到特派員的第一個字開始，僅僅十四個小時，新敎皇封面彩色照片及報導，已可發稿排印，與正常發稿時間無異。

在星期三，若干「後半部版」撰稿人，開始爲星期五的截稿時間，而憂心忡忡。他們與本身版面的資料編輯，整個星期都要與各個辦事處保持密切聯繫，以確定每個報導的資料，都能準時抵達編輯部。而當資料送達的時候，昨日星期二編務面議的決議，會重新作出檢討。例如：此則報導是否寫得比預期的好，值得增加篇幅刊登？或者全則報導根本摸不着邊際，是否應以另一篇報導替代？或者將原來預留之版面，分給其他需要更多篇幅的報導使用？

經過電腦處理的稿件，一件一件的送到編輯檯。每篇報導都會從電腦印表機印出二十份複印稿，有些送到非關編務人事部門，特別是經常把握機會將「獨家報導」提供給新聞界的宣傳主任。一份印有（請）「編輯」(Edit) 字樣的複印稿，首先送給該版的資深編輯過目，再送給一名高層主編作進一步增刪修改。另一份寫上（請）「校核」(Checking) 字樣複印稿，則送交給一名專責研究員，以核對文稿內人名、數字以及事實，並在其下畫線，表示已作核對，以免出錯。所有更改，都會編入那張印有「最前面」(top) 的原稿上，再輸入電腦的記憶系統裏。

截稿時間越來越近的壓力，最能從新聞週刊編輯資料室感覺出來：研究員將一大堆卷宗翻來覆去——約二十六萬個包括任何重要人事物的封套，簡直被翻得「體無完膚」。

資料室裏的一流資料員，會追踪極微細線索和來源，設法借得或購買需要而尚未收購的書籍刊物。

全球特派員此時已開始趕緊將本周文稿傳輸到紐約，也同時繼續未完專題，並從地區媒介、商業、政府、社區領袖，專業消息，以及其他商業與社會活動等方面，尋找下期專題報導線索及構想採寫角度。

一篇標準報導，通常包括面對面採訪，電話訪問，事件經過，數字，以及其他從各類權威書刊、報告等摘要的資料。理想一點來說，這篇在周末之前傳回紐約報導，必需已經修改好，可以發排的了。大多數新聞週刊的特派員都是通才，他們隨時準備一旦接獲通知，不管什麼題目，馬上就得展開工作。當然，無論什麼題目，新聞週刊主力，還是在紐約的撰稿人和主編身上，如此方能維持着新聞週刊一貫風格，有時，甚至不惜將各地特派員的稿件，改得面目全非。自星期三至星期六這段時間內，辦事處主任和特派員都必須作好心理準備——總有一個夜晚，要通宵將一頁、一頁已打好的文字稿，交給技術員作電訊傳輸處理。

五、星 期 四

印刷部門一面與世界各地辦事處確定原先訂妥的作業程序，一面趕緊自一大堆彩色照片中，選出要用的照片，經高層主編核定後，再小心翼翼地送給製片廠，以最新雷射掃描技術製版。因此，每當技術員確切知道要用照片已經選好，並按時送達；或者將有大批底片要送來冲洗；又或者按各地不同版面編輯需求，要傳輸一大堆照片出去的時候，都是攝影部門的緊張時刻。

對後半部版的撰稿人來說，星期四是主要寫稿日。大部份版面文稿都會在今日開夜車寫好，要拖也拖不過明日星期五中午，否則便可能趕不上晚上的截稿時間了。不過，爲了配合突發新聞，後半部版有時也會延後發稿。例如碰到重大比賽時，運動報導，就不得不等待星期六的比賽結果；又如星期五早上，跑法院記者突然發現高等法院作出一項意想不到宣判，亦不得不趕發臨時稿。

星期四中午前後，各地辦事處又開始將下期後半部版新採訪線索，陸續發回給該版編輯。

六、星期五

預定截稿時間近了，數以百計經驗豐富的男女編輯、撰稿人、研究員、記者、美工及技術員，組成一個龐大而組織嚴謹單位，爲這一期雜誌催生。大約十時三十分，高層主編會再次開會，討論此一期版面內容，並評核所報導事件，是否已趨於理想，必要時還會改變採訪題目或角度。之後，編輯會在打好報導的活頁紙上，作逐頁核對；美工主任也會小心地檢視版樣一番：看看圖片位置是否已放好？每頁美工是否已做妥？編輯也經常在此時一再被詢問報導事件的發展及字數長度，版位及圖片也一再討論，必要時會在版樣上調整，甚而改版。在預印校樣校妥貼好後，本期內容的大致輪廓已越來越清楚。不過，本期專題與圖片仍會再考慮、再挑選，而高層主編會議，會在本日黃昏和星期六早上再次召開，以配合事態最新開展。

後半部版撰稿人與編輯，也開始作最後修改和貼版，國內與國際版內容，也作初步定稿，不過報導取向仍可隨時更改，以配合新聞進展。另一組彩色版面已經在作照相製版，印務、裝訂與運輸部門都已作好一切準備工作。

各辦事處也開始「動」起來。辦事處主任在報導文稿傳輸至紐約後，便在作業表上將之「一筆鈎銷」。因爲距離最後截稿時間尚有一整日，記者繼續採訪最新事態發展，並答覆「最後一分鐘」的問題或求證。

特派員從世界各地發回來的文稿，令得電傳打字機（telex）一直響個不停，紐約總社今晚準開夜車了。爲了爭取幾個小時的打盹，二、三十名主編、撰稿人及其他人員，一陣忙碌過後，會就近找家旅館睡他一睡，以準備明天的衝刺。

七、星 期 六

截稿壓力越近，寫作、編輯、貼版的工作亦益形忙碌。每篇報導都要求掌握最新資料，要求一再改寫，甚至不惜於最後關頭棄而不登。研究員繼續埋頭苦幹，核對報導的眞實性，將已處理好的報導與說明，傳回各辦事處請求核正，並請跑這篇報導記者加以評論。新聞週刊的快速柯式平版印刷設備，能將星期一出刊的最後截稿時間，延至星期六——包括新照片、新版樣，甚至新報導。不過星期六，尤其是晚上的換版，還是有其困難的。

當每篇報導快要完成時候，透過電腦終端機的運作，可以立刻將整版排列出來，其中還包括說明、黑白照片，以及部份兩色美工版樣等內容。這些版面會一再複閱，小心地與原稿校核，並與版面編輯對照版面版樣，之後傳輸至新澤西的「加士特」，再準備運往或利用衞星傳送至印刷廠。而當後半部版主編將本期版面作最後處理時，他們也同時列好了下一期報導進度日程。各辦事處高度印表機，因爲已屆截稿時間而漸漸沉寂，大多數辦事員回家去了，但直到星期一，他們仍會密切注視新聞事態發展。

在地球某些角落上，今日已經是星期日了，對這些特派員來說，又是一個新的工作周開始。

八、星 期 日

紐約核稿編輯在發稿單（page-release log）上，簽上最後發稿時間後，本周工作便大致完成。編輯幹部大多數在今日休假，不過，採訪組、終端機、傳眞室與印務部門仍然有人當值，以防萬一已發排新聞有了重大改變，或者發生重大新聞時，可作緊急處理。在這種情況下，採訪組會立刻通知主要主編與撰稿人。如果情況相對的輕微，主編可能只有電話指示處理方式；但如果事態嚴重，則主編、撰稿人與研究員會立刻趕至麥廸遜大道總社處理，而印製與行銷程序亦馬上作出調整，以配合通盤運作。

另外，值得一提的是，「時代雜誌」與「新聞週刊」封面，目前都交由設於美國洛杉磯的「彩視公司」(Colorscope)，採用西德"Hell Chromacom System"，分色系統作業，實行彩色分色電腦化。

註：本人與汪琪教授曾於民國七十五年合著有「時代的經驗」一書。而數年前，本人也曾集合若干中英文資料，編寫成「新聞週刊的一周」一文，惟未交刊物發表。本文係根據前時手稿，重新編寫。

十七、從「美新」中文版的發行談談「美新」

題外話

民國七十五年九月十七日，臺北聯合報社買下「美國新聞與世界報導」(U.S. News & World Report) 在東南亞的中文版權，將這本每周銷售二百五十萬份的新聞性雜誌，繙譯成中文，加揷一些地區性內容，而正式在臺灣、香港、新加坡及馬來西亞等華人聚居地方行銷。此是中文報業的一項創舉，備受各方矚目，出版之後，由於譯作嚴謹，也備受好評。

「美國新聞與世界報導」，簡稱「美國新聞」(或「美新」)，是一本強調政府和商業新聞的雜誌。它的發迹，始自於一九二六年時，華盛頓一位報人勞倫斯 (David Lawrence) 發行了一份「美國日報」(The United States Daily)，再於一九三三年五月，易名爲「美國新聞報」(U.S. News)；其時，「時代周刊」，已於一九二三年在紐約創刊，而「新聞週刊」則於同年 (一九三三)，在紐約發行。至一九四〇年，「美國新聞報」改爲雜誌型，與「時代」、「新聞」兩大雜誌鼎足而立，成爲美國三大國際性新聞性雜誌，而其總頁數則較前兩者爲多。

一九四六年，勞倫斯又發行「世界報導雜誌」(World Report)，以報導世界大事爲主要內容。一九四八年，他將「美國新聞」與「世界報導」兩雜誌合而爲一，成爲今日的名稱與報導形態。一九八四年，出身哈佛大學教授行列的柴克曼 (Mortimer B. Zuckerman)，買下「美新」，並自任發行人與總編輯。

創立「美新」的勞倫斯認爲，「美新」的角色，是爲「美國及國際的各種事件，對有思想的人們，連續不斷地提供認眞、有用的資訊。」所以「美新」選擇「新聞」的標準，「是當你在忙的時候，特別用得着的新聞。」(We mean news that is especially useful when you don't have time in the world)。「美新」也確能秉持這種做法。一九八三年，「美新」五十周年社慶，雷根總統在賀詞中，讚揚「美新」:「協助讀者瞭解三十年代的『經濟大蕭條』，其後的幾次戰爭；五十年代與六十年代的民權運動及市區暴亂；一九七〇年代的『水門案』；以及一九八〇年代的經濟不穩定。」

一、「美新」主要內容

爲使讀者獲得更多、更確切與更有用資訊，現任總編輯柴克曼除了揭櫫落實 (Substance)、權威 (Authority) 與完整 (Integrity) 等三大關於構思、報導和寫作的目標外，更以「美國新聞」、「世界報導」、「工商界」(Business)、「地平線」(Horizons)與「時事評析」(Currents)等五大單元，作爲報導重點；而環繞此五大報導單元的專題，則尚附有各個不同的報導與專欄。

1.「美國新聞」包括:

(1)「本期特稿」(Cover Story)：深入、廣泛而又精確地報導有關美國國內外某一重大事件。

(2) 「明日集」(Tomorrow): 從華盛頓一地，展望各種趨勢。

2.「**世界報導**」**包括**:

(1) 「世情快訊」(World Gram): 透過各地駐在記者電訊的整理，窺視國際前景。

3.「**工商界**」**包括**:

(1) 「商務簡訊」(Business Briefing): 工商業界各類新聞摘要。

(2) 「時人訪談」(Interviews): 用「一問一答」的寫作方式，就某一重要事件，深入訊問關鍵性人物（多為對事件贊成與反對的主要代表人物)。

(3) 「你的錢」(Your Money): 包括保險、旅遊、投資、貸款、個人理財、經濟展望 (Economic Outlook)、政府財政、稅賦及法院條例的報導及解釋性建議。經濟展望着重在觀點分析，以及業界與消費大眾所預估的情況。

4.「**地平線**」**包括**:

(1) 「實用新聞」(News You Can Use): 提供家庭與個人的實用資訊。

(2) 「社論」與「時人訪談」。

5.「**時事評析**」(**Currents**):

旨在報導最新消息，並配合「每周圖片」、「本周語錄」與「時人側寫」等內容。餘如「華府耳語」(Washington Whispers)，則是對華盛頓及其他新聞中心的人與事，作敏銳窺測。此單元尚設有「讀者來函」與「置喙集」(Rostrum) 兩專載。「置喙集」相當於較長的「讀者論壇」之類意見專欄。

另外，中文版尚設有「附編」(Supplement) 一欄，有如報紙之

「副刊」，內容包括「讀者投書」(Letters to the Editor)，「一瞬大千」(Let The Lens Speak)、「識人篇」(People) 與「鳥瞰集」(Bird's Eye View) 等篇目，此係臺北中文版自行製作，目的是報導些地緣性較強的題材，吸引地區性讀者。（所以圖片也用彩色印刷）

二、「美新」的編印

(一)從星期四到下個星期四

華府總社於周四召開下期編前企劃會議， 而本周即將發行的「美新」，其編印程序，已進入緊鑼密鼓的最後階段。企劃會議的後續工作，起碼持續至下周四、五；而編採間的聯繫與討論，不管口頭或電話的溝通，總在百次以上。編輯室內編輯，還得憑敏銳新聞鼻，將未來數日內，從世界各個分駐點，如倫敦、巴黎、東京、羅馬、波昂、新加坡、日內瓦、莫斯科、芝加哥、紐約、休士頓、舊金山、洛杉磯、丹佛、邁阿米、底特律及亞特蘭大等地蜂湧而來的百多萬字報導，適切而準確地，選取其中精華，編寫成六萬字稿的版面。

已收集好稿件，一律經由「寫稿編輯」綜合改寫後，再交「核稿編輯」核稿，逐句檢視文辭是否恰當，條理夠不夠清楚與是否易於理解等修辭問題。然後再交給負責的資深編輯覆閱，以審定題材的適當性，之後便分送各版分版編輯，展開作業。

分版編輯拿到稿件之後，會抱持核閱初稿般態度，再小心的審視內容事實，查證文中所提及的名字和職稱，校訂文法、拼字，甚至標點符號，以符合「美新」的風格。統計數字的查核，則是社裏「經濟組」(Economic Unit) 內經濟人員的事。

設計製作部負責版樣草稿的規劃，並與核稿編輯、資深編輯等相關人士，共同挑選合適圖片，而圖片標題及說明，則由編輯或核稿編輯撰寫。編寫作業，是以"ATEX"原稿處理系統，透過與電腦連線的終端機進行，然後電傳至「技術處理中心」，再由該中心「製作部」(Production)技術員，把文字與圖片拼合成小樣，送給校對、撰稿人及相關編輯，仔細校對每一個印刷點。技術員並把每一頁內容，全部輸入電腦，俟定稿後，再以每分鐘可排印一千行的數位光學打字排版機排印。黑白圖片是以「國際資訊公司」電腦，先變換為數據網線儲存於電腦磁帶內，再轉錄於"ATEX"系統。彩色圖片則以"Scilex Corp"體系電腦，如同黑白圖片一樣，也是先轉換為數據儲存於磁帶，再納入"ATEX"系統。至於彩色封面，則是採用洛杉磯「彩視公司」(Colorscope)之"Hell Chromacom System"分色系統，作電腦化之彩色分色。

付印前夕，編輯部門會密切注視每一頁情況。如果一切順利，星期四的下午，「技術處理中心」，開始將已定稿版樣，陸續以微波系統，經由「西星三號」(Wester star III)人造衞星(屬於「西聯公司」"Western Union")，傳送至洛杉磯、斯特拉斯堡(維吉尼亞州)、那士維及密瓦基等四個印刷中心，由該廠接收機轉換為與頁碼大小的底片，準備分頭同步印刷。

(二)滾出黑紙白字的星期五

上周四所開的企劃會議內容，今日將變成白紙黑字；而昨日上午，才又剛剛初步策劃下一期的內容。這種周而復始的緊凑生活，實在令人喘不過氣來。今天，各個工作人員都失魂落魄似的，他們眼前，只認得一個字：「快」。等到「技術處理中心」，傳畢了最後版面，卻又有些編輯或核稿編輯，堅持要將某些新聞的最新動態，加插在已定稿的報導裏。好在「原稿處理系統」的應變力夠強，可以在開印前最後一分鐘，把最新改妥的圖文，加入清樣裏——當然，版面就得改動了。

未開機印刷之前，主要編輯仍會守候在總社編輯臺前，以防萬一。倘若一切順利，晚九時左右，最後一頁稿樣「飛鴿傳書」之後，新聞部兩百多名成員，才鬆一口氣。大約三小時之後，四大印刷中心的彩色高速輪轉機，即開始運轉印刷。（每期約發行兩百萬份）

三、「美新」組織

除了柴克曼自任「發行人」(Chairman) 與「總編輯」(Editor-in-Chief) 之外，整個雜誌體系，主要分為「新聞部」(News) 與「總管理處」(Corporate) 兩大單位，分述於后。

(一)新聞

新聞部下設編輯人 (editor) 一名，統轄——

1.執行編輯 (Executive Editor)，主編 (Managing Editor)，企劃主任 (Director of Planning)，編務行政主任 (Director of Editorial Administration)，管理主任 (Director of Operations)，副主編 (Deputy Managing Editor)，設計主任 (Art Director)，資深副編輯 (Senior Deputy Editor)，助理主編 (Assistant Managing Editor)，通訊主任 (Chief of Correspondents)。

2.國內部(National Staff)，包括：資深編輯 (Senior Editors)，明日集、工商界、個人理財 (Personal Finance)、社會潮流 (Social Trends)、國防、環境、教育、特別報導 (Special Report)、保健、

實用新聞、白宮、國會、美工、來函、圖表、研究、各地分社 (Regional Bureaus) 等助理編輯 (Associate Editors)、分社編政 (Regional Bureau Administrator)、經濟組與特約撰述 (Contributing Editors)。

3. 國外部 (International Staff)，包括: 資深編輯、外交特派員 (Diplomatic Correspondents)、資深新聞助理 (Senior News Assistant)、新聞助理(News Assistant)、海外特派員 (Correspondents Abroad) 與特派記者 (Special Correspondents)。

4. 新聞組 (News Desk)，包括: 主任(Chief)、副主任 (Deputy Chief)、編輯主任 (General Editor)、資深新聞編輯 (Senior News Editors)、新聞編輯(News Editors)、版面助理 (Desk Assistants)、內文編輯 (Text Editors)。

5. 製作組(Production)，包括: 技術顧問(Technical Adviser)、聯絡 (Coordinator)、製版 (Makeup)、校對組 (Proof Desk)。

6. 設計組 (Art Staff)，包括: 編政主任 (Administrator)、分版設計 (Section Designers)、挿圖 (Illustrator)、設計員 (Designers)、圖表 (Maps & Charts)、聯絡 (Coordinator)、資深製作助理 (Senior Production Assistants)、編政助理 (Administrative Assistant) 與圖表室管理員 (Graphics Lab)。

7. 攝影組 (Photo Staff)，包括: 主任 (Director)、助理主任 (Associate Director)、編輯 (Editors)、編政 (Administrator)，研究、攝影、攝影室技術員 (Photo Lab)。

8. 新聞供應中心 (News Services)，包括: 行政編輯 (Administrative Editors)、資料 (Library)、技術服務 (Technological Services)、訪問 (Interviews) 與讀者服務 (Reader Service)。

(二)總管理處

總管理處設有社長兼總經理 (President and Chief Executive Officer), 下轄——

1.副社長 (Executive Vice President)、金融資深副社長 (Senior Vice President)、發行(Circulation)、製作(Manufacturing)、編政、研究、企業發展 (Corporate Development) 等副社長及推廣主任 (Promotion Director)。

2.發行人(Publisher), 下轄廣告主任(Director of Advertising Sales)、助理發行人 (Assistant Publisher)、行銷主任 (Director of Marketing)、副廣告主任 (Associate Advertising Sales Directors), 以及國外副廣告主任(Associate Advertising Sales Director)。

四、結　語

近幾年來, 時代雜誌、新聞週刊與美國新聞三大國際知名的美國新聞雜誌, 一直面臨激烈競爭——除了彼此間的競爭外, 美國境內專業雜誌的大量創刊, 報紙注重獨家內幕新聞挖掘、加強新聞的深度報導、注重內容解釋性, 強調美工、彩色的視覺效果等做法, 都帶給三大雜誌不少市場壓力。

美新周刊的讀者羣, 雖然大多爲工商企業與教育、新聞及科技等專業人士, 但爲了求新求變, 突破「定位」起見, 它也極力在展現保守力量中, 呈現出新貌。例如, 以電視打廣告, 以高級電子用品來促銷, 將封面刊名標準字, 改爲藍底反白字等等一連串措施, 都是朝此目標所採的策略。

臺北雜誌界近來也在一片經濟好景、出版氣候大好的環境下，有志一同要邁出國際化的步伐，以「遠見」自我期許。見賢思齊，回顧一下美新周刊的歷史、內容與組織，則理想與現實之間，似乎頗有斟酌餘地。

十八、查對資料是新聞事業的天職

利用新聞來散播假消息的做法，是件屢見不鮮的事。有時，這可能只是放出一種空氣，探求民意反應，以便進行或修正某些關於公衆的措施。情況較嚴重一點，則是希望透過這種做法，影響諸如股市利多（好）、利空（淡）等升降走勢，而以人爲「操作」，達成所謂「新聞市」（News market）目的。

最糟糕的，就是背景複雜、原因難明的政治事件。有心者，往往散布一種難於查證的謠言，掀起大風大浪，令得人心惶惶，而遂其不可知的政治陰謀。

例如，一九八六年十一月十七日，北韓軍方在三八線向南韓廣播北韓頭子「金日成遭槍殺」的消息。南韓民衆於下午獲知該項消息後，不僅股市大幅起落，傳播媒體競發下午新聞與號外，國際輿論又繪聲繪影大肆報導，一時間整個國際社區對此事密切關注，但謠傳終歸爲謠傳，一時間也無法查證。直至十八日格林威治時間一時（臺北時間上午九時），金日成出現在北韓首都平壤機場，迎接前來訪問的蒙古頭目巴孟，一場鬧劇方告「結束」。至於這次假「新聞」之起引，雖然各界多方揣測；比如，北韓軍部用以擾亂南韓安定，北韓內部爭權激烈、黨、政、軍四分五裂等等，但眞正原因，自始至終都是一個謎。

一九八六年年底，忽然有外電傳來一則花邊新聞，說新加坡總理李光耀，甘冒天下之大不諱，而贊成「一夫多妻制」。消息傳布後，不禁舉世愕然。國內某「名筆」，還藉民生報「民生論壇」一角，嚴其女權之辨。可惜，經過查證後，竟然又是新聞報導的「再一次錯誤」。

原來在星洲上大學的男仕，不像咱們那樣喜歡「系出同門」，攪「班對」的玩意。他們畢業後，大都希望與中學畢業的淑女共偕連理。以致部分獲有高學歷的女士，找不到合適對象。此種情形，不禁令得李光耀先生在一次談話中，喟然感慨古人行「一夫多妻制」，未嘗沒有「時代意義」。孰料執筆報導的記者先生，竟據而作「選擇性引述」，弄得滿天神佛。

類似的「錯誤」，不久之前，國內亦曾發生過。

一九八〇年前後，我國財經當局，決定放棄新臺幣緊釘美元政策，而改採較為機動彈性的浮動滙率制。因為事關外滙一買一賣的「智慧型」操作，也關乎巨額的虧盈，且是我國外滙政策有史以來創舉，所以不但備受舉國上下廠商怵目，卽世界各國，亦因我國貿易暢旺，而予以密切注視。

但究竟何時實行這項操作呢？儘管各階層人士揣測紛紜，主管當局仍三緘其口。最後，英國路透社忍耐不住了，由倫敦派了一名記者，直接前來臺北訪問當時任中央銀行總裁的俞國華先生。

訪問結束，該名記者立刻搶着發稿，並透過電傳打字機將訪問內容，發到各報國外通訊組。訪問稿中，最有震撼力的一句話是："This Would be done by November"。某經濟專業報紙遂據此句中"BY"之意義，將之繙譯為：「這項措施（浮動滙率），將於十一月之前實行。」

孰料，我國眞正施行浮動滙率的日期，卻遲至十一月底。幾許廠商因而賠了大錢，羣起向報社抗議，以致糾紛迭起。而該報社則因「有憑有據」(外電稿),故能處變不驚。(但在道義上,仍應負起查證之責。)幾經波折之後,該名發稿記者終於承認上述句語,有文法上的疏誤。原來當時俞總裁說的是: "by the end of November.",記者打字時漏打了 "the end of",以致發生此一「不幸」事件,受害諸君,也只能自嘆倒霉,留下新聞圈值得記取最後的「又一次教訓」。

查對報導資料有沒有錯誤,其實是新聞界的專業要求。所以亨利・魯斯在辦時代雜誌時,一再強調新聞只有兩種,一種是「快新聞」,另一種是「慢新聞」,時代走的是慢新聞路線。快新聞只是點到為止,而慢新聞則要求花更多準備時間,作更深入、正確報導。所以時代雜誌推行「集體新聞學」,由高學位「研究編輯」,擔任撰稿員資料查核❶,而「紐約日報」查對工作,更指定由資深編輯擔任。

讀者文摘則設有資料編輯,對文稿的查核,也是出了名的謹慎。該刊前中文版總編輯林太乙女士在接受記者訪問時,卽曾強調❷:

——每篇稿子一定要是事實,一句話、一件事,都得小心求證。

——每篇繙譯稿,都請大學教授等就原文逐字核對,名詞地名一定查證淸楚。

林太乙曾對記者說,有年寫了篇有關紀政婚禮的文章,其中報導她在婚禮上,穿的是白絲禮服。後來經過查證,發覺禮服的質料不是全絲的,其中有百分之三十是尼龍。於是,「絲」字就立刻删去,只寫「白禮服」。❸

又以讀者文摘廣受讀者歡迎的「開懷篇」來說,挑選過程也極之嚴

❶ 見汪琪(民七五):「時代」的經驗,頁三八一九。臺北:東大圖書公司。

❷ 見胡有瑞「林太乙的滿足:讀者文摘中文版十年有成」,刋於民國六十四年七月一日臺北中央日報。

❸ 其實可寫成:「尼龍混絲白禮服」。

謹。它是先由年輕編輯從數千個笑話中，挑出十來則，再將之翻譯成中文，送總社歸檔（以免重覆）；然後再由兩、三位編輯試讀，看看好不好笑。好笑了再送律師檢查，以免犯上誹謗。

一九八五年七月號的讀者文摘，刊登了 Alexander Frater 所寫的一篇遊記：「漫遊伊洛瓦底江」一文。原稿第一段提到：

「晨曦從中國大陸那邊顯露，把東方的天空塗抹得一片赤紅，並爲伊洛瓦底江蒙上絲綢般的色澤，令人不禁想起吉百齡詩中的情景。洪亮的汽笛聲響過以後，我們這艘雙層的鐵殼汽船便慢慢駛上航道，開始了爲期六天，從曼德勒到仰光的六百哩旅程。這條河流是緬甸的經濟命脈，也是極爲繁忙的一條主要水道。」

據民生報記者報導❹就此段來說，讀者文摘的資料編輯，就作了六項查證：

——晨曦從中國大陸那邊顯露，就地理位置來說是否確實？

——詩人吉百齡到底有沒有寫過這樣的一首詩？詩名是什麼？

——該處是否有雙層鐵殼船？

——整個旅程是否要六天時間？

——從曼德勒到仰光路線是否確實？

——這一旅程是否爲六百哩長？

資料編輯所查對資料包括：吉百齡詩集、斯密生博物館期刊汽船照片與及旅遊緬甸指南等書刊，可謂一點都不馬虎。

資料編輯除了知道那些資料需要查對，如何去查對外，更應有「上窮碧落下黃泉，動手動腳找資料」的責任心和毅力。據報導，「讀者文摘」的編輯，爲了查對「從明德山莊可以看得到景美新店」這一句話，

---

❹ 見黃美惠：「傳提・提供眞實正確的內容　查證・硬是上窮碧落下黃泉」，刊於民國七十五年八月十四日臺北民生報第九版。

還曾親身跑上山莊遠眺一番。這種決不看走眼的幹勁，不也就是新聞工作者的天職嗎？

當然，新聞工作是分秒必爭的，有時的確有「時不我與」的狼狽。此時，在寫作上，尤應加倍小心。

例如，民國七十二年二月間，臺北國內銀行界突然接獲香港一家名爲"Intercommerce Bank"的財務公司，向我國多家廠商開發信用狀，其所發出之電傳電報（Telex），竟與香港另一家名爲「歐海財務公司」的號碼完全相同（其時，此公司正與我國業界發生貿易糾紛），於是引起業界注意。某報於二月五日，將此事件作成報導如下——

接信狀•須當心！

香港一家「前科」公司

「改頭換面」又來購貨

【本報訊】銀行界消息指出，曾引起貿易糾紛的香港歐海財務公司（Euro-Sea Financial Co.），最近似已改頭換面，以另一「金融機構」名義向我國廠商開發大批「信用狀」，有關業者宜密切注意。

最近香港有一名爲 Intercommerce Bank 之金融機構，以著名之外商銀行爲通知銀行，向我國多家廠商開發信用狀。

消息人士說，由於此一金融機構與歐海財務公司所使用的 Telex 號碼完全相同，已引起我國金融界的重視。

彰化商業銀行日前已透過香港金融同業查詢；據初步調查，香港並無此一銀行。

擔任信用狀通知銀行的外商銀行也積極向香港方面查證，目前尚無消息。

據指出，日前已有多家廠商向第一商業銀行、華南商業銀行、中國國際商業銀行等銀行要求查證，無功而返。

消息人士指出，多件 Intercommerce Bank 新開發的信用狀，金額均在十萬美元以上。廠商持上述信用狀要求辦理外銷貸款的案件，國內各金融機構在獲得進一步的確認之前已予暫時擱置。

數月以前，歐海財務公司曾向我國多家廠商開發信用狀，當我國廠商辦完出口押滙手續之後，卻拒絕付款。我國有些銀行已向出口商追回押滙款，有些銀行則仍與該公司進行訴訟之中。

（民72.2.5）

不過，由於事件尙待進一步查證，此「第一日」報導，即明顯喩指係歐海公司所爲，似不甚妥當。試改寫導言如下:

【本報訊】國內銀行界指出，近日香港有一家名爲 "Intercommerce Bank" 的金融機構，使用正與我國廠商和銀行業界有着錢債糾紛的香港歐海財務公司 (Euro-Sea Financial Co.) 完全相同的電傳電報 (Telex) 號碼，向我國廠商開出大批「信用狀」，令人疑竇叢生，有關業者宜密切注意，以免蒙受損失。

目前，若干國內銀行，已電請香港同業查詢此一金融機構的眞實情況。……

至於「第二日」後續新聞，因已透過外銀查證，故可以直接指出香港一地，並沒有 "Intercommerce Bank" 這一機構，而用「何義」取向，呼籲業界小心提防。(見附錄一)。

附錄一：

港一冒牌銀行・向我開狀購貨

證實空頭純屬騙局

盼業界小心・謹防上當

【本報訊】據外商銀行指出，經過查詢後，發覺香港一地，並沒有一名爲Inter-commerce Bank的金融機構，籲我業界小心，愼防騙貨的手段翻新。

此地一家外商銀行最近曾發現一家宣稱總行設在瑞士，而在香港以Intercommerce Bank名義，向我國業界，發出二十多張的信用狀，經發覺有異後，立刻透過該行在香港及瑞士兩地分支機構查詢，結果發現，根本沒有一家名爲Inter-commerce Bank的金融機構。

事發後，該一外商銀行，已將事發情形，向同業及有關單位報備，並立刻通知被牽涉的廠商，以免蒙受損失。

【本報訊】我國若干主要銀行已針對香港Intercommerce Bank之事，通知其營業單位，停止承辦此類信用狀之貸款、押滙及其他相關手續。

中國國際商業銀行相關主管人員表示，開狀銀行無法確認的信用狀，該行一向不受理。

採取此項措施的銀行，尙包括華南商業銀行、第一商業銀行、彰化商業銀行及臺灣銀行等。

華銀國外部門主管人員表示，Intercommerce Bank所開發的信用狀金額大多在十萬美元以上。

據估計，此一香港銀行向我國廠商開發的信用狀，數量甚多，可能超過五十件。

【本報訊】香港金融界昨天向我國銀行證實，當地沒有名爲Intercommerce Bank的銀行。

(72.2.6.)

十九、專業新聞記者的缺失

一、提　　要

梁昭明太子文選序說:「式觀元始，眇覿玄風，冬穴夏巢之時，茹毛飲血之世，世質文淳，斯文未作。逮乎伏羲氏之王天下也，始畫八卦，造書契，以代結繩之政，由是文藉生焉。……若夫椎輪爲大輅之始，大輅寧有椎輪之質，增冰爲積水所成，積水曾微增冰之凛！何哉？蓋踵其事而增華，變其本而加厲，物旣有之，文亦宜然……。」

以這樣的一種概括說法和感喟方式，來描述新聞採訪的分工層面，似乎還眞說得過去。自從「世變日繁」之後，新聞的採訪與報導工作，乃自一般、綜合形態，急遽畫分出一個「專業區」，專業新聞、專業新聞記者，以強大「爆發力」脫頴而出，並且駸駸乎日漸流衍而成「專才」的「通才」。

專業記者眞的風光到「零缺點」？布魯京士研究所 (The Brookings Institution) 資深研究員希斯 (Stephen Hess)，在一項研討會上，曾以「內幕新聞與專業新聞記者的其他缺失」(Insiderities and other Maladies of Specialized Journalist) 一文，提勾這一問題的若干角度，並吐露出下述值得沉思的語絲——

△「報」而優則仕：某名記者決定競逐□□委員、□□議員；某名記者被挖走，到□□公司擔任□□職位。記者是職業？事業？抑或是飛黃騰達的跳板？

△某傳播機構眞犀利，一口氣將競爭對手班底挖個精光。

△盛傳內閣改組，各報紙捕風捉影，爭相揣測各項職位人選——結果當然沒有一家報社的「猜題」，好到百分之百準確，也沒有一家報社倒霉得百分之百不準確。

△記者是通才？專業？兩者在工作、心態上會有何不同？

△新聞事業是否專業？

△聞名世界的華盛頓記者，他們的學、經歷背景是如何的？

△專業記者的盛行，對報社而言，是禍是福？

△報紙以大篇幅，系列報導某一個題材，這是否小題大做？

△深度報導是否爲一個趨勢？誰主宰着深度報導？當大衆都高叫深度報導時，它是否也有負面影響？

△雇主對「官報兩棲」的新聞從業員會有什麼值得考慮的層面？

這都是希斯在後面大小段落中，所要表示意見的主要內容。

二、華府的專業記者

（美國）政治學者衞奕信（James Q, Wilson）注意到，競爭或對頭的兩個機構，其實是非常相類似的。就以日漸增多的立法單位來說，它的發展，與疊床架屋的行政單位，早已十分相似了。這就像一支橄欖球隊，採用對手球隊的陣式打法一樣，希望以其人之道還治其人之身。

這個理論，對報社與政府同樣適用：雖然兩個單位是競爭、制衡的但彼此卻越來越相像。這種情況出現在人事上，就更為明顯。政府行政單位公務員，幾乎是同一個模子倒出來，華盛頓大報社的人員，已變得大家可以彼此替代。以社會經濟學的述語來說——所讀學校，收入，所選擇居處——他們是越來越相似；用人事術語來說，他們之中，有些根本就是同一個人。起碼有十一個記者曾經在「紐約時報」做過，而現在則擔任執政黨公職。最令人不解——也是批評所在的例子，是爵柏——伯特 (Gelb-Burt) 的「借調」(Exchange)。

爵柏在一九七七年，卡特總統剛剛上任時，離開「紐約時報」，在國務院擔任政治軍事事務主任 (Politico-Military Affairs)，直到一九七九年；伯特則在一九八一年，雷根總統執政時，離開「紐約時報」，到國務院出任爵柏相同的職位。爵柏於一九八一年返回「紐約時報」，擔任國家安全特派記者；伯特目前則擔任歐洲事務助理國務卿。按慣例來說，記者通常只在政府機構擔任發言人或新聞秘書之類職務，爵柏與伯特的出路，說明了退職記者已漸漸打入決策性職位。

新聞從業員這一行業與他們的工作，正是企求專業主義與專業化趨向的一項副產品。自本世紀以來，為了尋求專業地位，新聞從業員創辦了訓練學校（一九〇八年的密蘇里大學)；榮譽學會（一九一〇年的 Sigma Delta Chi)；傑出獎賞（一九一七的普立兹獎)；專業組織（一九二二年的「美國報業編輯人協會」"American Society of Newspaper Editors")；專業期刊（一九六一年的「哥倫比亞新聞評論」"Columbia Journalism Review")；以及最受人羡慕的大衆傳播博士學位課程（一九五〇年的明尼蘇達大學)。

顯出專業地位的最佳指標，當然是教育學位。就目前來說，幾乎每位華盛頓記者都上過大學，半數也幾乎念過研究所，三分之一獲有碩士以上學位。在某些採訪路線方面，受過專業教育的記者，相當普遍。

例如，在華盛頓採訪法律事務的記者，百分之六十四爲研究所畢業，而且主要係法律院系學生。經濟記者方面，則有百分之四十六，讀過研究所。而且，自認爲「專家」的華府記者，多達百分之四十，雖然專業化定義，在新聞學方面，較諸其他專業來得寬鬆。例如，稅務律師就不認爲，一名經驗豐富、負責採訪國稅局的記者（可能擁有經濟學碩士學位），在稅務方面是位「專家」。不過，華府經濟記者，的確超過半數受過專業訓練。

傳統上，新聞事業是「通才」的最後「庇蔭所」。並且，甚多新聞從業員預測，「專業化」會越來越變成「通才」了。

專業記者在工作上，較之於傳統上一般通才記者並不相同。專業記者需要更加主動，這等於說，稿件品管，逐漸由編輯手上，轉移到新聞採訪者身上。專業記者對他們的工作也會較爲滿意，這也等於象徵他們會在新聞界逗留較久——以及採訪同一路線時間較長。這個情形會令得報業主增加開支，因爲資深人員薪水，總得多付一點。另外，當專業記者賴着不走，反過來說，新人進入報社的機會就相對減少。此外，新聞機構還得面對一個不穩定的人事制度——爲了節省開支，記者要調至其他路線採訪，也挪出空間，讓青年才俊有發展機會。因此，專業記者固然在甚多採訪報導中，表現傑出，但他們也同時爲華府新聞界，產生了不少新問題。諸如——

㈠濫用小詞彙

任何一種職業，越來越專業的結果，就會形成自己的行話。政治科學家活慈（David M. Ricci）就曾指出，他的學院同仁，就喜歡用「小詞彙」（Small Conversations），而這些用語，「主要是一個學術團體內衆人，彼此使用的十分專門，而又充滿行話的語言。對社會大衆來說，使用這些語言，是相當不智的。」

就大衆媒介的目標來說，濫用行語的報社，可能是一場災禍。一九八二年六月初，雷根總統乘坐一架七四七前往法國凡爾賽，參加經濟高峯會議，隨機同往的有白宮、外交與經濟三種記者。事後，華盛頓郵報白宮資深特派記者坎倫 (Lon Cannon) 回憶說，把這三種記者羼在一起，眞有意思。「每人提問題時都用自己行話。例如，國務院記者就常把『信心建構機構』(Confidence-Building Mechanisms) 這一個行語掛在嘴邊。」（原意只是使民衆產生信心）當記者要起而反對這種趨勢，其實只要有一般編輯在職一天，一般報紙就一天不必擔心行話，會產生重大影響。不過，如果這些編輯受到專業記者的壓力時，問題就來了。而且，這是可能的。根據研究，一般記者在報導字數與寫作形式等問題上，與報社的爭執，較諸專業記者爲多。在巴提摩太陽報的編輯室裏，一名編輯說，五角大厦特派記者哥治 (Charles Cooddry)，被尊稱爲「主帥」(General)。誰敢與主帥爭執？

㈡ 內幕消息滿天飛

當新聞從業員與「新聞消息來源」(Source)，越是就像同一個人時——只是做不同工作——更多稿件，會快速的排成鉛字，印刷出來，局中人當然自得其樂，只是其他的人，就會感到不相干或味同嚼蠟。

一九八四年十二月十九日與二十一日，在「紐約時報」頭版，有兩篇文章，詳細分析華府名噪一時的所謂「舒茲濫用親信」(Shultz Shuffle)，或因個人觀點不同而稱之爲「舒茲排除異己」(Shultz Purge) 的內情。兩篇稿件俱由韋沃 (Bernard Weinraub) 撰寫，共排了國務院所欲更換的十個職位：五個屬於助理國務卿層次，五個屬於大使職位。大部份預測要更換的職位，都是在取代政治保守官員與外

交人員。「時報」寫着:

「一位白宮顧問說:『舒玆的人，以迅雷不及掩耳的行動，不動聲色、秘密地一舉侵入保守人士的地盤，爭取到這些職位。直到大局已定時，保守人士才知攪什麼鬼。現在他們開始反擊了……。』

「一位不願透露身份的（國務院）官員指出，認爲這些人員已被革職當中的說法，是不正確的。『某些人是自願離職的。某些人將會在行政部門擔任其他職位。有一、兩個情形則是由於在職務上表現欠佳所致。』

「這些『內幕報導』(Insiderities story)有一個特徵，即幾乎所有引語，都是「據一位高級官員說」，或者「據一位資深官員指出」等等。對於無法知曉這些無名氏的箭頭，究竟指向什麼的讀者來說，這是一種不負責的行爲。（不過，在上文的例子中，倒相當清楚。）

「時代」的文章，是否證明無誤，在此姑且不論。結果是有些人事是更動了，但有些則原封不動。這名記者顯然有相當可靠的消息來源；不過，正如俗語所說，「一張日報只是歷史的初稿」(a daily newspaper is only the first draft of history)。

應該澄清的是，這些職位的爭議，主要在於頭銜而不在於權力。上面所說的職等，都是中級職位的好出路。就右翼人士來說，設法避免任何潛在損失——不管是多輕微——是可以諒解的。「時報」之所以肯花兩頁頭版，去報導如此一個小小的爭執，是假設它的讀者，對這次人事調動的結果感到興趣；又或者是認爲這個結果，將對美國外交政策，有重大影響所致。

「時報」專欄作家維斯頓（James Reston)，稍後發表個人評論說，這是華府「衆多的猜謎遊戲和無聊消遣」之一。首都市民，好將世界分爲圈內與圈外：上述職位調動揣測，應該屬於圈內新聞。

㈢將新聞做大

現任華盛頓郵報仲裁人沙哥維亞 (Sam Zagoria), 在一月時曾向讀者提及, 自去年年底感恩節至新年這一周期間, 郵報曾登出他十二篇系列報導, 字數多達五千字。報導的主題, 包括: 「非洲: 飢餓的大陸」, "Whoops" (「華府電力供應系統」"The Washington Public Power Supply System"), 「置身地理之中」(國家地理雜誌), 「尼加拉瓜秘密戰爭檔案」, 「貧乏、訓練少、素質不良: 八十年代的軍隊」, 與「生物技藝的基礎」。

沙哥維亞明白的表示, 他覺得郵報的做法, 犯了將「新聞做大」(Journalistic Overkill) 的錯誤。在他的專欄裏, 他質疑: 「你們當中, 會有多少人, 把系列報導的任何一篇, 從頭讀到尾?」他說, 他收到電話, 支持他的牢騷。

然而主編小唐尼 (Leonard Downie Jr.) 卻並不介意這些長篇大論。他說: 「我根本沒有預期讀者一個字二個字地去讀一個系列報導。」「這些文章能針對不同讀者的需要。」(這些報導也為報社贏得獎賞)

對一般記者最尋常埋怨之一, 是媒體對所報導題目, 不夠深入。而沙哥維亞與唐尼之辯, 已涉及專業新聞的來臨, 它的「正字」標記, 將是專業記者對所感到興趣的題目, 作出大量報導。

郵報在處理一九八四年, 民主黨角逐總統提名的報導方式, 揉合了「新聞做大」與「內幕新聞」的理論, 就是這個趨勢的一個案例。比如, 一九八四年三月四日, 郵報登出了十二篇選舉報導, 或意見專欄, 發稿超過一萬二千字, 三月二十五日, 則登出十四篇報導, 發稿超過一萬一千字。翻閱這些報導時, 讀者會遇到一大串人名卡士, 他們在這幾個月來, 一直是全國報章猜測與留心動向的焦點人物: 羅拔•貝高,客蒂・布殊堅，……。如果你不能記得半數這些參賽者，那麼，這個遊戲——亦即郵報報導——就不是你喜歡的活動。

㈣ 在政壇上進進出出

魯士特 (Richard Neustadt)是第一個寫「政壇來去者」(in-and-outers) 的人。這裏所謂「政壇來去者」，是指那一羣寶貝，當他們的黨入主白宮後，通常獲得委任爲高階政務官；而當失勢之時，就回歸先前行業，如法律、銀行與學院之類，等候第二次入閣機會。只在近年來，方有新聞從業員，也在政壇來來去去。

出身爲新聞從業員而在政府部門擔任公職，頗不乏先例，但他們一旦置身公務員之列，就甚少再次回到本行，幹其新聞工作。由新聞界而服公職，再轉回本行，又本行轉服公職，之後又回到本行的一個「三進三出」的典型例子，厥爲雅蓮・山娜漢 (Eileen Shanahan)，他的經歷寫着：「商業雜誌」，財政部（甘廼迪總統），「紐約時報」，國務院(卡特總統)，「華盛頓星報」(Washington Star)。

新聞界目前尚不知如何處理這些進進出出的人物。一方面來說，他們的公職經驗，經常能在報導上發揮，令報導內容增加不少資料。大概沒有記者能夠像爵柏那樣，能夠將官僚政治程序，解釋得如此清楚；因爲他除了在國務院任職過之外，又在五角大廈和參議院呆過不少時日。但在另一方面來說，聘用他的人，又如何肯定這些進進出出、跳來跳去的記者，不是懷有政治上不軌野心？

爵柏卻不以爲新聞機構，在聘雇記者時，會對他們的政治立場或持有某種意圖，而心懷顧忌。當然，下面這些退職公務員——諸如專欄作家佐治・韋堯，威廉・沙懷雅，與伽路・羅文——是沒有問題的，因爲他們的專欄，清楚註明「意見」兩字。

不過，照爵柏本人的行藏來看，實在也需要有個方法，去處理不幸而言中的人。然則是用石蕊試紙，來測量一個人理念的強度？抑或視其行藏是否有說服性？沙娜漢認爲，是否再容於新聞界，只應評核其既往在新聞機構工作時的正式紀錄，尤其是他本人在採訪報導時，是否嚴守公正、平衡的新聞重要原則。

㈤ 搞小圈子

如果專業記者的衍生，有着一個明知故犯情況，則它必然是對這種恐懼的反應：他對被同職級同事選出，視之爲消息之源，並且成爲報社或政策上小圈圈的攪手。

對新聞媒介作仔細研究的社會學生堅士(Herbert Gans) 說，「接受這種安排……就長遠來看是致命的打擊，因爲記者如果一旦被傳開，在公司內攪小圈子 (co-optation)，他就得不到摯友和上司的信任。」根據研究，華府近半數記者的摯友，是新聞界人士（若全美計算則少於三分之一)，所以，得到同儕、行家的高度敬重，在華府新聞圈是特別重要的。

另外，據估計，大多數專業記者，是由一般記者入行。例如，擁有法律學位的記者，大多在新聞工作之後，再到法律學院攻讀的。華爾街日報執行編輯泰勒（Frederick Taylor)，在解釋該報作風時說，「令一位記者成爲經濟學者，要較一位經濟學者成爲記者爲易。」(It's easier to make a reporter into economist than an economist into reponter) 當專業記者與記者採訪路線有所牴觸時，就爭論層面來說，專業記者將會繼續占得上風。

比較嚴重的問題是，專業記者是否就能圓滿地，將華府的特殊事件，向華府以外的居民，解釋得清楚？華府的圈內人 (Washington insiders)，不管是新聞界或公務員，皆有不同素養。而事實上，政府公職人員與新聞工作者，之所以選擇住在華府，表示他們興趣不謀而合地，對政治、外交、與公共政策深感興趣。不想移居華府的人，可能對政府越來越少興趣，或者更多時候，覺得政府對他們生活，是個大攪局。新聞記者所能盡的最大努力，是將華府向外地作精確的報導和分析。特派專業記者，如果能避開專業主義的黑暗面，將比前時任何人所做的，更有青出於藍的潛力。

（取材自「華盛頓月刊」"The Washington Monthly"一九八五年七一八月號）

二十、「無名氏」大破新聞報導行規？

前　言

任何一個學過新聞寫作的人，總還會記得新聞寫作上的一些「教條」；其中要在報導中，透露消息來源以示昭信的要求，幾成既定守則。不過，新聞學發展得最蓬勃的美國，近年來，新聞媒介正面臨一項「信用危機」(Credibility crisis)。此中原因固多，例如，最近幾年美國新聞界的流行作風，就令美國人感到記者，只在追求他們認爲「好」的報導，而忽略了對當事人的公平性。然而也有些人大力譴責新聞媒介，在報導中太過於濫用「無名氏」(Anonymous) 的緣故。

在新聞報導中，不披露消息來源，只推給「無名氏」，或「一位不願透露姓名者」的作法，如果是必要、小心、有法度而又使用得宜，則不失爲一項有利的新聞寫作工具。但如果使用無度，凡消息來源，皆可爲匿名，則不單慢慢破壞這個使用權益，甚而牴觸政府法令。

在好的方面來說，如果對新聞來源保密，確能幫助記者取得非如此不能到手的消息。這麼個做法，對保護消息來源的生命、自由、工作甚或財產，都大大有所裨益。另外，這樣做，又可令得勉強答應透露消息的人，以及他的圈子較為寬心，與記者之間的談話，就會更加詳細、更加坦白。記者也可藉此而讓讀者產生一種有獨家消息管道的印象，報導內容也越發顯得戲劇性和充滿調查性意味。

從壞的角度來講，這樣做法，不但有損記者新聞專業守則，也讓大衆對新聞報導的準確性，產生懷疑。這等於容許某人，絲毫不用負責地，就可批評另一個人。這只是「速成新聞」(quick-fix journalism)的不良作風——用最簡易、最快手、與最懶的方法去取集新聞。它甚至乎可以被消息來源或記者利用，傳布誇張、自吹自擂、甚或僞造消息。

根據「美國新聞紙編輯協會」的研究（一九八五），曾發現百分之六十的受訪者，不贊成在新聞報導中，說消息來自「一位消息來源」說之類的引據；而早先費達（Virginia D. Fielder）在一九八二年所做的研究，則有百分之四十受訪者，反對引用「無名氏」的消息來源，即使是調查報告也不應例外。

不過，也有些讀者認為，在某種情形下，在報導中掩護「不具名的消息來源」，是可以諒解的。有些讀者甚至認為，在爭論性的報導中，不表明消息來源，或引用不透露名字的消息來源，會比有名字、或兩個對立人物的名字，來得更準確和公平。讀者之所以有如此感覺，根據學者研究，大概歸因於下列因素：

△約有百分之三十三的新聞報導，與百分之七十至八十五新聞雜誌，在引用不具名的消息來源。

△在華盛頓所作的訪問，約有百分之三十，只是「請勿記錄」(off-the-record）的背景說明。(「請勿刊印」是"not-to-print")

△電視新聞在報導有關行政新聞時，凡有「訊源」的句子，約有半數是打出不具名的來源。

學者專家認為，這種習以為常的情形，會令讀者無形中跟了傳播媒體的步伐，縱然內心大不滿意。

美國 ABC、CBS 與 NBC 三大商業電視廣播網，對於秘密消息來源的引用，都有一定政策，因爲他們相信，這種情況，有時是難以避免的，但必須防止過度使用。三臺所定之匿名來源之使用原則，大約有如下八點:

(一)匿名來源之使用，是最後之無奈手段，必待其他獲取方法，包括與其他來源查核等努力失敗後，方能勉強採用。(三臺)

(二)從秘密消息來源所得到的消息，一定要求證。(NBC)

(三)秘密消息來源一定得高度可靠與信用卓著。(CBS、NBC)

(四)得自秘密消息來源的消息，在播出之前，必得具有相當之新聞價值。(CBS)

(五)引用秘密消息來源之同時，異見者的意見，亦應同時引用。(ABC)

(六)應將秘密消息來源描敍得越詳細越好，但不能歪曲此一來源，或此一消息來源與記者之間關係。(三臺)

(七)當對秘密消息來源的動機有所懷疑時，例如對所議論事件，特別感到興趣；或作出強烈譴責，則所獲得之消息，一定要經過證實。(三臺)

(八)記者應有心理準備，將秘密消息來源的名字，向新聞主管報告。如果拒絕的話，新聞可能就被「封殺」。(ABC、CBS)

一、一個值得一談的研究摘要

夏威夷大學新聞系副教授胡福米亞博士 (K. Tim Wulfemeyer) 等人，曾在一九八二年秋天，對美國三大電視廣播網的新聞節目，作了為期兩周（星期一至五）的研究，以內容分析法，檢視三臺對秘密消息來源的出現頻率與處理方式，並在一九八六年秋季的「新聞季刊」裏，摘要發表研究心得，其中頗多值得吾人思索的地方。

胡福米亞在研究中，將「匿名來源」界定為：引用某不具名之個人（或若干人）之引用或引伸引語；而研究發現——

在此十日的隨機抽樣裏，在四百一十六個新聞報導中，有二百二十七個報導(約為三臺新聞節目的百分之五十五)，起碼有一個以上的「匿名來源」；而全部總數則多至四百八十四個，其中CBS出現最多，NBC次之，ABC 最少。

「匿名來源」之使用，在不同之「報導題材」中（如政府、財經、審判、外交政策等)，並無太大差別；但在新聞「報導形式」上，則有顯著差別——由記者製作使用錄影帶，而主要由其他旁述節目，較諸純由主持人旁述，或使用錄影帶而由主持人旁述，與由主持人旁述而加挿新聞來源話語等節目形式，使用「匿名來源」消息最多。此其原因，大概是記者製作節目，一般來說都比較長；而節目內容，也許較側重於不願（未便）表露身份的涉事者的辯白。

中立性「匿名來源」(例如觀察者、目擊者)，引用的最多，其次為學者、研究員與分析師等之類專家與官員、領袖人物、權威人士、決策者等高層人士。用「官方人士」之名來介紹匿名來源最為普遍，依次則為「消息來源」、「專家」與「副手」等稱謂，但都不做詳細敍述。甚至，在二十七個新聞節目中，竟有二百四十個受訪者，得不到記者或主持人在旁述時，對他們的身份，加以介紹的。此中情形，CBS 較諸其餘兩臺為多。不過，在二百二十七則新聞報導中，仍有一百零九則，介紹「匿名來源」一次，有三十三則則介紹四次以上。

綜合來說，三臺所使用之「匿名來源」之次數，要比日報多出百分之二十，而比新聞性雜誌少百分之二十弱。

二、小　結

使用「匿名來源」眞正要考慮的，是這項消息到底確不確實，而非「名」與「不名」。當然，當消息來源有名有姓時，會較方便讀者去評估其可信程度，但並不能保證消息的確實無誤。同理，只因爲提供消息的人，不想名字見報，這也不等於消息必定不可靠。

所以胡福米亞認爲假若：（一）電視臺能按照規定，在新聞播出之前，對匿名來源所提供的消息，確實求證；換言之，由新聞媒體負起消息眞僞之責，而非提供消息的人。(二)觀衆接受上述所說的「轉嫁」責任，而記者經常求證此類消息的努力，又爲觀衆所知曉。(三)記者儘量少用此種方法，則採用「匿名來源」的表達法，仍不失爲一種合理的新聞報導方式；反之，若使用無度，而觀衆又不了解記者求證的嚴格要求時，便會自毀新聞信用的長城，以致一發不可收拾。

揆之於國內情形，由於：(一)傳播媒體，尤其報業，大家一窩蜂競逐獨家新聞；（二）低職位的人在被訪問時，怕多說多錯，怕上級責難（有些機構明令職員，不准向外人談論有關機構的任何事情）；（三）向高層人士採訪、求證較特殊消息，得靠交情。所以，「據透露」、「據瞭解」、「據瞭解內情的人指出」等「匿名來源」，經常出現於媒體上，而竟無處理之公約，讀者也習以爲常，豈眞見怪不怪？

（取材自「新聞季刊」，一九八六年秋季刊）

附錄:「消息來源」往往「像霧又像花」「猜得太準確?」的一例

臺北市增額立委國代選舉
執政黨提名名單初步決定

【臺北訊】執政黨臺北市委員會辦理下屆臺北市增額中央民意代表選舉黨內提名作業，經與中央數度磋商，其中立法委員提名人選昨日大致已告確定，唯國大代表部分因少數選區人選難於取捨，將作進一步斟酌後，於日內蔵定一併提報中央。

臺北市委員會昨天表示：臺北市區域立法委員部分，將提名七人參選，他們是林鈺祥、洪文棟、簡又新、紀政(女)、陳鴻銓、趙少康與黃光政。市委會主任委員陳金讓說，以上七人是經過臺北市委員會辦理黨員意見反映與幹部評鑑，並經各區分部意見調查結果，從卅七名登記提名者中，脫穎而出，若無其他意外變化，名單應告確定。

至於國大代表部分，目前獲提名呼聲較高者有喬寶泰、黃書瑋、李黃恆貞(女)、劉炳森、鄭貴夏，其中鄭貴夏與同為第一選區的林秋山仍待斟酌。

臺北市委員會說，另外福建籍的王應傑、吳永成與林利鋑三人中，將擇一提名；同時，極可能從登記立委人選中，挑選一人提名參選國代，而江克宇被提名的希望頗高。

【臺北訊】執政黨中央已展開增額立法委員及國大代表選舉提名作業，中央委員會秘書長馬樹禮昨天召集省市黨部主委及提名作業小組成員密集開會，就地方選情及建議名單交換意見，執政黨中央於八月六日起，於下午及晚間密集開會，檢討選情及省市黨部提出的提名建議名單，目前尚未檢討完畢。

民75.8.8

啟事

本報昨天二版報導臺北市增額立委國代選舉，執政黨內定的提名名單，是本報記者綜合採訪所得資料撰寫，並非臺北市黨部正式對外發佈的名單，特此說明。

民75.8.9

二十一、報刊「稿權」答客問

前　　言

中華民國「著作權法」，原於民國十七年五月十四日，由國民政府公布全文四十條，至三十三年三月三十一日，由立法院大幅修正全文三十七條，並於同年四月二十七日，由國民政府公布施行。其後又再經兩次重大修改，至民國七十四年六月二十八日，立法院又三讀通過「著作權法修正案」，修正全文五十二條，同年七月十日，總統令公布修正條文；而「著作權法施行細則」，亦於民國七十五年六月十八日，由內政部公布實施。

著作權法之修正，除了對筆耕的作家，有極廣大的影響外，對專業握筆的記者，方塊作家和編輯的影響，更爲立竿見影。本文試就修正後之著作權法的內容和精神，從報刊稿權的層面，避免引經據典的分析，而以「是」與「否」的概括方式，就個人見解，直接解答若干經常發生在新聞業界，而又忐忑未明的問題。（不涉及外文繙譯之探討。）

一、本文所依據的著作權法主要條文

△第三條（用詞定義）：

七、語言著述：指專以口述產生之著作。

九、語言著述之繙譯：指從一種語言著述，以他種語言繙譯成之著作。

十、編輯著作：指利用二種以上之文字、語言著述或其繙譯，經整理、增删、組合或編排產生整體創意之新著作。但不得侵害各該著作之著作權。

△第四條（著作權之享有，除另有規定外，其著作人於著作完成時享有著作權。）

一、文字著述。

二、語言著述。

五、編輯著作。

前項著作之著作權人，依著作性質，除得專有重製、公開口述、公開播送、公開上映、公開演奏、公開展示、編輯、繙譯、出租等權利外，並得專有改作之權。

△第五條（非著作權之標的）

三、單純傳達事實之新聞報導。

△第七條（著作權之轉讓）

著作權得全部或部分轉讓他人或與他人共有。著作權讓與之範圍，依雙方約定；其約定不明者，推定由讓與人享有。

△第十條（著作權之歸屬）

出資聘人完成之著作，其著作權歸出資人享有之。但當事人間另有約定者，從其約定。

△第十八條（著作權之限制）

演講、演奏、演藝或舞蹈，非經著作權人或著作有關之權利人同意，他人不得筆錄、錄音、錄影或攝影。但新聞報導或專供自己使用者，不在此限。

△第十九條（著作權限制）

揭載於新聞紙、雜誌之著作，經註明不許轉載者，不得轉載或播送。未經註明不許轉載者，得由其他新聞紙、雜誌轉載或由廣播、電視臺播送。但應註明或播送其出處。如爲具名之著作，並應註明或播送著作人姓名。

前項著作，非著作權人不得另行編印單行版本。但經著作權人同意者，不在此限。

二、釋　文

△問：本人是一位業餘作家，閒時向報刊自由投稿，今欲將已發表過之文稿，交出版社發行單行本，請問著作權法是否賦予我們這種權利？

・答：法務部於七十一年六月二十一日，以「法七一律七二一五號函」，復內政部詢問時曾謂：按「著作向報社投稿，似屬出版要約，其經報社採用刊載者，通常可認爲因承諾而成立民法上之出版契約，報社不過享有利用該著作物之權利（出版權）而已，除有特約外，難認當然包括著作權之轉讓在內，……。」按此見解而論，大作之著作權仍屬尊駕所享有（縱然使用筆名）。因此，無論大作之疊集出版，是尊駕之主意，抑或是出版社主動找上門來，倘若所出版之公司，即爲所投稿之報刊，當訂立契約以敍明版稅及著作權之轉讓方式；不過，若出版者是其他出版公司，則除訂明上述之出版條件外；似應在禮貌上，最好仍能知會曾刊登尊駕大作之報刊，取得其回覆之書面同意書，更可免生枝節。

△問：本人係某雜誌社編輯，負責文摘之類輯錄，請問在目前著作權法條例下，須注意些什麼事項？

•答：此一問題牽涉層面較廣，必須分點作答。

(一)若所摘錄的內容，爲純新聞事件，由於此係非著作權之標的（著作權法五條三款），故在轉載上應無疑問。附帶說明的是，此處所說的摘錄轉載，應與某報刊抄某報刊之「偷新聞」(News Piracy)，與某媒體「引用」某新聞機構（如通訊社）之「借用新聞」作法，應有所不同。前者一不小心，可能在「不公平競爭」(unfair competition）指責下，觸犯法律，起碼在專業精神上有所虧欠；後者則牽涉到新聞機構的營運與理念問題。

(二)不管報刊雜誌，凡註明「不許（禁止）轉載者」，則極不宜「先斬後奏」；宜即了解其版權歸屬，務求在轉載之前，先取得著作權所有人（或機構）同意，應予刊出，則被轉載者會有更被尊重的感覺。

(三)倘若所摘錄轉載內容，係屬於報刊雜誌有關時事方面之一般性論述，如政治、經濟、社會、法律等評述或社論，未註明不准轉載者，縱是署名之作，應可以加以轉載，惟應註明出處版別及日期。

(四)倘若所摘錄轉載內容，是學者專家所寫之署名專欄，且從專業角度，對時事問題作出分析、批評，因具有學術性質，故未得作者允諾之前，不能加以轉載。

(五)倘若所摘錄轉載內容，是個人演講、兩人對談、三人鼎談或多人座談，先見於報刊之記載，符合「揭載於新聞紙之著作」條件，應可以加以轉載，但應註明報刊雜誌之名稱、日期、版別及講者姓名。同理，若某人應某傳媒之邀，作公開演講，舉辦單位並未聲言，不許轉載其講辭內容，則其他媒傳，理論上亦可按上述方法，予以披載。

(六)倘若所摘錄轉載內容，係非新聞性之文藝評論、專門學術論文、小說、漫畫、隨筆、散文、詩詞歌賦、遊記、繙譯、署名之方塊小品等，非經作者同意，不得轉載。

(七)倘若所摘錄轉載內容，是記者或雜誌編輯所寫的稿件，則應確定著作權誰屬（見後文簡釋），再向當事人（媒體）取得允許轉載之承諾後，方得以轉載刊登。

以上所述，是指轉載之全部或大部而言，若只作一小段或數句之引用，則只須標明作者及出處，在習慣之認許上，似無不妥。另外，凡經轉載之作品，理應一律致送轉載稿費；並且，盡可能知會雖非著作權所屬，但相關連的撰稿人或媒體，則在做法上會更周延。轉載之後，非經著作權人同意，不得另行編印單行本出版。

△問：本人係一名職業新聞記者，打算選取平時在報社所撰寫的稿件，發單行本，未知此舉與著作權法有否牴觸？

・答：純新聞報導沒有版權，當可以彙合出版，理由一如上述。評論性文章與其他非職務上之履行，而係基於一已之興趣與研究心得而投稿的作品，例如一名跑市政新聞之記者，在副刊上撰寫「佛學心得」之類，著作權當屬於原作者。比較須要釐清的是特寫稿。如果特寫稿上，未署記者姓名，或僅有「本報記者」之標記，則著作權屬於報社，刊行單行本得經報社同意似無疑問。若所寫的特寫稿，係職務上之行爲；例如，一名跑社會（犯罪）新聞記者，寫一篇分析性的特寫稿，分析治安日壞原因；又或者當一名刼匪落網後，寫一篇配合新聞特寫稿，補敍警匪鬪智經過，因可解釋爲職務之行爲，是報社支付記者薪酬，「以雇傭方式聘人完成之著作」，著作權屬報社所有。故要發行單行本，應先得報社之允諾。如所寫特寫稿，非屬自己所跑之路線，如一名財經記者，支援科技記者，寫一系列最新科技報導，則著作權當屬作者本人無疑。當然，記者在接受出版社發行單行本時，最好仍能告知報社，可免誤會滋生。

△問：本人係一家出版社負責人，今欲摘錄各報對開放報禁之意見，輯錄成書，請問是否要得各報社同意？

•答：出版社並無任何轉載之權利，故凡欲從報刊雜誌輯錄文稿出書者，應查明著作權歸屬，與之分別談妥條件，締約後方屬合法。另外，附帶一提的是，縱使報刊雜誌，發行自己稿件，著作權倘是屬於記者或編輯所有，亦應獲得他們的同意，訂明出版條件及契約，方得出刊，而不應「先斬後奏」，俟出刊後，只送上十本、八本書刊作爲「酬勞」，漠視雇員利益，不尊重著作權法。

△問：專業專欄作家，他的稿件是否都享有著作權？

•答：如果與報刊、雜誌訂有契約，例如每周多少篇稿、稿酬若何？則著作權自然屬於報刊或雜誌社；如係自由投稿之專欄、方塊作家，則稿件之著作權，當屬撰稿人無疑。

二十二、「消息明牌」大家樂

前　言

一九八四年，奧克拉荷馬大學諾曼校區新聞與傳播學院副教授土爾克（Judy V. Turk），曾對公關人員如何成功地施行「消息明牌（貼士、小費）」活動，作出研究；並以「『消息彩金』與媒體內容：公共關係對新聞影響的研究」爲題，寫成報告發表。

土爾克在此報告之第一部份，力述記者、媒體、組織與公關人員四者之關係，從「碎步」起跑，而至大步跨欄，而語語中的，洵屬言之有物，故特節譯若干部份，以作腦力激盪。

一、組織·傳媒·記者·公關

美國的組織與機構，都是在民意（公衆的意見）影響下運作的。不管是一般民衆，抑或特殊團體；也不論他們是否直接參與組織決策的製訂，最低限度民意會影響組織決定。事實上，公開表達（public expression）與參與，是美國民主聯邦境內，所有官方機構與私人行號運作的最基本守則之一。這種表達與參與的方式，倘若有任何意義的話，莫過於在「攀上資訊」（access to information）這一層面上。誰攀上資訊、接近些什麼資訊，就可決定誰的意見與參與，有影響組織的潛力。新聞媒體是主要的消息來源，也就是民意的雛議。大衆傳播媒體，負責將一家機構的情況，傳告它最舉足輕重的大衆，當是最主要的資訊流通管道。

自從李普曼「民意」（Public Opinion）一書開拓領域之後（N. Y.: Macmillan, 1961），有關「兩頭蛇媒體」（the omnipotence of the media），在塑造民意的本領上，越來越多令人怵目驚心的發現。比喻，研究發現：相當多的人，不太注意媒體；在某些情況下，因為與所持的死硬觀念相衝突，致有相當多的人，竟然拒絕媒體消息。研究又發現，媒體內衆多不同類型的「守門人」，僅憑一己之好惡，決定該給大衆什麼資訊；甚而，媒體也並非僅在提供客觀的事實，而是傳布記者與他的「線人」所好惡、所偏私的虛假消息。然而，當研究媒體相對於民意所扮演的角色時，「兩頭蛇媒體」的指責不攻而破，起碼它證實了媒體的確有「滲傳效果」（pervasive effects）。媒體在影響民意方面，也許不如想像中的快速、直接和威力的強大，但的確有着重大影響。正如韋佛士（William L. Rivers）與宣偉伯（Wilbur Schramm）在「大衆傳播的責任」一書（Responsibility in Mass Communication, 1969）所說，大衆傳媒的力量，應視之為（長江大河，而不是小浪頭」（not as a tidal wave but as a great river）——「它餵養撫觸到的大地，緣着既有的海岸線流動，但已準備好在漫長的歲月中，隨時改變河道。有時，它發現了河堤一個又脆弱又適宜的洞穴，便立刻開拓一條新河道。有時，它的漂流物幫它改變河堤曲線。偶然，在泛濫時候，它冲走一塊土地，使河道呈現新貌。」

這種相對於公衆接近資訊與民意的角色，令得大衆傳播有着巨大影響力，甚至乎變成組織行爲與決策的「非正式參與者」。事實上，根據一大堆研究，媒體除了是一面世俗之鏡，傳遞異見者的關注與爭論之外，也負擔重整與詮釋的工作，以凸顯注意的焦點與建構認知，就如高軒（Bernard C. Cohen）所說：「報刊豈止僅僅是資訊與意見的供應商，也許它經常不能告訴人們想些什麼（what to think），但它卻出奇的成功地告訴讀者該考慮些什麼（What to think about）。」這也是所謂的「議題設定」。

媒體之「議題設定」（agenda-setting）功能，曾在媒體對形成公衆認知力與選擇力的影響和冲擊的研究中，一次又一次的給予審視。很多重要的研究結論，正面的支持了公衆乃係從媒體中，得知事實和事實意義的理論，以及媒體係導致公衆對論題與引起此論題者的感知和意見的講法。個中相互牽連的原因，主要是因爲⑴媒體傳布新聞報導；⑵這些媒體的報導，導致或改變了論題重要性的感知；而⑶對重要性的感知，又影響了公衆對論題的想法與行動。最近的研究並且發現，相對於依賴其他「小道」資訊來源而言，個人因有希望「獲得指導需要」，故而倚靠媒體；也就是說，媒體內容影響了公衆的感知與意見。但到底是什麼因素或者誰影響了媒體？答案恐怕是與那些想「利用」大衆傳播媒體作爲中間人，企圖影響或傳話給主要行政機構與公衆的組織和機構。

很少人會反對這個講法：公衆從「新聞眼」（Media's eyes）所見到的世界，是媒體對現實的建構，多於人、事物、地方與論題的混合編織。當新聞也許是美國人，從中瞭解自己的機構組織的一扇窗戶時，則媒體用以傳達新聞的窗框，是媒體自己塑造的，正如拓拔文（Gaye Tuchman）所說：「透過時空安插與社會觀衆的交纏，新聞機構散布了一個新聞網……草率處理之後，資訊就轉變成爲客觀事實——一種正常、自然而又想當然的事實，從而建構一州的事務。」

新聞媒體代表了一個「虛無環境」，一個自我構知的世界，它不需要與眞實存在的世界同一個模樣。不過，話又說回來了，這樣的一個「虛無環境」，也不光是由媒體一手形成的。當在傳媒工作的衆人，有權決定登與不登什麼的時候，對於所謂重要「新聞」的決定，記者所賴以獲得消息的新聞來源，似乎比負責選取新聞的記者，更有影響力。新聞並非一定要發生了什麼事，主要的是新聞來源「講」了話。因爲，直到新聞記者與他的線人，交換消息之前，是不會「有」新聞的。

荆狄（Oscar H. Gandy）建議那些有財力左右「資訊價值」(the price of information) 的人，不要光是耿耿於那些資訊，是否已經「用掉」(to be consumed)，而更要進一步影響對這些資訊的處理方式。他說，資訊越賤（易得），就越容易被「用掉」。所以，如果消息來源，越能令記者又快又廉宜（不費氣力）地獲得消息，也就是荆狄所指稱的給予「消息明牌」(information subsidies)，就越能增加記者「用掉」這些消息，變成媒體內容的機會。這種一個願打、一個願挨的互動場面，荆斯（Herbert J. Gans）將之形容爲配對「跳舞」。消息來源會經常居於主導地位，主動與新聞機構代表接頭，隨時恭候記者光臨，出探寫點子、鑽求對自己及所代表的一切，在新聞上居於最有利地位。

通常，會如此「主導」的消息來源，大多數是替機關組織做事的公關人員。這些正式受委派的消息來源，尋求著嘗試將公司行號的「用心」，系統化地先影響媒體內容，再輻射地影響依賴該媒體提供消息的閱聽人的意見，公關人員不締爲媒體與公司行號互動的樞紐，並被賦予將公司行號所報稱的現況，對媒體發布的責任。他們處心積慮地希望影響媒體議題；繼而，他們就可影響公司行號賴以爲生的民意。

屬於一家公司行號行政組織之一的公共關係，可說是公司行號廣泛對外關係的一個單元，它擁有內在與外在公衆。而公共關係的中心工作，是將資訊向公司行號的不同公衆散布。雖然公司行號也會直接與主要公衆溝通，但大多數的主要公衆，其所獲知公司行號的消息，還是靠大衆傳媒所刊布與流傳的；因此，對公關人員來說，媒體本身就是他們的重要公衆。

不管還擔任些其他什麼溝通工作，公關人員總將自己看成一名內部記者，發佈花邊與新聞，經由新聞媒體流向公衆。公關人員有着「先發性」功能（proactive function），「導演」新聞（起碼他們認爲是新聞的新聞），利用「消息明牌」，例如新聞稿、新聞記者會，簡報與「正式」公司檔案或報告之類，向媒體提供新聞。公關人員也有着「反應性功能」（reactive function）——回答記者所查詢的資訊，例如回他們的電話，安排他們訪問公司裏的專家、或記者所希望採訪的人。這兩種功能的「施予」，所希望求得的「好報」，是交換「將對他們與公司行號有利的消息，向公衆傳布的特權」。

對於想自行向採訪對象、搜集事實與數據，而不希望倚賴他人的記者來說，這種由公共關係而到手的「消息明牌」，也許不是他們想要的。就若干記者的心態來說，公關人員也許不是他們想要與公司接觸的中介人物。他們無疑寧願與公司老闆直接接觸，而不想與一名專職消息經紀的人「磨菇」。可惜，新聞記者們，仍然捨不得公關人員的「消息明牌」；而當媒體在「用」公司行號所提供的訊息時——亦即公司行號的消息成爲媒體議題與內容的一部份時——公司行號起碼將獲得一個影響公衆議題的機會。

（取材自"*Journalism Monographs*"，一九八六年十二月。）

二十三、版面微批實例

前　　言

印刷媒介的內容，影響社會大衆至深且鉅，應該是絲毫不能出錯的。但由於採訪撰稿者「上游作業」的主觀、筆誤、大意與不予查證、字跡潦草等疏忽；編輯與校對人員的學養不足，得過且過，工作不夠仔細，以致出現「不該錯誤的錯誤」；此外，則是排印工作的不夠落實，而有所謂的「手民之誤」。實際上文過飾非的藉口，如「聖人也有錯」，「忙中有錯」，「人有錯手、馬有失蹄」等「理由」，已經是傳播工作者專業精神——誠實——的「技術犯規」，事後縱然以「更正」來謀求補救，亦不能彌補錯誤損失。

所以從印刷品版面錯誤情況，或多或少可以瞭解該傳播機構工作人員素質之高低，技術之優劣，處事之態度以及經驗之豐富與否。

根據報人徐詠平在民國五十五年所做的「報紙版面錯誤的研究」(報學第三卷第七期)，除了人名、地名、職銜、身份、時間、數字的錯誤外，尚包括導言與內文的不相符、錯用典故、寫了錯別字、成語用得不恰當等等毛病。徐文更以實例指出標題失實、缺行、漏字、雷同、橫直混淆，新聞兩版同發，照片不清晰，圖文不對，圖照倒放與及字體、字號有缺點之類版面問題。

遺憾的是，這些錯誤的「資訊包裝」，在近期高叫提高刊物品質的時刻，依然「故我」，不見得有什麼改善。後文所列的例子，信可以爲這感嘆下一個註腳。

一、常見的版面錯誤

(一)內容上的問題

1未經求證而「遽爾」採信：

(A)

飲料羼迷藥・劫財劫色
幹探大追踪・逮獲嫌犯
跆拳高手身上搜出被刼支票
蕭國偉被依強盜罪嫌送法辦

【臺北訊】具有跆拳道二段資格的男子蕭國偉，涉嫌連續以迷藥羼入飲料給西餐廳女服務生飲用，乘女子昏迷之際劫財劫色，計兩次共劫得十餘萬元，昨天經臺北市警古亭分局依強盜、妨害自由等罪嫌將蕭國偉移送臺北地檢處偵辦。

警方說，最近接獲線索指稱，有一名跆拳道高手叫蕭國偉（廿四歲）的男子，經常進出臺北市西餐廳及咖啡廳，專門誘騙女服務生做爲劫財劫色對象，已有兩名女服務生受害，但因礙於顏面而不願報警。

古亭分局刑事組長王昆山獲悉上情後即主動偵辦並指派機動警網的兩個小隊全力偵查，前天辦案人員接獲蕭某行踪，即向臺北地檢處檢察官曾孝賢聲請拘票並派員隨時跟監。

民76.4.1

跆拳好手中
並無蕭國偉

【臺北訊】臺北市警古亭分局查獲男子蕭國偉涉嫌連續劫色劫財案，蕭某向警方辦案人員表示他是具有「跆拳道二段」資格，但昨天經中華民國跆拳道協會，查閱所有會員資料並沒有蕭國偉這個人，可能是蕭某自己杜撰。

涉嫌蕭國偉（廿四歲）在本月間，連續在臺北市兩家西餐廳及咖啡廳，誘騙兩名女子到「名爵」及「豪香」兩家飯店，涉嫌以羼有迷藥的飲料給這兩名女子飲用，然後趁機劫色劫財。

民76.4.2

(B)見大人則眇之？事後證明，前臺北市市長楊金欉先生，患有瘠骨瘤，曾入院開刀治療。如此一位力疾從公的市長，A報記者下筆之後，心中可有「悔意」？

民74・2・1A報

楊市長喝醉了？

本報記者

臺北市市長楊金欉昨天發函臺北市政府各單位首長，要求他們即日起不參加無謂的應酬。爲了查證一件新聞，本報記者昨晚九時打電話到市長公館，接電話的人說市長應酬喝醉了，無法回話。

據說，昨天下午部分記者在市長室與楊市長聊天時，市長頻看錶說，家裡人正等著他回家吃晚飯，並一再表示「不應酬實在太好了。」事實上，楊市長卻參加應酬去了。

昨晚記者共打了兩通電話到市長公館。第一通電話的人說：「市長有事出去還沒回來。」第二通接電話的人說：「市長應酬喝醉了。」當記者追問與誰應酬時，接電話的人機伶的立即改口說：「只是跟幾個朋友聚一聚啦！」

楊金欉發函市府單位首長 要求員工不參加無謂應酬

並視情節予以規誡懲處，以收實效。

楊市長發給市府各單位首長的信說，蔣總統經國先生於本年一月十六日，剴切訓示現在社會風氣趨向奢靡，應當徹底檢討改進，囑公職人員自即日起不參加無謂應酬，任何公務應該在辦公室裡辦，在辦公室裡談，不應該在應酬場合去處理問題。行政院奉此項指示特重申有關十項革新要求事項，期各級行政人員，善體總統指示之深意，力行貫徹。

市長應酬喝醉了？ 當晚滴酒未沾唇！

警衛擋電話引起誤會

【臺北訊】臺北市長楊金欉昨天說，元月卅一日晚間他滴酒未沾，其公館警衛爲了替他擋電話，誤說「市長應酬喝醉了」，因而引起外界誤會。

楊市長說，最近他感覺腰部不適，經醫生囑咐要多作調養，卅一日晚餐後接受推拿治療，隨即休息。

他說，自政府倡導謝絕一切不必要應酬後，即率先遵行，絕不參加無謂應酬，每天晚上公畢返家與家人共進晚餐，餐後除批閱重要公文外，經常研閱有關市政建設的資料與建言，有時享受含貽弄孫之樂。

楊市長表示：他的腰部毛病不甚嚴重，除每天晚上接受治療外，必需注意調養，希望早日復原，爲市政建設奉獻更多心力。

民74・2・2・A報

被中傷喝醉・楊金欉心寒

治療腰背扭傷提早休息。久已滴酒不沾
傳聞未加求證亂扣帽子。何止感歎而已

臺北市長楊金欉昨天說：「我實在心寒透了！」

楊金欉腰背扭傷已半個月餘，嚴重時甚至睡臥不能翻身，因此他已滴酒不沾，但昨天卻傳出他應酬喝醉了，尤其當他發函給市府各單位首長，要求「不作無謂的應酬」的同時，這則傳聞更令他「心寒」。

當他昨天見到記者時，立即不顧一切的撩起上衣。他的背部、腰部總共貼了四大張膏藥。他想證明的是，前天晚上他不能接記者的電話，實在是因爲背部推拿後，提早休息了，官邸警衛吳建輝好意的替他擋掉電話，卻言語不慎，演出了這項誤會。

更令楊金欉不舒服的是，前天他還在辦公室陪記者談話至下午六點半才回家吃飯，飯後即接受推拿治療。「大家都應該知道我沒有應酬，如果我喝了一杯酒，外界因而傳聞我喝醉了，那還有話說，偏偏是我滴酒不沾，還惹來如此中傷，實在令人心寒！」楊金欉情緒有些激動的說：「換了別人身上有這種病痛，可能早已請假休息了，我這是『拖命』硬幹！」

楊市長用「拖命」兩字，確實是有感而發的。這次背痛初起時，楊金欉找不出原因，他還請仁愛醫院骨科主任尤耿雄詳爲診斷，並拍了許多X光照片；同時他也請中醫大夫推拿，可見當時他對病痛的「疑心」，因此才有「拖命從公」之感，但最近腰痛已好轉也證實是主持一項棒球賽開球時扭傷，疑心也降低了。

不過一般認爲，這次誤傳不管是有意還是無意的，實根源於楊市長平日下班後即不接新聞記者的電話，常使得記者無法交差。楊市長對這一個說法的解釋是，前天在辦公室記者已問了許多他不能代表答復的問題，晚上再問，他還是無法作答。

楊金欉昨天對這則誤傳，除了心寒之外還有點憤怒，因此昨天新聞處發給各報社的第一條新聞即是「楊市長以身作則，決不參加無謂應酬」，算是含蓄的更正這則誤傳。

爲了早日治癒腰痛，楊金欉遵照醫生囑咐花了二千五百元買一條束腰，昨天大概是心情不好，「火大了，就把束腰解下了！」

楊金欉這次腰痛，原本是不想對外公布的，因此隱忍上班，不料爲了澄清這項誤傳，不得不「洩露機密」，使他心中的感歎又加了一層。

民74・2・2B報

(C)此「平」非彼「平」，同行如陌路？（趙乃平於七十六年五月十八日與同事袁乃娟共結連理）

民76.2.1

趙乃平年飯吃甜頭
李惠惠趕車吃苦頭

●去年十二月七日嫁作他人婦，台視記者李惠惠今年除夕初嘗在夫家過年滋味。

除夕當天，火速趕完「晚間新聞」要用的「年菜」，李惠惠和她的同事老公趙乃平，再火速趕回家洗手作羹湯，幫著老公的姐姐調理出色香味俱全的年夜飯。

民76.2.2

台視記者李惠惠的夫婿
是湯振平 不是趙乃平

●台視記者李惠惠昨天到公司上班時，迎接她的除了同事們的恭喜之外，還有一份揶揄，因為報紙在報導她的新婚夫婿時，竟誤寫為同在台視新聞部採訪組工作的記者趙乃平。其實，她的夫婿是另一位台視記者湯振平。

2 謹一時之愼，可免百日之羞

(A)從A、B兩報更正態度，可以推知兩報風格。

A報　民 74.1.4

同是陳大偉　並非同一人

【臺北訊】臺北市刑大肅竊組於去年十一月廿八日逮捕竹聯幫要角陳大偉，因記者利用有關單位檔案照片時發生錯誤，誤將另一同姓同名者的檔案照片刊出，使非當事人的陳大偉極感困擾。

據了解，竹聯幫分子陳大偉（四十五歲）租住於臺北市敦化北路一百四十五巷，他於四十八年在永和市竹林路加入竹聯幫；被誤刊出照片的陳大偉（卅四歲）為上海市人，住臺北市松江路，兩人年齡、住址、職業均不相同。

當時，誤刊照片的報紙有六、七家，本報於去年十一月二十九日也誤用了有關單位檔案中非當事人的照片。

B報　民 74.1.4

訂正：本報於七十三年十一月廿九日第五版，刊登竹聯幫份子陳大偉（男，四十六歲）之新聞照片，誤將居住於北市松江路二〇四巷六十四號二樓同名同姓之陳大偉（男，卅五歲）照片刊出，特予更正，並向陳君致歉。

(B)這種錯也太「孟浪」了。

民 74.8.1

親自處理米酒事件
伍曰藹決提前返國

【臺北訊】正在美國出席菸葉協會會議的省•毒酒公賣局長伍曰藹，已決定提前返國，預計週日晚上，伍曰藹即可返抵國內，親自處理此次米酒事件。

有關人士透露，伍曰藹局長，每天均以越洋電話打回局內，詢問處理米酒事件的進度。昨日公賣局決定停售米酒及長春酒、龍鳳酒等，伍曰藹也已經知道。

民 74.8.2

訂正：

本報昨日有關伍曰藹決提前返國親自處理米酒事件之報導，內文第一段提及省菸酒公賣局長伍曰藹，其中「菸」字手民誤植爲「毒」字，特此訂正。

3.題文不符

(A)同一則報導內容，A報不但題文不符，內文又混淆不清；「貨比貨」之下，B報就「好」得多了。

A報 民75.11.2

喜宴上與人互毆
睡一覺從此不起

【臺北訊】男子李吉昌參加姪女婚禮，因酒醉與他人發生衝突互毆，返家睡覺後至上午八點左右突然心臟休克死亡，臺北市警松北分局據報將兇嫌溫金富逮捕，他坦承與死者發生打鬥，警方於偵訊後將他依殺人罪嫌移送偵辦。

警方表示，死者李吉昌（卅二歲）十月卅一日晚前往饒河街參加姪女結婚喜宴，當天晚上九點多因李吉昌酒醉被家人扶到屋外休息，不久有人看到他在饒河街一六四號松山市場內與人發生口角，李吉昌被打倒在地上，經市場內多名朋友勸阻才拉開。

事後李吉昌由家人護送回內湖家中睡覺，到了清晨八點左右，他的太太發現他鼻孔流血呼吸急促，立卽和家人送醫，但途中因心臟痲痹死亡。

松北分局據報派人調查，經目擊者提供線索，查出綽號「阿富」的男子涉嫌重大，趕往饒河街將嫌犯溫金富（廿八歲）逮捕。

溫金富在警方偵訊時供稱，十月卅一日晚他與死者一起應邀參加婚禮，到了晚上九點多他獨自離開前往松山市場內與朋友聊天，死者李吉昌喝醉酒走進市場，見到他卽以「三字經」罵他，兩人爲此發生口角，李吉昌不小心摔了一跤，由於當時他也喝了不少酒，衝上去用腳踹他胸部幾下，經旁邊的朋友拉開後，兩人各自返家休息。

他同時向警方供稱，案發當時他沒有帶兇器，也沒有人幫忙。

酒醉與路人起衝突

返家後竟一睡不起

李吉昌喪命溫金富送法辦

B報 民75.11.2

【臺北訊】卅一歲的男子李吉昌，因喝醉酒在饒河街與路人溫金富起爭執，遭溫某拳打脚踢後雙方言和，未料，李某回家後竟一睡不起，身旁吐了一灘血，一日上午經李妻發現報警，臺北市警松北分局認爲溫某涉嫌重大，於逮捕溫某後依殺人罪嫌送辦。

警方說，死者李吉昌於卅一日晚間到饒河街參加一外甥女婚禮，席間因喝酒過量而呈醉態，由李父扶持到松山市場附近準備叫車送回家。

李某因帶有幾分醉意，見互不相識的嫌犯溫金富（男，廿八歲）迎面走來，即以三字經辱罵溫嫌，溫嫌不堪遭辱而出手反擊，雙方因此在路旁打了起來，李某胸部曾被溫嫌踢了一腳，之後，雙方經旁人排解而握手言和。

未料，李某回家睡在沙發上，身旁吐了一灘血，一日上午經李妻發現，李某已氣絕身亡多時，立即報警處理。

警方據報後會同法醫前往相驗，發現李某係重傷致死。

警方調查認爲曾與李某起爭執的溫金富涉嫌重大，立即到饒河街溫嫌住處將他逮捕，並於一日下午依殺人罪嫌將全案移送法辦。

⒝虛報「戰果」？張冠李戴？

(1)民75.12.11

澳洲國際棒球邀請賽……
陸光二比一敗給日本

〔臺北訊〕我國陸光棒球隊於十日在澳洲國際邀請賽，以二比五敗給日本，目前戰績兩勝一負，將於十一日迎戰美國隊。

陸光隊在這項賽會，首場曾以六比四力克日本，但昨天兩隊第二度交手，陸光隊安打七支，不如日本安打有十一支，且陸光隊的安打過於分散，在第七、九局各得一分。

陸光隊在第七局由藍文成擊出一支全壘打攻下一分；九局，黃文成和藍文成兩支安打得一分。

日本隊在第一局得二分，四局一分，五局得兩分。

此役，陸光隊先發投手爲林文城，失去四分，落後日隊，由陳炫琦出場救援。

(2)民72.1.10

機械構造用大圓棒鋼
中鋼已開發兩種規格

【本報訊】臺灣機械公司合金鋼廠研製成功八〇φ至一二〇φMM機械構造用大圓棒鋼，合乎日本JIS規格，決定大量開發供國內重機械工業使用，可爲業者減輕必須外購不利因素

臺機公司根據市場調查結果，發現國內八〇φMM以上之機械構造用大圓棒鋼，完全必須仰賴國外進口，而且材料來源極不穩定；因此已先行研製成功日本JIS G4051和S45C規格的九〇φMM、一〇〇φMM兩種，供重機械工業需用，可大幅提高材料自給率，並配合國家重機械工業的發展。

臺機公司合金鋼廠指出，依照日本JIS G4051和S45c 規格的化學成份分析、冶煉方式和各種精度標準，臺機公司已能生產和JIS同一品質的八〇φMM以上大圓棒鋼。同時，爲使硬度不至過高，以利業者加工，減少刀具消耗，其所含碳、矽、錳成份均控制在規格下限，極有利國內重型機械構造物的發展。

4 「筆誤」之說何由生？

憲德三號船長歷劫歸來
被誣走私認係無理取鬧
相信官司勝訴機會很大．時間會拖得很長

【台北訊】一個月前在福克蘭島海域被阿根廷砲艇擊沉的高雄市憲德三號漁船船長顏進亮，經當地法院以兩千五百元阿幣保釋候訊後，昨天晚上八時十分搭乘西北航空公司班機返回臺北。

他在機場接受記者訪問時表示，此次阿根廷政府是以「走私」及「抗命」兩項罪嫌提出指控，經他以船長身分三度提出辯護後，才獲得以現金保釋候訊。

他說，今年六月二十八日下午二時左右，憲德三號駛至距離福克蘭島大約五百海里公海時，突然接到阿根廷巡邏艇的警告訊號，但由於對西班牙語無法會意，由另一艘「有全八號」漁船擔任聯絡，傳達了阿艇警告意思——企圖挾持憲德三號漁船前往阿港。他認為阿根廷砲艇是在無理要求，因而拒絕了對方的警告。顏進亮憤怒的指出，憲德三號漁船當時位置是在公海上，根本未駛進規定的一百五十海里的經濟水域，自然不能構成「侵入」罪名。

顏進亮指出，阿軍警告後不到十分鐘後，隨即開砲轟擊憲德三號。在近三十分鐘的密集砲火攻擊下，憲德三號機艙及油艙終於中彈燃燒。

二十餘名船員在猛烈砲火下奮力搶救憲德三號，仍然無法挽回沉船的噩運。到了下午六時只好棄船，大家在黑暗的驚濤駭浪中紛紛跳海逃生。到了阿軍砲艇清點人數時才發現報務員洪天來死亡、船員顏文峰失蹤，但阿軍拒絕他們返回憲德三號海域搜尋的要求。

顏進亮說，阿根廷政府對憲德三號「抗命」及「走私」的指控，完全是無理取鬧，他相信勝訴的機會很大，審判時間大約須一年左右，但勝訴後的賠償要求，按當地法律必須在三年以後。

顏進亮說，保釋候訊裁決書中雖然並未規定他隨傳隨到，但如果在審理程序上有必要，他仍願意前往阿根廷，為憲德三號事件作證。

民75.8.8

來函

貴報八月八日第五版刊載憲德三號船長歷劫歸來新聞中段部份與事實有出入，可能為貴報記者筆誤，因事關涉外法律事件，誠恐有所影響，擬請惠予訂正如后：

一、阿根廷砲艇當日僅係以機槍向憲德三號射擊，所稱砲轟並非事實。

二、射擊時間極為短促，絕非近三十分鐘之久。

三、憲德三號焚毀，並非因阿根廷砲艦擊中油艙所引起。

南安漁業開發股份有限公司船長顏進亮啓。

民75.8.9

(二)文稿編排上的缺點

1.接錯段落。

民75.11.6

有時候，當馬蒂范克爾播放的唱片在他的播音室裡旋轉的時候，他會凝望著人羣擁擠的舞池，回想他在秘密勤務局當特勤員時所面對的羣衆。有時候，在閃爍的燈光下急轉的舞客，使他回憶起接受保護總統訓練時，所研究的桑普魯德影片上的悲慘鏡頭。突然，他的耳機裡好像傳來了昔日的聲音。

「聽著。」另一個特勤員在說，「我們要你去幫—

↓

一個人伸出來窺探的頭部。我扣了一下扳機，他向前仆倒，手上扣著手銬。幸而沒有擊中要害。

「事情的經過是這樣的，幾個特勤員到屋後去檢查的時候，看到這個人飼養的德國牧羊犬，圍住狗舍周圍亂嗅。結果，他們發現，他躲在狗舍裡，於是特勤員叫他舉起手走出來，替他扣上手銬。但是，當這個人碰到手腕上冰涼的金屬的時候，突然拔腿逃跑，叫他的猛犬咬死他們。這些狗開始咬人，他們便開始射殺牠。有一發子彈擊中碎石跳起來，擦傷他妻子的腿部。她沒有中彈，但是她又哭又叫，好像眞的中了一槍。」

馬蒂說，當特勤員走進住宅的時候，果然在客廳裡發現一挺點五〇口徑機槍，直立在地板上。

▽

忙處理一件棘手的案子。」

那是一九七一年，馬蒂剛在洛杉磯機場降落，督導秘密勤務局的幾個財政部官員拉他去「訪問」涉嫌私藏一挺機槍的人。上一次有幾個特勤員去「訪問」這個傢伙的時候，他兇巴巴地說要把他們打死。

不久，馬蒂就站在這個嫌犯的郊區住宅草地上的一棵樹後邊，其餘幾個特勤員到住宅背後去察看。這個人的妻子已經對他們說他不在家，但是馬蒂聽到後院裏有聲音說：「舉起你的手走出來。」然後他聽到了槍聲和一個女人的哭叫聲：「我中槍了！」

馬蒂拔出手槍。

「我順著街道向前望，」馬蒂說，「看到所有正在做園藝工作的人都俯伏在地上。街上寂靜無聲，可以聽到遠處關門的聲音。然後我在住宅一側看到—

2.「混」（排）過來的？

民74.8.11

小小一幅版面卻犯上四大嚴重錯誤，不愧「天才老編」：①兩欄標題竟與短欄內文「分居」南北，變得毫不相干；若說是「盤文」，則爲何中間會有一線（欄線）之隔？②短欄內文與「隔鄰」颱風新聞混排在一起。③第二段短欄內文，竟然「搖欄一變」，而「仰攀」轉接一個全三欄，如此「變化欄」，也眞匪夷所思。④缺了一個括號（「）。

妙齡女子金蟬脫殼
風流男子損失不貲
一覺醒來金錶不翼而飛

〔台北訊〕女子劉文琪與
人闢室休息後，涉嫌趁被害
人熟睡之際，竊走其價值七
十五萬元的勞力士金錶，案
經被害人發覺報警後，由市
警大安分局依竊盜罪嫌移送
法辦。
警方表示，嫌犯劉文琪（

↓女，廿六歲）九日晚間在北
市敦化北路「愛之船」餐廳
飲酒時，與被害人張芳衞邂
逅，雙方在酒酣耳熱之際，
隨即相約至北市新生北路名
人賓館闢室休息。
至十日凌晨三時許，劉文
琪見被害人已熟睡，乃竊走
其價值七十五萬元的勞力士

動提供資料供議員參考
，以提昇議員質詢的素
質。
另外，繆全吉也指
出議員 在向 政府官員

目前正值二期稻作｜恆春貓鼻頭附近，即將
即將成熟收割時期，傑｜進入高雄、枋寮沿海。

政變晚驚魂
科拉桑女兒追述
處境墨黑母親打電話
槍聲如雨兩膝亦發軟

①
隻應加強防範。強烈颱
風傑拉爾今晚九時的中
↓②（路透社菲律賓
馬尼拉九日電）總統
科拉桑的女兒姬莉絲
說：「八月廿八日發
生政變時，她的母親
召集兒女輩到一個房
間，共同禱告。④
年方及笄的姬莉

③
↓絲在本期的大衆電映週刊親自撰文憶述說：家人把寓所內所有燈光
熄滅，寓所在總統府附近，周圍槍戰激烈。她的母親摸黑用電話與
陸軍將領們通話。姬莉絲說：「我驚至兩膝抖戰」。

補救混排民74.7.11

為中油不放棄希望的收穫。

現在中油已著手規劃組建生產井台、鑽開發井、安裝集油系統及各種生產處理設備；天然氣方面，將

入場
外洩 ——→

亂成一團。

他建議平常應對民眾們作緊急疏散的演練。

鎮民張恒隆說，希望臺電能替恒春民眾投保意外險，並應加強公共安全防護措施

另外，恒春鎮民代表會決定十五日召開臨時會，專案討論核三廠此次意外事故的各種問題，將邀請核

關係企業背書
銀行放款提

【臺北訊】受國泰信託事件影響，國內

三廠人員到會說明。

【臺北訊】立法委員郭林勇昨天提出書面質詢，要求行政院儘速檢查核能電廠安全設備，並將七十五年度核四廠十八億餘元預算主動撤回，以安民心。

余陳月瑛也提出質詢建議，為防止核能事件再度發生，應將原子能委員會改組為核能管制委員會，對各種核能設備進行超然評鑑；此外，各縣市應成立核子防護醫院，並舉辦核能危機演習。

銀行近來放款時，特別注意關係企業之間互相背書保證的情形，以免因借款戶保證責任過大，受其他關係企業牽連，被「拖下水」，損害銀行債權確保。

銀行團接管國泰信託後，發現蔡辰男各家關係企業互相背書保證的情形很嚴重，尤其資信較差的公司對外借款，幾乎都由營運好的企業居間背書保證。譽如，來來飯店是國信關係企業中最賺錢的一家，但背負的保證責任十分重。

國內商業銀行放款主管說，企業的保證

3顚七倒八、點頭寡行、錯字、線條不淸

(1)民74.12.6

警方資料顯
數個
若遇

（特訊）根據警方資料顯示：數名三合會頭目經已聯成一線，每當他們的手下與其他幫會有紛爭時，就會糾合部下全體出動，以還顏色。

目前本港最少有五十個三合會組織分佈在全港每個角落，其中包括十四K三合會多區完全不同組別及單位的。然而，其中有些幫會只有百多名會員，甚少爲警方留意•，相反，亦有些幫會自稱擁有多達千名會員。

其實，大部份幫會均沒有來自中央的管轄，只由個別的街頭幫會糾合而成，這些街頭幫會則由一、兩個三合會頭目所控制•。

(2)民74.12.24

美責蘇違協議
克宮逐點駁斥

（法新社莫斯科廿三日電）蘇聯官方塔斯通訊社今天逐點駁斥美國之指責，所謂蘇聯有計劃地違反軍備協約。該社譴責白宮週一向美國國會提出之一項報告，乃屬「新的虛僞宣傳品」，指種其報告內容「毫無新穎之處」其唯一目的，是要「在世人

（指責，非指種）

(3)民76.6.1

他們說，平常他們比較相信風水，事業順利時便祭祀謝恩，偶有不順時就聯想到風水是否不佳，於是找來「地理師」解厄；「地理師」到公司行號看風水時，常建議擺設水族箱養魚，才能使事業「如魚得水」一般的順暢，而「紅龍」又是「魚中尊者」，可以「招金、避邪、趨魔」，因此非得飼養「紅龍」不可。

「趨魔」應為「驅魔」

一字之差，謬以千里。

4.奇題示賞

(A)七十二個字的宋體字標題，眞箇尾大不掉。

民 72.1.27

泰國標建水泥工廠・漫漫三年競標激烈

臺灣士敏合作得標・金額近五千萬美元

選擇最佳搭檔建立聲譽・德日丹麥名廠也難抗衡

精簡成本壓低貸款利率・標單甚低故能擊潰羣雄

(B)串文、貫二、內文只能排兩、三字高，感覺上是「一樹梨花壓海棠」。

民 72.2.22

財政部長檢討年關站崗・強調重建稅務人員形象！

建立公平合理的納稅環境讓大家樂意繳稅

【台北訊】財政部長徐立德昨天表示，財政部決修正檢討稅制與法令，簡化稅法、降低稅率，而稅務工作人員應痛下決心，將租稅工作確實做到明賞罰、辦是非，建立公平、合理的納稅環境。

徐立德昨天出席台北市國稅局、稅捐處七十二年春節輔導營利事業使用統一發票工作檢討會，向參與「站崗」措施的四百多位稅務工作人員講話。

徐部長指出，此次台北市國稅局和稅捐處輔導五十五家商家開立統一發票，期間，計開出發票十萬九千零四十八張，與去年同期的兩萬四千四百零七張比較，增加百分之四百四十七；營業金額爲一億

民 76.4.26

南北兩地查緝槍械來源

基隆鳥松逮兩軍火嫌犯

起出槍枝十四把・移送警總偵辦

【台中訊】警備總部的一個機動查緝單位，最近循線在基隆和高雄兩地，共查獲十三把手槍和一枝雙管獵槍。涉嫌走私槍械的兩名男子，先後被逮，分別移送警備總部北區、南區司令部收押偵辦。

據了解，此一機動查緝單位的幹員，經三個多月的佈線及蒐集情報，得知部分黑道人物持有的槍械，來自基隆港口由船員走私

(C)轉彎抹角，「題氣」若斷若續。

楊乃
彥任
實踐
訓導
長開
創新
校風

(D)「反字」標題(1)？貼錯「門神」(2)？

(1)

民 75.11.8

舒緩淡水站前交通

鎮所招標興建陸橋

（淡水訊）爲舒緩淡水火車站前交通的紊亂，鎮公所與淡水第一信用合作社擬定建陸橋計畫，目前工程招標尚未有結果。

淡水火車站前，每當交通尖峯時段及假日，便有嚴重交通混亂情形發生，加上交通號誌不明，行人安全堪憂。因此鎮公所與第一信用合作社基於維護地方交通建設，擬定建陸橋計畫，以保障行人安全。

十月二十九日上午在鎮公所二樓工程招標，但由於包商只來二家，未達法定的三家，招標不成延期。

(2)民 76.5.1

勿再爲數學煩惱

休伯特・里夫斯是一位著名的天體物理學家，由於他經日鑽研星系空間，自然有一種超然物外的情懷。在這篇訪問中，他深入淺出的道出星球的奧秘，讀來別有樂趣，而且對我們的世界觀會有大改變。

別的行星上有生命？

數學的煩惱通常由不及格開始，許多人從此認爲，自己與數學無緣，最後變成眞正的煩惱。

如果你見了數目字，就嚇得要死，或是整天就爲數學煩惱，請即閱本文。

(E)何事天窗大打開？

民 73.6.8

兩隊球員名單如后：曼聯：庇利、卡頓（布克摩在八十九分入替）、麥昆、麥加夫、莫倫、赫捷臣、摩西斯、戴維斯、加咸（曉治州

里加（賓拉尼在八十七分入替）、賓素、達杜尼、羅斯（高停在六十五分入替）、高拿、邦力克。

(F)淹水原因卡多，誰敢打包票？

(G)誅心。摩納哥侯國王妃葛麗絲凱莉(Grace Kelly)於民七十一年九月十四日晚，因車禍逝世。王妃生前曾是著名美麗女星，但用「烟視媚行」之冶態，來形容她「有一種讓人難忘之美」，非唯用詞不當，並且缺德。

(F)

民 73.8.12

木柵是否再淹水
全看埤腹抽水站

在「六三」水災期間因河水倒灌而受到市民責備的景美堤防埤腹抽水站，經過市府養護工程處日夜趕工，全部工程告完成（下圖），相信在颱風來臨時能發揮其功能達成任務。

景美堤防因埤腹抽水站的工程未能配合堤防工程，在「六三」水災一場豪雨而使得河水倒灌（上圖），害得木柵路一段及和興路一帶居民飽受淹水的滋味，埤腹抽水站工程昨已告完工，相信今後不會給木柵區的居民帶來失望才對！

(G)

民 71.9.15

有一種讓人難忘的美

烟視媚行•紅遍好萊塢
因緣際會•嫁給雷尼爾

(H)曲折離奇，含混不清，與讀者玩智力測驗。

(a)民71.6.7

空有智商一百五
未解根號一七九
高智商兒童如未經琢磨璞玉
教導有四個原則可循

(b)民72.1.19

克服景氣遲滯困難
競爭力決協助提高

(c)民74.1.6

金價繼續暴跌
機會可能不大

(d)民75.8.24

易誤讀為「一連」指導員，事實上是一名「連指導員」

(e)民72.3.6

此「導演」是專業名詞？抑或為動詞，乍看之下，會一頭霧水。

(f)民76.2.11

(d)

俄在新疆邊境衝突中
擊斃中共一連指導員

(e)

導演失車
向友勒贖
男子事敗送法辦

【板橋訊】卅四歲男子顏發財開朋友的計程車借錢，涉嫌複製車鑰匙然後導演車子被偷，謊報後又冒充向朋友勒贖，經報警查獲，板橋警分局依竊盜、詐欺、偽造文書罪嫌將顏移送法辦。

(f)

海外注資本港製造業增長
證實港府支持
工業政策成功

(三)圖片的誤置

1.「靠」錯邊（欄）了，不仔細看還以爲是右欄中人物。

民 73.8.22

櫃屍案究竟誰是兇手
王環琳似有難言苦衷
狡獪婦人·慈祥母親 兼具雙重性格！
保護愛子 怕遭報復 爲此漫天扯謊？

本報記者

北宜公路牀櫃棄屍案，自王環琳向台北地檢處投案後，雖然警方積極查證，卻一直沒有重大進展。刑事專家指出，辦員人員只有突破王環琳的心理防衛，才能澄清案情。

牀櫃棄屍案發以後，刑事警察局在兩天之內，即由比對指紋而證實了死者王文祥的身分，立即追查出王環琳涉嫌棄屍，並找到此案的第一現場——台北市民生東路名人世界大廈，可謂效率極佳。但是追緝王環琳時卻無功而退，在她投案後，耗費了許多警力來查證王環琳的說明，只能證實王環琳扯謊，卻不能突破案情。

刑事專家指出，從目前掌握的查訪資料和證據來看，此案有三個重點：㈠王環琳涉嫌棄屍自無疑義；㈡王環琳獨自一人殺害死者的可能性太小；㈢王環琳堅稱她不了解案情，更不知道誰是兇手，則幾乎不可能。

由於王文祥是在名人世界大廈和王環琳租住的套房內遇害，除了兇手和同夥外，自然不會有現場目擊者。涉嫌棄屍的王環琳到案，辦案人員從她下手突破案情，可說是辦案的唯一捷徑。

問題在於王環琳投案前已做了相當的準備，不但編造了一套說詞，包括她的行蹤和她提供的所謂「破案線索」；更重要的是王環琳可能已有接受偵訊的心理準備，這才是阻礙辦案的癥結。

根據警方的查訪資料，以及辦案人員的分析，王環琳可能有雙重性格，一方面是狡猾無比，另一方面又是個溫柔慈愛的好母親，不惜犧牲自己保護兒子。

因此，辦案人員不妨根據事實來假設：王環琳本身涉及此案的殺人部分，或者知道誰是兇手，但她為了自行脫罪或者因有隱情而保護兇手，可是警方事實上已了解她棄屍，並且掌握了充分證據，王環琳只得自行投案，就像遇險的壁虎，為了保全軀體而自行折斷尾巴一樣，只承認棄屍，對殺人部分完全推說不知。

根據此一假設，辦案人員詳細查證案情後，要突破案情，只有在偵訊時先以查證結果推翻她的謊言，而後針對她的心理防衛全力攻擊；只有摧毀這道心理防線，爭取她的合作，才能澄清案情。

據連日來查訪的結果，辦案人員研判王環琳所以保護兇手，可能是受到威脅要對她的兒子不利，或者此案偵破兇手顯形後，影響兒子生活。這也就是王環琳心理防衛的基礎。

辦案人員不妨向國內的心理學家求教，設計一套有效的偵訊方式，以突破她的心理防衛。

當年以「山歌姻緣」一片竄紅影壇的女星何莉莉，昨天專程回國協助夫婿趙世光拓展航運業務。（攝）

台灣北美闢貨櫃航線
趙世光夫婦主持酒會

【台北訊】香港華光航運集團與安利船務代理有限公司、澳洲袋鼠貨櫃航業有限公司，今天下午將在台北圓山聯誼會舉行KKL新闢台灣——北美貨櫃運輸定期航線慶祝酒會。

擁有五百萬噸船隊的華光航運集團總經理趙世光、何莉莉夫婦將主持這項酒會。該集團已決定在國內成立分公司，並正向政府申請設立登記，以便將部分轄下船舶改懸國旗。

2.圖片說明「坐」錯了位置，變得上下顛倒。

民75.10.25

上圖：由省立台南海職女同學表演的女蛙人操，動作、精神不讓鬚眉。
下圖：大會安排精彩舞蹈，色彩鮮艷，表現了青春活力。
(本報區運採訪小組攝)

(四)標題「題意」的省思

1.「高雄事件」服刑人林義雄於民七十三年八月十五日獲得假釋，以後幾天有關此事的新聞標題，其中「題意」，眞令人有「止謗莫如自修」之嘆。

(a)民73.8.16

美朝野均感高興
丁大衛認我寬宏大量
將强化臺灣良好形象

(b)民73.8.16

美國務院表歡迎
衆議員李奇發表聲明
指有益民主政治運作

(c)民73.8.17

美參議員甘迺迪指出
我基本人權邁一大步

(d)民73.8.17

我假釋四名受刑人
美政界人士表歡迎
國務院稱未對此事施加壓力

2. 標題「裁判」信而有徵

(a)民75.12.13

李鐵生命運欠佳！梁修身蓄意缺席

【本報訊】中視「揚子江風雲」劇中飾演疾風工作站站長李鐵生的梁修身，前天錄影時，臨陣缺席，該劇共有八位演員，軋期，加上一位演員缺席，使得一天的錄影工作，只拍了十三分鐘的戲。

據該劇執行製作周大祥說：『梁修身對最後兩集戲的安排，有點意見，原劇本是安排他受傷赴南方就醫。』

『但梁修身認爲像李鐵生這樣一個英雄人物，最後的結局應是功成身退，而不應該是默默的消失，他事先和導演商量過，劇本要臨時修改也是不可能的。』

結束「揚子江風雲」十三集之後，還有續集「長江一號」。製作單位考慮保留部份演員，卻始終不肯發佈名單，據說有些演員因而情緒不滿。

(b)民76.5.31

王意羚男友亞歷山大 會公開揚言要幹掉她

【臺北訊】偵辦女歌手王意羚的警方專案小組，今晨從王女生前關係清查後發現，王女交往最密切的四名男友中，以可能已入美國籍的「亞力山大」涉嫌最重，「亞力山大」目前行蹤不明，專案小組正全力找尋他的下落，澄清疑點。

【臺北訊】被警方列爲王意羚命案的關係人的美籍華人亞歷山大，以及一名劉姓男子，昨天分別自動到案說明，警方認爲他們兩人涉案成分不大，已予飭回。

民76.6.1

(c)民72.6.4

夫子之「盜」也亦有道乎？

□大商學研究所主任、□□□涉嫌侵占

收費六十萬飽入私囊？他說完全是誤會

(d)民74.2.8

百物皆降價、報名費獨高？

要漲一百五、獅子大開口！

去年聯考改制、收一百元尚有結餘

政大口氣強硬、一筆帳算的令人不解

3. **內文審判**：一看而知B報的寫作較A報爲佳：A報「一口咬定」張是酒事騎車，強烈暗示「酒後肇禍」，很可能影響張權益（如保險）。

A報 民76・6・2

撞上路樹車毀人亡
棒壇痛失一員大將
張俊卿報到日傳意外
中華成棒二隊投手遞補蔡明宏

【恆春・臺北綜合報導】中華成棒第二隊投手張俊卿（見圖）昨晨騎機車載鄰居楊秋良自恆春返家途中，可能是超速失控而撞上路樹，雙雙當場死亡，已由恆春警察分局報驗處理。

警方調查，家住恆春鎮頭溝里平林路的張俊卿（廿歲），昨天清晨六時卅分騎機車載十九歲的楊秋良由恆春鎮內往頭溝方向行駛，當行至網紗里草埔路上時，撞上路邊的行道樹而車毀人亡，經路人發現報警處理。

警方從死者散發的酒味，研判是酒後騎車，車速太快致生意外，警方隨後並證實兩人確曾於前晚和友人一道喝過酒。肇禍

B報 民76・6・2

中華成棒 張俊卿昨車禍喪生

【高雄訊】中華成棒第二隊投手張俊卿，昨天清晨六時被發現和友人楊秋良死在屏東恆春鎮網紗里草埔路，警方判斷是車禍致死。

張俊卿是中華成棒第二隊投手，原本昨晚九時之前應赴左營訓練中心報到，接受集訓。

昨天清晨六時，一名恆春居民發現張、楊兩人死在草埔路，立刻報警處理。

警方根據現場情況判斷，認爲是張俊卿駕駛光陽一二五西西機車，後載楊秋良，但卻撞上路樹，可能速度相當快，現場一片凌亂。

車禍究竟何時發生，目前無法得知，警方判斷是昨晨零時至六時間。張俊卿遺體已由家屬領回。

張俊卿是恆春鎮頭溝里大坪頂人，過去是美和隊當家投手。他發生車禍之事已傳至北部，棒協特地委託中廣高雄臺長許良雄，前往他家致贈五萬元慰問金。

(五)寫作上的瑕疵

1. 應有所解釋而不作解釋

(A)什麼是「負(萎縮、減退)成長」？

元月外貿總額35億美元

出口負成長百分之零點二

【臺北訊】根據有關單位最新統計，截至廿六日爲止，一月份進出口貿易總額達卅五億美元，較去年同期成長僅百分之七；其中出口負成長百分之零點二，進口增加達百分之十九點一。

統計資料顯示，元月份我國出口貿易略顯不振，截至廿六日爲止，出口貿易金額爲二十億二千七百多萬美元，較上年同期減少五百萬美元，減幅達百分之零點二。至於進口部分，成長幅度較爲顯著，進口金額達十四億七千多萬美元，較去年同期增加二億三千六百多萬美元；增幅達百分之十九點一。

財經官員透露，由於政府已將完稅價格附加百分之五取消，一千多項貨品進口稅率又大幅下降，預期進口金額可望持續增加；但出口部分，因受制於國外市場因素，何時能夠反轉，迄今還很難看出一個趨勢。

(B)何謂「負利率」？存款利率爲何會「低於零」？

下半年利率預期將囘升

滙豐副總經理指出

存款利率不低於零

【本報訊】滙豐銀行副總經理施偉富昨日表示，港幣的升跌要視乎美元的強弱而定，而港幣存款利率將不會下跌至負利率的水平。他又預期利率會於下半年度回升。

他說港幣強勁對香港未必有好處，港幣偏軟反而有助於出口貿易，所以目前港幣與美元的掛鈎對大家都有好處，是不會改變的。

施偉富昨日在九龍倉地產有限公司執行董事麥發駿陪同下，在天星碼頭爲一條長一百五十呎的金龍點睛。

這條金龍隨即在龍珠引領下，高低翻騰起舞，吸引了大批中外人士圍觀，爲春節增加不少熱鬧氣氛。同場還有醒獅及傳統中國舞蹈表演。

Ⓒ此則新聞重點在「何事」，次在「原因」與「何義」。這是看得到的要緊之處。但文中所謂：以卅五元的價格，在超級市場買了三瓶「毒液」；就有幾個隱含焦點疏忽了：⒜此是什麼毒液？⒝爲何三瓶只賣卅五元，便宜到此地步？⒞既是「毒液」，爲何方便到在超級市場就可以買得到？這些問題該是本新聞之另一個重點。

民 76.5.9

【臺北訊】精神異常的林姓少年，昨天下午持三瓶毒液，到臺北市中山國小朝一名小學生的背部潑灑，這名學生的衣服被毀。臺北市刑大幹員前往現場將林姓少年逮捕，案由警方處理。

警方調查，住臺北市新生北路十七歲的林姓少年，在海山高工二年級時，因功課壓力過重，罹患精神官能症輟學，昨天下午三時許，他到新生北路惠爾蒙超級市場，以卅五元的價格買了三瓶毒液，裝在手提袋內。

林姓少年到臺北市民權東路七十五號中山國小大門口，見到兩名小學生，就拿出毒液，涉嫌要兩名小學生喝，他們拒絕並逃跑，林自後追趕，但未追上。

臺北市刑大偵二隊小隊長林華鍔率隊員林峯田等人趕到現場，逮獲林姓少年。一名目擊者向警方表示，有一名小學生的衣服被林姓少年的毒液灼毀，但警方未找到這名被害人。

2.時間的「落差」，會令讀者啼笑皆非。

A報民75.12.8

太陽城高球挑戰賽
陳志忠暫列第七

【美聯社南非太陽城六日電】衛冕的西德選手藍格爾及英國選手克拉克在太陽城百萬美元高爾夫挑戰賽第三回合結束，共同以二一二桿繼續保持領先。

藍格爾及克拉克兩人在六日都擊出高於標準桿兩桿的七十四桿。

中華民國選手陳志忠在六日擊出七十五桿，三天總桿數二一八桿，暫列第七名，陳志忠第一天擊出七十五桿，第二天六十八桿。

五十歲的南非選手普萊耶三天共擊出二二〇桿，列第九名。

共有九位世界著名高爾夫好手參加這項比賽，冠軍可獨得三十萬美元獎金，最後一名也至少可得五萬美元。

B報民75.12.8

百萬美元高球賽
陳志忠排名第四

【法新社南非太陽城七日電】中華民國高爾夫球選手陳志忠今天在此間百萬美元高球賽中，以四回合總桿數二百八十七桿的成績，與英國選手伍斯南並列第四，各得獎金八萬一千美元。

第一名為南非的麥諾蒂，成績是二百八十二桿，獨得獎金卅五萬美元。

3 亂點「寃大頭」，錯得離譜。

(A)爺爺變了「父親」，孫子變成「孩子」。

民 73.1.23

三喜臨門！

中午結婚下午產子

新郎之父同日慶生

【清水訊】臺中縣清水鎮民蔡篤圭前天中午結婚，新娘下午生下一個白白胖胖的男孩；由於新郎的父親蔡裕鐘前天歡度花甲壽慶，有人說蔡家是「三喜臨門」。

住清水鎮槺榔里的蔡裕鐘、蔡甘妹夫婦，今年同爲六十歲，前天並且是他六十歲生日，而他的四子蔡篤圭，也選這一天舉行婚禮，並於當天中午在家中宴客。

蔡裕鐘一家人正爲雙喜臨門高興之際，當天下午新娘子突然腹痛，在醫院順利生下一個白白胖胖的男孩，爲蔡裕鐘添了一個孩子。

(B)寫了一半，刑警變成通緝犯，傷腦筋！

民 75.8.1

鐵漢嬌娃．紅粉知己

查緝竊犯．馬到成功

刑警女友．從旁協助．雙線跟蹤

抄下車號．查明疑點．一舉得手

【臺北訊】刑事警察局偵五組偵查員張樹德，敦請女友以雙線跟蹤的方式，從臺北縣土城跟到臺北市木柵區，才弄清楚一個竊盜通緝犯謝登獻的落脚處，又埋伏了一上午，才將他逮捕，並移送臺北地檢處偵辦。

警方說，謝登獻（卅五歲）有票據和恐嚇等前科，因竊盜案遭通緝中；偵五組日前清理通緝犯資料時，發現他有一個簡姓親戚住在土城，即設法從這名親戚處探聽謝登獻的落脚處。

偵查員張樹德接獲此一任務後，花了兩三天的時間，設法和張樹德的簡姓親戚接近，從閒談中，了解張樹德可能住在木柵萬芳社區，目前以開計程車維生。

前天，張樹德敦請女友和他一起去辦案，該女友跟隨謝登獻的簡姓親戚搭乘客運車從土城到木柵，張樹德本身則騎機車在後面尾隨，到達目的地後，張樹德的女友也隨着那名簡姓親戚一起上樓，了解謝登獻的住處。

而張樹德本身則抄錄其住處附近所有的計程車號碼，回刑警局後，利用電腦查核車籍資料，發現其中一輛車主即登記爲謝登獻的親戚，乃於昨天和偵五組的其他偵查員一起去埋伏，直到昨天下午在謝登獻準備開計程車出外營業時，將他逮捕。

(C)「中央情報局」不待「美國淪亡記」上演，就得「改」名？

民 76.1.19

■艾美卡特(Amy Carter)因從事反中共情報局的校園抗議活動，被指控破壞社會秩序。她說，當她爲此事出庭時，一定與中情局對質，使其難堪，她說：「我們將盡可能使這件審判案轟動。」

(D)按此「通稿」內容來看，A報標題，顯較B報符合內文。

A報民 72.3.6

省屬
行庫
退離
人員

七人任職亞信

【霧峯訊】臺灣省財政廳表示，據省屬七行庫查報，臺灣銀行、土地銀行、合作金庫及中小企銀，都沒有退休或離職人員任職於亞洲信託公司。但彰銀、華銀及一銀則有七名退離人員在亞信任職。

臺銀緊急融資十八億元協助亞信解決財務問題發生後，部分省議員認爲，亞信於短時間內能順利取得貸款，或與亞信大量起用行庫退休或離職人員有關，要財政廳調查。

財政廳函復省議會說，彰化、華南、第一三家商業銀行共有七位退離人員服務亞信公司，其中彰銀一人，華銀一人，一銀五人。

B報民 72.3.6

省屬
行庫
退休
人員

未在亞信任職

【本報霧峯五日電】臺灣省財政廳表示，據省屬七行庫查報，臺灣銀行、土地銀行、合作金庫及中小企銀，沒有退休或離職人員任職於亞洲信託公司。

臺銀緊急融資十八億元協助亞信解決財務問題發生後，部分省議員認爲，亞信於短時間內順利取得貸款，或與亞信大量起用行庫退休與離職人員有關，要財政廳加以調查。

財政廳函復省議會表示，三家商業銀行共有七位退休或離職人員服務亞信公司，其中彰化銀行一人，華南銀行一人，第一銀行五人。

㈤新聞寫作忌在記流水帳。導言應精簡，不應以時效性已弱的背景資料，與通俗性的理由，做爲啓首語重點。

民 72.1.8

鄒至莊博士專題演講

強調市場經濟優越性

以臺灣與大陸的做法作印證

【臺中訊】逢甲大學經濟系爲強化國人對自由經濟之體認，系主任錢堯賢教授，特邀請美國普林斯敦大學動態經濟學教授、中央研究院院士國際著名計量經濟學權威鄒至莊博士；於昨（十七）日在該校國際會議廳以「經濟制度與經濟發展」爲題，對二百餘位師生及工商業者發表專題演講。

講演會由校長廖英鳴主持，鄒院士以中國大陸現狀爲「經」市場經濟（臺灣）和計劃經濟比較爲「緯」；道出市場經濟在解決經濟問題的優越性。

他先就農業生產爲例，中國大陸採計劃生產，計劃、分配；常發生土地使用不適現象、加上農民缺乏增產意願，生產質、量自難以控制，生產效率也極爲低落。由於上述缺點，在一九八○年左右中共漸廢人民公社制度；而以市場制度取代。市場雖屬初期階段，但已印證市場經濟的效率。

他又舉中共工業生產方面，也由於計劃生產及分配，導致供需不平衡、資源浪費現象，雖一九八○年左右也曾冀圖以市場運行決定，但因價格由政府掌握，仍舊不能反映經濟效率。至於大陸的消費，也因大部份由政府決定糧食、住宅等採分配方式；自然影響人民生活及行動的自由，工作安排也由計劃決定，故無法人盡其才。

鄒院士指出，錯誤的經濟思想，不祇是影響經濟生活；甚至影響整個歷史。而自由中國在臺灣發展的成功，可說歸功於市場經濟功能的發揮。但目前，銀行大部份爲政府經營、缺乏競爭；利率決定受政府左右、金融效率上較低；應部份開放民營，讓市場功能盡量發揮。

(F)「夾敍夾議」是新聞寫作的「舊瓶」，為何又來裝上「新酒」？

民 76.1.25

中印友誼紀念會
邀請學生撐場面

【臺北訊】中印緬錫文經協會主辦的第十七次中印友誼紀念大會，昨天下午在臺北市中山堂光復廳舉行。

中印友誼紀念大會昨天下午在臺北市中山堂舉行時，不知內情者以為是高中生在舉辦新生訓練。因為在座有三分之二都是臺北市一所公立高中的高中男生，如此強行拼湊的捧場觀衆，使得一場原本立意至佳的中印民間聯誼減損了應有的光輝。

要學生為某些集會支撐場面，是近年的「流行病」，學生無心聽講，以致干擾秩序，毋寧是極具自然的現象。今後涉及我國對外關係的集會，實不宜再湊人數之舉。

以昨天的集會為例，中印關係是高一學生極陌生的話題，主辦單位何不情商大學文法科系學生參加；且會中表演的印度舞蹈和印度各邦傳統服飾的節目，對某些科系或學生社團而言，也是機不可失的觀摩機會，與其邀一羣毫無興趣的高中男生發楞，何不把集會的「附加價值」散播開來？

(G)「代拿邁」，英文是“dynamite”亦卽「炸藥」，爲何當起「牌子」來？

民 76.1.10

望安鄉一住家門外
發現一批炸藥

【馬公訊】澎湖縣警察局望安警分局人員在東垵村民林豪吉家門前的一個放酒的箱中，發現中共製造的「代拿邁」黃色炸藥五十五支，計重八十公斤，案由警方會同有關單位處理。

據了解，上週以來，望安警方與港檢單位先後在海邊、路上發現七十餘瓶大陸酒，警方與港檢單位因此連日在海邊與村莊加強巡邏及搜查。

前天望安警方在東垵村一百零七號林豪吉（五十五歲）家門前堆放的成堆裝酒箱中，發現一批黃色炸藥。經初步鑑定，這些長二十公分、寬三公分的四方形炸藥，爲中共製的「代拿邁」黃色炸藥，共有五十五支，計重八十公斤。

林豪吉說，他賣菸酒，因而有許多空箱，至於是什麼人把炸藥放進酒箱裏，他不知道，警方正會同有關單位追查炸藥來源。

㈩雖然有所爭議，但就新聞專業精神來說，「有所寫，有所不寫；有所刊載，有所不刊載；」其間有分寸之拿捏，方能稱得上從事「良心事業」。

(a)爲了改善臺北市交通，令飆車選手警惕，若不報導檢視照相機所在位置，眞會蒙「坑」讀者之譏？

民 74.1.10

專攝闖紅燈、搶黃燈車輛

北市十八處重要路口

將設違規檢視照相機

【臺北訊】臺北市交通警察大隊將於本月底在臺北市十八個重要路口裝設「路口違規檢視照相機」，專門取締闖紅燈、搶黃燈的違規車輛，這十八個路口一直爲交通大隊列爲機密，據可靠消息來源指出，以下十七個路口可能裝設了這種「電眼」：

青島東路與林森南路、忠孝東路與林森南路、建國北路與民族東路、復興北路與民生東路、忠孝東路與金山南路、民生東路與敦化北路、民族東路與松江路、天津街與鎮江街、民權東路與建國南路、忠孝東路與復興南路、信義路與紹興南街、辛亥路與新生南路、羅斯福路與寧波西街、羅斯福路與南海路、重慶南路與南海路、重慶南路與和平西路、博愛路與愛國西路。

交警大隊長王一飛昨天說，這種路口違規檢視照相機多年前已經裝設了兩架，不論雨天或夜晚都可拍攝，效果非常好，今年才決定再添置十八架，以加強交通違規的取締，可是，他不願意公布這十八架裝設的地點，以免影響駕駛人時時警惕遵守交通規則的效果。

(b)若誤用了「神智不清」，則很可能替被告人「打贏」官司。

民 75.1.11

涉嫌殺傷警員
廖鴻寶被起訴

【臺北訊】車禍受傷的廖鴻寶，因車禍當時神智不清，把趕來救他的消防警察李宗銘誤認爲尋釁者，涉嫌持刀將李警員殺傷，昨天被臺北地院士林分檢處檢察官依傷害罪嫌提起公訴。

(I)別以爲讀者的眼睛是「（知）識盲」的。

(a)民71.12.12

我國的憲兵，留給人們印象最深刻的是：走起路來兩眼平視、抬頭挺胸；兩人以上，則並肩齊步，動作一致。更令人佩服的是，站崗數小時，全身直挺，文風不動（據說規定只有腳趾頭能在皮靴中微動）。站在中正紀念堂門口的憲兵，常被外國的觀光客誤爲是座雕像，會有個日本人還用針去刺那憲兵，來證實他**是「假人」。那憲兵忍着痛，連眼睛都沒眨一下。那日本人八成很得意他的看法沒錯。**

(b)民71.12.25

香港資金想來臺灣
有些港商透過駐華日商
先來調查臺灣投資環境

【本報訊】據駐華日商消息透露，最近有部分香港人士希望透過他們調查我國的投資環境，以決定是否將其擁有資金流向中華民國。

據表示，依據某些情報顯示，香港因面臨着「大限」問題，有部分人士已將資金轉往我國、新加坡、泰國、加拿大、美國等地區。

由於大限尚有十餘年之長，很多香港人士還是採取觀望態度，這類人士當中有一部分希望透過日商之情報網，幫助他們獲取有關各地區投資環境及已流出的資金到何處或投資什麼樣的產業等。

據日商表示，一般香港人士認爲東南地區的投資環境似乎比不上美、加等地；但香港人士覺得東南地區比較易於適應，因此該地資金今後將朝往那裏移轉，目前其動向還不很清晰。

(a)這個日本人也太「刻板印像」了。（如黑體字）

(b)「據駐華日商消息透露」、「依據某些情報顯示」、「據日商表示」——欲「表示」之，何患無詞！。

(J)這很像某些影片中的「情節」。但「耐心」讀畢之後，一經「內容分析」，仍會有若干疑點，有待澄清：

民72.1.8

酒醉失身留孽種

六年遲未報戶口

孩子無辜·不能入學

婦會建議·找個爸爸

【新店訊】一名廿六歲的許姓女郎，六年前被騙失身懷孕後，暗中生下孩子，並將之培育養大，迄未申報戶口，如今無法入學，她不知道怎麼辦，七日向新店婦女會求助。

這名許姓女郎說，六年前她認識了一位男朋友，兩人感情甚篤，並已談到婚嫁，但有一天其父欲往國外接洽生意，男友為了向父親餞行，也請了一位朋友作客，來到家中吃飯聊天，這位作客朋友也認識她，但未深交。當夜，父親與男友有事出去，僅剩她與這客人在，但這位客人心懷歹意，趁着無人之際，灌醉了她，且予強暴。

事後，她才發現自己不幸懷了身孕，過了兩個月才向其男友吐訴。其男友聽到此事後，憤然離開了她，而強暴她的客人當時也出了國，找不到人影。

許姓少女受到創傷，但又不敢告訴家人，到懷孕五個月後，才被家人發覺。因許女家境不錯，父親在社會上有地位，為怕張揚出去，只好偷偷地讓她生下一個男孩，但一直不敢去申報戶口。

六年來，在這孩子面前，許女不敢讓這孩子知道她是親生母親，一直隱瞞他，以阿姨身分對待這孩子，也稱他的父親已死，母親在國外做生意。

如今，這孩子已六歲，暑假就要入學了，但因未申報戶口，如何上學？如何向人說出內情？她不知道怎麼辦？

昨天她到婦女會向何總幹事傾訴這段有六年的隱情，並盼婦女會能為她的兒子找「歸宿」，她願捨棄他，為這孩子的前途舖路。

婦女會何總幹事聽了她的苦衷後，勸她勿捨棄這孩子，並盼其找個歸宿，把孩子也一起帶過去。

婦女會說，如有那位男士，能接受她的創傷願娶這女子為妻者，可寫信給婦女會，使她的孩子也能落根。

(a)從「其父欲往國外接洽生意」、「因許女家境不錯，父親在社會上有地位」等句，應可以「推想」許女不至於是一名「無知婦女」，而為何竟至如此糊塗？「不敢告訴家人」，家人也「只好讓她生下一個男孩」？

(b)為何「男友為了向父親餞行」，要請一位朋友作客（這位「陪客」通常要經過挑選的）？而且「來到家中吃飯聊天」？（按目前臺灣習慣，如此情境，甚少不上館子的。）

(c)當夜（注意，應該是「夜已深」），父親與男友有事出去，（什麼事如此急促？）「僅剩她與這客人在」（即使沒親人，如此家庭，也該有佣人，而男友離去，男友之友不走，是不合禮節的。）

(d)如此容易就「灌醉」了她嗎？——這則「新聞」值得用如此大篇幅登出來嗎？

(K)「選拔符號」，不可玩忽大意，觀念落伍。

(a)已蒙？（八股）

(b)定奪？（封建）

(c)「分生室」（分子生物學綜合研究室）簡稱欠妥。（「分研室」如何？）

(d)「在市公所任職的他父親」……？

(e)太「楚留香」了吧！

（例子於下頁）

(a)民75.9.28

黃應中現年六十五歲，目前體檢通過，依行政法規，已蒙教育部批准延長教職五年，今後仍在輿大繼續傳授其豐富教學及籃球技術。

(b)民76.1.20

麥當勞組甲組球隊參加自由杯籃賽問題，昨天全國籃協針對球員資格，做了初步審核工作，定今天上午召開技術委員會，對這項問題做最後定奪。

麥當勞隊去年十月卅一日成立，原先的態度並不積極參與甲組球隊，但省籃球聯賽，轉變了方式，積極開始進軍甲組籃壇，加上組隊球員問題，引發了國內籃壇一場「麥當勞風波」。

(c)民75.1.10

中研院分生室近期驗收

業已延攬國際知名學者參與

(b)民75.9.10

蔡幼者涉冒瑞處，開刑被判竊載資子開現，調親職市通卻役森役縣訊
坤時是嫌名森證省河。發刑盜着料在店在赫閱劉的公知未體已男新】【
山玩他冒，遭實警追經監，罪已上有的臺然資開他所，接檢屆劉營臺新
。伴的名而人劉務查劉服且被因記關兒北發料河父任在獲，兵瑞市南營

(e)民75.11.8

？性成寒孤

二、小　結

直言敢說的中研院長吳大猷博士，曾爲文表示了某些「對我們傳播界的一些希望」（民生報，75.12.31），責難傳播界「爲什麼不能作忠實報導？」他認爲「報紙的新聞報導的最低要求水準，是準確性；它的專欄或知識性的欄，最低的要求，是可靠性。維持這個水準的責任是編者。」他「希望我們的傳播業，在知識、敬業精神、習慣上，都求水準的再提高。」

民國七十六年三月中，中國時報招考新秀，當時的主考人王篤學事後大嘆「考試成績普遍不理想（文化一周，六八四期）」；說「許多人陳腔濫調，提不出自己的看法」，「一般年輕人卻往往觀念模糊、思路不清，用字上很不精確。」他又指出，「許多人缺乏『知之爲知之，不知爲不知』的勇氣，對於不知道的問題也草率作答，甚至有指戈巴契夫爲國際紅星的荒謬答案。」

在國外招考記者、編輯、節目主持人／製作人與撰稿人一類職位，除了要求有三至五年實務經驗，會編會採，會寫會訪與會拍攝之外，尚要「能夠在壓力下工作」，而且「要符合截稿時間要求，準時交稿。」

由上述種種要求與責難來看，新聞事業與社會人士對新聞從業員的招聘與期望，不可謂不高；然而本篇各條例子，皆是近數年來，在規模還不算小的印刷媒體裏，所蒐集到的「毛病」。(因旨在點出問題所在，故只標明日期，而省去印刷媒體名稱及版別）。

美國名專欄作家李普曼（Walter Lippmann)曾將「新聞」(News)與「眞相」（truth）作過區分。他認爲:

「新聞的作用，在使一件事情符號化；而眞相的作用，則在使隱藏的事實曝光，理出事實與事實之間關係，從而構塑一幅人類能夠遵行的現實畫面。」因為新聞報導與眞相追求之間，在終極上有不同的目標，李普曼曾假定「新聞」只會在少數有限範圍裏，才會與眞相沒有出入；例如棒球比賽成績，或者選舉票數，這些紀錄都是肯定而又可量度的。然而，在更複雜與含混蹈晦的政治生涯中，政績幾乎經常都不肯定或者有所爭議，則這類新聞報導，就不能企求全是事件眞相了。這種新聞與眞相的分歧現象，並非植基於新聞人員的失責，而是由於新聞事業的繁忙本質，使得任何一則報導，在時間、版面和資源的運用上，都受限制所致。所以李普曼悲觀地作過結論說，「如果普羅大衆對自身世界眞相，需要有更多瞭解，他們最好依靠自己的直覺，而不是報紙。」

眞實報導的問題，到底出在那裏？

滄海叢刊已刊行書目(八)

書名	作者	類別
文學欣賞的靈魂	劉述先	西洋文學
西洋兒童文學史	葉詠琍	西洋文學
現代藝術哲學	孫旗譯	藝術
音樂人生	黃友棣	音樂
音樂與我	趙琴	音樂
音樂伴我遊	趙琴	音樂
爐邊閒話	李抱忱	音樂
琴臺碎語	黃友棣	音樂
音樂隨筆	趙琴	音樂
樂林蓽露	黃友棣	音樂
樂谷鳴泉	黃友棣	音樂
樂韻飄香	黃友棣	音樂
樂圃長春	黃友棣	音樂
色彩基礎	何耀宗	美術
水彩技巧與創作	劉其偉	美術
繪畫隨筆	陳景容	美術
素描的技法	陳景容	美術
人體工學與安全	劉其偉	美術
立體造形基本設計	張長傑	美術
工藝材料	李鈞棫	美術
石膏工藝	李鈞棫	美術
裝飾工藝	張長傑	美術
都市計劃概論	王紀鯤	建築
建築設計方法	陳政雄	建築
建築基本畫	陳榮美 楊麗黛	建築
建築鋼屋架結構設計	王萬雄	建築
中國的建築藝術	張紹載	建築
室內環境設計	李琬琬	建築
現代工藝概論	張長傑	雕刻
藤竹工	張長傑	雕刻
戲劇藝術之發展及其原理	趙如琳譯	戲劇
戲劇編寫法	方寸	戲劇
時代的經驗	汪琪 彭家發	新聞
大眾傳播的挑戰	石永貴	新聞
書法與心理	高尚仁	心理

滄海叢刊已刊行書目(七)

書名	作者	類別
印度文學歷代名著選(上)(下)	糜文開編譯	文學
寒山子研究	陳慧劍	文學
魯迅這個人	劉心皇	文學
孟學的現代意義	王支洪	文學
比較詩學	葉維廉	比較文學
結構主義與中國文學	周英雄	比較文學
主題學研究論文集	陳鵬翔主編	比較文學
中國小說比較研究	侯健	比較文學
現象學與文學批評	鄭樹森編	比較文學
記號詩學	古添洪	比較文學
中美文學因緣	鄭樹森編	比較文學
文學因緣	鄭樹森	比較文學
比較文學理論與實踐	張漢良	比較文學
韓非子析論	謝雲飛	中國文學
陶淵明評論	李辰冬	中國文學
中國文學論叢	錢穆	中國文學
文學新論	李辰冬	中國文學
離騷九歌九章淺釋	繆天華	中國文學
苕華詞與人間詞話述評	王宗樂	中國文學
杜甫作品繫年	李辰冬	中國文學
元曲六大家	應裕康 王忠林	中國文學
詩經研讀指導	裴普賢	中國文學
迦陵談詩二集	葉嘉瑩	中國文學
莊子及其文學	黃錦鋐	中國文學
歐陽修詩本義研究	裴普賢	中國文學
清真詞研究	王支洪	中國文學
宋儒風範	董金裕	中國文學
紅樓夢的文學價值	羅盤	中國文學
四說論叢	羅盤	中國文學
中國文學鑑賞舉隅	黃慶萱 許家鸞	中國文學
牛李黨爭與唐代文學	傅錫壬	中國文學
增訂江皐集	吳俊升	中國文學
浮士德研究	李辰冬譯	西洋文學
蘇忍尼辛選集	劉安雲譯	西洋文學

滄海叢刊已刊行書目㈥

書名	作者	類別
卡薩爾斯之琴	葉石濤	文學
青囊夜燈	許振江	文學
我永遠年輕	唐文標	文學
分析文學	陳啓佑	文學
思想起	陌上塵	文學
心酸記	李喬	文學
離訣	林蒼鬱	文學
孤獨園	林蒼鬱	文學
托塔少年	林文欽編	文學
北美情逅	卜貴美	文學
女兵自傳	謝冰瑩	文學
抗戰日記	謝冰瑩	文學
我在日本	謝冰瑩	文學
給青年朋友的信(上)(下)	謝冰瑩	文學
冰瑩書柬	謝冰瑩	文學
孤寂中的廻響	洛夫	文學
火天使	趙衛民	文學
無塵的鏡子	張默	文學
大漢心聲	張起鈞	文學
回首叫雲飛起	羊令野	文學
康莊有待	向陽	文學
情愛與文學	周伯乃	文學
湍流偶拾	繆天華	文學
文學之旅	蕭傳文	文學
鼓瑟集	幼柏	文學
種子落地	葉海煙	文學
文學邊緣	周玉山	文學
大陸文藝新探	周玉山	文學
累廬聲氣集	姜超嶽	文學
實用文纂	姜超嶽	文學
林下生涯	姜超嶽	文學
材與不材之間	王邦雄	文學
人生小語(一)(二)	何秀煌	文學
兒童文學	葉詠琍	文學

滄海叢刊已刊行書目㈤

書名	作者	類別
中西文學關係研究	王潤華	文學
文開隨筆	糜文開	文學
知識之劍	陳鼎環	文學
野草詞	韋瀚章	文學
李韶歌詞集	李韶	文學
石頭的研究	戴天	文學
留不住的航渡	葉維廉	文學
三十年詩	葉維廉	文學
現代散文欣賞	鄭明娳	文學
現代文學評論	亞菁	文學
三十年代作家論	姜穆	文學
當代臺灣作家論	何欣	文學
藍天白雲集	梁容若	文學
見賢集	鄭彥棻	文學
思齊集	鄭彥棻	文學
寫作是藝術	張秀亞	文學
孟武自選文集	薩孟武	文學
小說創作論	羅盤	文學
細讀現代小說	張素貞	文學
往日旋律	幼柏	文學
城市筆記	巴斯	文學
歐羅巴的蘆笛	葉維廉	文學
一個中國的海	葉維廉	文學
山外有山	李英豪	文學
現實的探索	陳銘磻編	文學
金排附	鍾延豪	文學
放鷹	吳錦發	文學
黃巢殺人八百萬	宋澤萊	文學
燈下燈	蕭蕭	文學
陽關千唱	陳煌	文學
種籽	向陽	文學
泥土的香味	彭瑞金	文學
無緣廟	陳艷秋	文學
鄉事	林清玄	文學
余忠雄的春天	鍾鐵民	文學
吳煦斌小說集	吳煦斌	文學

滄海叢刊已刊行書目㈣

書名	作者	類	別
歷史圈外	朱桂	歷	史
中國人的故事	夏雨人	歷	史
老臺灣	陳冠學	歷	史
古史地理論叢	錢穆	歷	史
秦漢史	錢穆	歷	史
秦漢史論稿	刑義田	歷	史
我這半生	毛振翔	歷	史
三生有幸	吳相湘	傳	記
弘一大師傳	陳慧劍	傳	記
蘇曼殊大師新傳	劉心皇	傳	記
當代佛門人物	陳慧劍	傳	記
孤兒心影錄	張國柱	傳	記
精忠岳飛傳	李安	傳	記
八十憶雙親 師友雜憶 合刊	錢穆	傳	記
困勉強狷八十年	陶百川	傳	記
中國歷史精神	錢穆	史	學
國史新論	錢穆	史	學
與西方史家論中國史學	杜維運	史	學
清代史學與史家	杜維運	史	學
中國文字學	潘重規	語	言
中國聲韻學	潘重規 陳紹棠	語	言
文學與音律	謝雲飛	語	言
還鄉夢的幻滅	賴景瑚	文	學
葫蘆・再見	鄭明娳	文	學
大地之歌	大地詩社	文	學
青春	葉蟬貞	文	學
比較文學的墾拓在臺灣	古添洪 陳慧樺 主編	文	學
從比較神話到文學	古添洪 陳慧樺	文	學
解構批評論集	廖炳惠	文	學
牧場的情思	張媛媛	文	學
萍踪憶語	賴景瑚	文	學
讀書與生活	琦君	文	學

滄海叢刊已刊行書目㈢

書名	作者	類別
不疑不懼	王洪鈞	教育
文化與教育	錢穆	教育
教育叢談	上官業佑	教育
印度文化十八篇	糜文開	社會
中華文化十二講	錢穆	社會
清代科舉	劉兆璸	社會
世界局勢與中國文化	錢穆	社會
國家論	薩孟武譯	社會
紅樓夢與中國舊家庭	薩孟武	社會
社會學與中國研究	蔡文輝	社會
我國社會的變遷與發展	朱岑樓主編	社會
開放的多元社會	楊國樞	社會
社會、文化和知識份子	葉啓政	社會
臺灣與美國社會問題	蔡文輝 蕭新煌 主編	社會
日本社會的結構	福武直 著 王世雄 譯	社會
三十年來我國人文及社會科學之回顧與展望		社會
財經文存	王作榮	經濟
財經時論	楊道淮	經濟
中國歷代政治得失	錢穆	政治
周禮的政治思想	周世輔 周文湘	政治
儒家政論衍義	薩孟武	政治
先秦政治思想史	梁啓超原著 賈馥茗標點	政治
當代中國與民主	周陽山	政治
中國現代軍事史	劉馥著 梅寅生譯	軍事
憲法論集	林紀東	法律
憲法論叢	鄭彥棻	法律
師友風義	鄭彥棻	歷史
黃帝	錢穆	歷史
歷史與人物	吳相湘	歷史
歷史與文化論叢	錢穆	歷史

滄海叢刊已刊行書目(二)

書名	作者	類別
語言哲學	劉福增	哲學
邏輯與設基法	劉福增	哲學
知識・邏輯・科學哲學	林正弘	哲學
中國管理哲學	曾仕强	哲學
老子的哲學	王邦雄	中國哲學
孔學漫談	余家菊	中國哲學
中庸誠的哲學	吳怡	中國哲學
哲學演講錄	吳怡	中國哲學
墨家的哲學方法	鐘友聯	中國哲學
韓非子的哲學	王邦雄	中國哲學
墨家哲學	蔡仁厚	中國哲學
知識、理性與生命	孫寶琛	中國哲學
逍遥的莊子	吳怡	中國哲學
中國哲學的生命和方法	吳怡	中國哲學
儒家與現代中國	韋政通	中國哲學
希臘哲學趣談	鄔昆如	西洋哲學
中世哲學趣談	鄔昆如	西洋哲學
近代哲學趣談	鄔昆如	西洋哲學
現代哲學趣談	鄔昆如	西洋哲學
現代哲學述評(一)	傅佩榮譯	西洋哲學
懷海德哲學	楊士毅	西洋哲學
思想的貧困	韋政通	思想
不以規矩不能成方圓	劉君燦	思想
佛學研究	周中一	佛學
佛學論著	周中一	佛學
現代佛學原理	鄭金德	佛學
禪話	周中一	佛學
天人之際	李杏邨	佛學
公案禪語	吳怡	佛學
佛教思想新論	楊惠南	佛學
禪學講話	芝峯法師譯	佛學
圓滿生命的實現 (布施波羅蜜)	陳柏達	佛學
絶對與圓融	霍韜晦	佛學
佛學研究指南	關世謙譯	佛學
當代學人談佛教	楊惠南編	佛學

滄海叢刊已刊行書目㈠

書名	作者	類別
國父道德言論類輯	陳立夫	國父遺教
中國學術思想史論叢㈠㈡㈢㈣㈤㈥㈦㈧	錢穆	國學
現代中國學術論衡	錢穆	國學
兩漢經學今古文平議	錢穆	國學
朱子學提綱	錢穆	國學
先秦諸子繫年	錢穆	國學
先秦諸子論叢	唐端正	國學
先秦諸子論叢（續篇）	唐端正	國學
儒學傳統與文化創新	黃俊傑	國學
宋代理學三書隨劄	錢穆	國學
莊子纂箋	錢穆	國學
湖上閒思錄	錢穆	哲學
人生十論	錢穆	哲學
晚學盲言	錢穆	哲學
中國百位哲學家	黎建球	哲學
西洋百位哲學家	鄔昆如	哲學
現代存在思想家	項退結	哲學
比較哲學與文化㈠㈡	吳森	哲學
文化哲學講錄㈠㈡㈢㈣	鄔昆如	哲學
哲學淺論	張康譯	哲學
哲學十大問題	鄔昆如	哲學
哲學智慧的尋求	何秀煌	哲學
哲學的智慧與歷史的聰明	何秀煌	哲學
內心悅樂之源泉	吳經熊	哲學
從西方哲學到禪佛教 —「哲學與宗教」一集—	傅偉勳	哲學
批判的繼承與創造的發展 —「哲學與宗教」二集—	傅偉勳	哲學
愛的哲學	蘇昌美	哲學
是與非	張身華譯	哲學